倦

雅蒙◎著

新星出版社 NEW STAR PRESS

目录

第一章　有个傻瓜爱过你

1

1999年9月9日，苏晓米和乔东向全世界宣布，他们订婚了。唐奇峰在订婚典礼现场拨电话给斯诺，不说话，只是让她听。电话那边满是欢声笑语，带着侵略性的棱角，划伤了她的耳膜。她悲愤地冲电话那端大喊："唐奇峰，王八蛋，为什么让我听到这些，为什么？"许久，她的耳边传来一声沉沉的幽叹："斯诺，还不死心吗？"

她挂断电话，躺在医院病床上掰数着手指，默默念着这大好的日子，九九九九，长长久久，多么好的兆头，可是与她又有什么关系？她把被子拉过头顶，眼一眨，眼泪便幽幽落了下来。爱了那么多年，等了那么多年，盼了那么多年，最终，她还是与那个男人错过了。

经年过后，斯诺仍会时常回忆起那个特殊的日子。那天，唐奇峰提早离席，跑到医院里来看她。她在病床上摊了满满的火车票，一张一张地拿给唐奇峰看。哪一张是她第一次离家坐车去A城看望乔东，乔东在冷风萧瑟的站台傻傻地等，一见面便把她揽在怀里，她冻红的脸被他挤成了一个熟透的柿子。哪一张是她倔强地跟乔东闹别扭，扬言他不来，她就不再理他，他向学校请了假，连夜跑回来看她。哪一张是她急急奔赴到有他的城市，事先没有告诉他，为的是给他一个意外的惊喜，结果她却扑了个空，原来他也在同一时间赶往有她的地方。那些小小的票根在她的手里翻弄着，那里承载了她青春时代的所有思念与期待。唐奇峰静静地听着，突然把她揽在怀里，疼惜地说："醒醒吧斯诺，过去了，都过去了。"她用力推开他，摇摇头，又摇摇头，眼泪簌簌落了一脸，不甘心，不死心，那么多年的感情怎能说过去就过去？她跌跌撞撞地下床，嘴里叫嚷着要去找他，找他问个清楚，唐奇峰伸手去拦，这一拦却把她摔了个趔趄，跌倒了，头撞到门框上，脑门上随即现出一道红印。

"对不起，对不起……"唐奇峰慌忙道歉。她以手掩脸，整个人蜷缩在门边，内心深处划过一声哀怨的叹息，然后，死心了。

三天后，斯诺出院了。除了唐奇峰，没有人知道，那一年，她不仅失去了一个男人，也失去了一个孩子。

分手的时候，斯诺问唐奇峰："你有喜欢的人吗？"

他说："有，在另一座城市。"

她从嘴角牵出一个冰冷地笑，她说："听我的，如果你不想失去她，就马上到她的身边去。"

他从银行里取出自己的大半积蓄，塞到她的手里，沉沉地说："离开这座城市，走得越远越好，忘掉这里的人，忘掉这里的一切。"

她曾见过这样的场景，在那些无聊小说和三流电视剧里，男主角变心，硬塞了钱给女主角，作为青春补偿费，从此便可心安理得地把陈世美的角色扮演到底。斯诺接过那些钱，用力捏了捏，很厚，她小小的手掌几乎握不住。她看着那些钞票，心里有片刻的犹豫，可是到底还是收下了。她需要钱，她已经失去太多，除了这些分手费，她不知从何得到些许慰藉。

"这些钱足够我在另一座城市懒散地过上好几年，"她说："替我谢谢他。"

他没说话，伸手拍了拍她的头。他的眼神凝重而深邃，像一个旋涡，把她一圈圈绕进去，她甚至清晰地听到自己的灵魂向过去告别的声音，那么孤绝，那么凄惘。她浅浅地笑，眯眼向天空望去，一路是看不尽的云，拂不尽的悲伤。

多年后，当她再次踏上A城，所有的前尘往事仿佛一缕清风，再也寻不到旧日的痕迹。脚下是这座城中最繁华的地段，她在街心一幢24层的公寓凭窗而望，眼前满是陌生又渺小的人群，像蚂蚁一样铺垫着这块富饶的土壤。她想起当年唐奇峰说过的话："爱情的道路上，非此即彼，谁都没有为另一个人死守的义务。"不禁莞尔。她早该明白这个道理的，如果醒悟得更早一些，她断不会把青春浪费在无谓的等待之中。

她在落地玻璃窗前写乔东的名字，乔东，乔东，乔东，洋洋洒洒地写了一面玻璃。曾经，在等待他的无数个日子里，她在日记本上写满他的名字。那时侯，心里激荡着无限的思念与惆怅。可是如今，她望着玻璃窗上那些熟悉的字体，心里却如一片死灰，再激不起半点涟漪。那么多年过去了，她早已厌倦了一切感伤。张明辉从身后抱住她，把下巴抵在她的肩膀上，温柔地说："如果你喜欢这里，我们可以在这座城市举行婚礼。"她伸手感激地摩挲他的头，眼前是漫天飞舞的雪花，落在窗子上，竟打湿了她的眼。

她没有听唐奇峰的话，她到底还是回到了这座喧嚷的城。她可以忘却一段情，却忘不了有一个男人曾在她最潦倒的时候给过她一笔钱，那笔钱成为她在往后日子里安身立命的资本。

2

1999年12月25日，在千禧年到来的前几天，唐奇峰辞掉了A城的工作，坐上了南去的火车，目的地——广州。在那座浮华而陌生的城市有他相恋多年的恋人。大学毕业后他们被迫分离在两个城市，每年寥寥的几次见面轻轻拨动着积蓄在身体里的无限渴望。每每分开，总是不舍得。可是谁都不肯放下自己多年打拼下的一切，然后无怨无悔地奔赴到对方的世界里去，于是，距离，成了争吵中永无休止的话题。直到那一天，他见到了斯诺，那个无助的可怜女人激起了他内心深处最隐秘的悲伤，他突然害怕起来，害怕他和于婉馨的爱情也会如此无疾而终。

他们曾那样热烈地相爱过，每天见面，却每天都有说不完的新鲜话题，那些道不尽的甜言蜜语简直能整理出一本《恋爱秘籍》。他骑自行车带她去教学楼，清风扬起他的白衬衫，她用细长的手指在他的背上写字，开始的时候写她自己的名字，后来写了满满当当的"我爱你"。他带队和外校学生打篮球，整个篮球场都回荡着她的欢呼和尖叫，外校一个整整齐齐的拉拉队，却抵不过她一个人的万丈热情。她利用课余时间接了家教，是教小朋友英文，他在寒风中接她下课，小朋友打开窗子乱乱地起哄，她一边跳下台阶，一边扑到他的怀里，嘴里大声叫着："Honey，honey……"他们一起去图书馆上晚自习，那样清静的环境里，他会突然凑近她的耳边说一声："我爱你。"周围人诧异地去看，她把头缩到棉服里，用手轻轻去抻他的衣领，很轻很轻地说："怎么办？我也好爱好爱你。"下了晚自习，他送她回宿舍楼，到了楼下，她倔强地不肯放他走，吵着送他回去，他应了，两个人走回他的住处，他又折回去送她，如此反反复复，那条路上的一草一木全都成为他们曾经相爱的背景。那时候，他们把爱情放在蜜罐里，溅了抹不去的甜。他们是琼瑶剧里标志性的男女主角，彼此笃定会天荒地老，生死相许。

后来他们毕业了，她被一家广告公司看中，待遇和环境都是极好的，只是，她要到另一座城市去。她跟他整整吵了三天，最后，背包离开。他跑过去找她，在她的单身宿舍里，她俯在他的肩头哭得泣不成声，他心软了，所有的埋怨消逝为一个悠长的吻。在他们分开的第一个年头里，彼此心里都藏了深深的思念，不管多忙，都抹不掉对方在脑中的影象，那一年，他们为铁路事业作出了巨大的贡献。有时他跑过去看她，有时她跑回A城看他，彼此用全部的热情招呼着潜藏在身体里的无限欲望。到底是从哪一天开始厌倦了这样的奔波，他已经记不清了。不再争抢着为铁路事业奉献自己的一份力量，不再整夜整夜抱着手机为移动通讯作贡献，思念变得淡了，感情渐渐衍变成鸡肋，嚼着无味，吐了空虚。有一天，她突然在深夜给他打来电话，弱弱地问："你还爱我吗？"他顿了顿，轻声叫她傻瓜。他没说爱，也没说不爱，一切和爱情有关的字眼已经让他变得疲惫，这样的感情，隔着山，隔着水，到底何时才是尽头，他说不出。

直到那一天，他在为乔东收拾"感情残局"的时候见到了斯诺，那个悲伤的女人对他说："如果你爱她，就到她的身边去。"他被那个女人的可怜模样触动了，他想到了于婉馨，他不在她身边的日子里，她究竟独自承受了生活中的多少变迁，他毫不知情。他突然深深自责于自己对她的疏忽，决定用余生的疼爱来补偿她。他在最短的时间内处理好自己在A城的一切工作，毅然踏上了奔向于婉馨的旅程。

乔东劝他："不要意气用事，去到一个完全陌生的地方，你的一切都将归为零，你将适应的不只是一座城，而是另一个世界。"

他摇头，伸手去拍乔东的肩膀，淡淡地说："好好对待晓米，别让她成为第二个林斯诺。"

乔东不再劝他，知道自己对斯诺的绝情已经让自己的形象在朋友眼中大大打了折扣。可是他有什么办法？在这座弱肉强食的城市，娶了背景强大的苏晓米，放弃一贫如洗的林斯诺，是他在A城立足的唯一选择。要怪只能怪社会的竞争如此激烈，只身踏入商场，在经历了一翻挫败后，他终于清楚，那时那日在象牙塔里所学到的一切都不是成功的要诀。是这近乎苛刻的岁月磨尽了他的一身傲骨，不再坚持所谓的原则，不再执拗地推开那些有偿的机会。

其实苏晓米并不是他理想中的恋人的模样。她个子不高，有些许的婴儿肥，鼻尖散布着细碎的雀斑，说起话来声音很轻很轻，仿佛话未出口就被风吹散开。可是这些都不重要，重要的是，她是苏晓米，她的父亲苏明启是这座城中享誉盛名的实业家。有了这个依托，长相、气质、谈吐，全都成为可有可无的陪衬。娶了她，不单是娶进了一个女人，还意味着娶进了一个好前程，娶到了一个在浮华世界稳稳立足的名额。

乔东与她是在一个朋友的生日宴上柜识的，满屋子对她阿谀奉承的男人，她独独看中了一直在一旁和女朋友煲电话粥的他。之后，她便对他展开了热烈的追求，开着跑车去这座城中最不起眼的那家小建筑公司接他下班，隔几日便送昂贵的西装给他。领带、钱包、打火机……这些代表身份的小玩意更是络绎不绝地出现在他的面前。他一一婉拒，淡淡回应着她的热情。她的朋友劝她："不过是一个被窝在城市角落里的穷酸小子，何必对他如此认真。"她盈盈地笑，笃定地说："等着吧，我会把他变成这座城中最受人景仰的男人。"他对她越是拒绝，她越是欣赏他。从来没有人如此漠视过她的好意，他的清高，他的冷峻，他的满不在意，全都令她着迷。这份迷恋连她自己都感到不可思议的疯狂，为了他，她不惜砸下重金。古有国君为博美人一笑，三千里送荔枝，今有苏晓米为争君子之心，洒下千金。她对他，真可谓用心良苦。

偶尔，乔东在电话里向斯诺提起苏晓米，语气里藏着隐隐的炫耀，也有淡淡的无奈："唉，看起来是个挺正常的女孩子，怎么做起事来如此疯狂和不理智。"

斯诺在电话那边一遍一遍地求证："你不动心吗，真的不动心吗？她的条件那样好……"

他说："别傻了，我的心里只有你。"

她捧着电话，甜甜地笑了，心里漾着满足。那个时候，她万万没有想到，有一天，他会以那样决绝的姿态离她而去。直到现在，斯诺才明白，原来埋葬一段感情并不难，只消一点光阴，一个绝情的态度。多年后，当她再次踏入A城，她对他已经了无恨意，她甚至渐渐理解了他当年的做法。这么多年，她独自面对世事沧桑流转，她比任何人都清楚，其实拒绝一份诱惑并不难，难的是接受一段悲惨的变故。她知道乔东当年独闯世界的艰辛，然而究竟艰辛到何种地步，除了乔东自己，恐怕只有苏晓米最为明了了。

若干年后，当乔东发现一切不过是一场阴谋，他连责备别人的资格都没有。当初，在爱情和前程面前，是他义无反顾的牺牲了与他相恋多年的斯诺，选择了光明的前程。即使将来发生什么不幸的事情，也是他自食恶果。唯一使他感到良心不安的便是斯诺,多少个被噩梦侵袭的夜,他见到斯诺跪在地上哭着求他不要离开,他却狠心把她踢开,她摔倒了,鲜血淌了一地,她在血泊中一遍一遍叫他的名字:乔东,乔东,乔东……他从梦中挣扎起身,抓过身边的杯子大口大口地喝水,嗓子却像被什么东西卡住般,发不出任何声响。苏晓米用双手环住他的腰,轻轻地问:"你又做噩梦了?"他摇摇头,把她的手从腰际挪开,背对着她再次入睡。

原来人真的不可以做违心的事情,一切的一切,终是要还的。可是,他欠斯诺的,恐怕这一生也无法还清了。

3

在回到A城的这许多天里,张明辉带林斯诺参加了各种商业派对。她穿素雅的长裙,头发简单挽起,化清淡的妆,一副清清爽爽的样子,仿佛刚刚走出校园的女大学生。众人纷纷夸赞张明辉的好眼光,她听着,微微颔首浅笑。没有人知道她的过去,没有人知道这座城市曾经给她留下多少伤心记忆。如果不是突然经过某一条熟悉的街道,抑或突然遇到某一个似曾相识的小店铺,连她自己也忘记那些伤痛了。偶尔,她站在穿衣镜前抚摩着平平的小腹,想着自己曾经孕育过一个小生命,而那个小生命又被她残忍地扼杀在子宫里,她会突然惊出一身冷汗。每当那个时候,她会突然想起唐奇峰,他在她的手里塞了满满的钞票,语气不容置疑地说:"离开这座城市,走得越远越好,忘掉这里的人,忘掉这里的一切。"她感恩于那个跟她毫无关系的男人曾经为她做过的一切,也许他当初只是出于哥们儿义气为乔东收拾残局,可是在人最潦倒的日子里,只是一个微笑便是莫大的安慰。她一直欠他一句谢谢,现在,她终于回到这里,他却早已离开。

还是来说说唐奇峰吧。

当年,他是带着一颗奉献的心奔赴到于婉馨的身边,在那辆隆隆启动的火车上，他安抚住自己那颗激动的心，想象了上百个重逢后的场景。她看到他会怎样呢，是大笑，还是感动的哭出来？他在脑中勾勒着她的脸，望着窗外疾驰而过的房屋，傻傻地笑。

车子是傍晚到达的广州，天色已如疲倦的老妇，用怏怏的眼神为这座城市提供最后一丝暗光。唐奇峰拎着行李出了站，随便上了一辆出租车。司机用他听不大懂的腔调问道："去哪里？"他脱口说出一个地址，司机用疑惑的眼神看他。他摆了摆手，不再说话了，利落地从书包里掏出一支笔，在手上写了些什么，然后张开手，摊在司机眼前，司机点了点头，车子飞快窜了出去。他把脸贴在车窗上，望着窗外霓虹闪烁，心里竟渗出淡淡的愁。他想起曾经，每一次都是于婉馨来接他，她挽着他的胳膊，用熟练的广东话和出租司机攀谈着。以前他并不觉得什么，可是从此以后，他要在这座陌生的城扎根了，才发现，在这里，连最基本的交流都变得那样困难。他真的能为自己的选择寻一个合适的出口吗？他不能肯定。他唯一可以确定的是，他的爱人在这里等他，为了她，他甘愿承受接踵而来的一切愁苦。

车子到达她的住处，他付了钱，一路狂奔上楼。开始只是轻轻地敲门，想象着她开门看到他，然后不容分说地跳进他的怀里。可是敲门声由小到大，由轻变重，始终没有人为他打开那扇门。他后退了两步，坐在台阶上，从上衣口袋里掏出一根烟，放在嘴里沉沉地吸了起来。她没有回来，她为什么没有回来？夜已渐渐深了，她到底去了哪里？留在公司加班？还是……他努力摇摇头，又摇摇头，思绪毫无章法的乱飘，不知过了多久，脚下的烟头已被铺了一地，她还是没有来。他带着零乱地心绪拨通了她的电话："你在哪？"电话里的声音混乱而嘈杂，她用不清晰的广东话在电话那边大叫："你说什么，你是谁？"他沉默了，足有一分钟那么久，然后用一声叹息掩饰住心中涌起的不悦，缓缓地说："我是唐奇峰，我现在在广州。"

这座绚丽的城，带了几分蛊惑人心的妖媚，像一个穿着超短裙跳艳舞的女子，给人以诱惑，却也很容易让人想到堕落。他站在她的公寓前，看着一辆出租车缓缓驶来，然后停在了他的身边。一个穿白色职业套装的女人歪歪扭扭地从车子上下来，用异常平静的眼神看着他，淡淡地问："你怎么会来？"

他过去扶她："你喝酒了？喝了多少？"

她伸出手，把大拇指和食指之间的缝隙捏得小一点，再小一点，嬉皮笑脸地说："一点儿，就一丁点儿……"

"你以前从来都不喝酒的。"他的语气里带着明显的嗔怪。

"傻瓜，"她伸手摩挲他的脸，"应酬，应酬，不喝酒怎么应酬？"

他无声地叹气，揽着她上楼，心里漾了满满的不悦。仅仅半年不见，她已经脱胎换骨了，在那张醉醺醺的脸上，他再也寻不回往日那张单纯可爱的面孔。

那一晚，他坐在客厅里心不在焉地按着遥控器，耳边是她在卫生间疯狂呕吐的声音。他的屁股在沙发上挪了又挪，终于坐不住了，把遥控器摔在沙发上，冲进了卫生间。她一手扶住马桶，一手把他往外推："出去，出去，我不要你见到我这副鬼样子。"

"早知如此，又何必把自己变成鬼？"他冷冷地回话。

她突然转头看他，眼神里有一腔不名所以的愤恨："你以为我愿意这样？为了这份单我已经足足跑了半个月，今天好不容易见到了老总，我不喝，他不签，你要我怎样，你要我怎样？"

他刚想开口说些什么，她又继续抱着马桶吐了起来。他沉沉地叹气，蹲在地上抱住她，以手轻轻去拍她的背："这样会不会舒服一点？"

她整个人瘫软下来，依偎在他的怀里，轻轻地问："这一次，你要呆几天？"

"不走了，"他说："假如你不嫌弃我现在是个无业人员的话，我打算一直赖在这里。"

她睁大眼睛看他，长长的秀发披泄而下，遮住大半张脸。他读不懂她的表情，到底是欢喜还是错愕。

"你的意思是说，你已经辞掉了在A城的工作？"

"还有房子，我也一并处理掉了。"

"你疯了？"她用力推开他，大声怒吼道："你为什么不和我商量，你来这里做什么，你能做什么？"

他呆蠢在那里，无辜地看向她。他以为她会为他的到来感到欢喜，可是结果全然不是想象中的样子。他低头从马桶边抽出几张纸，递给她，而后一个人默默走出了卫生间。

原来她并不期待他的到来，原来她并不需要他，原来所谓的朝朝暮暮，长长久久，不过是他在自欺欺人中营造出来的假象。这样的情形是他始料未及的，来错了吗，真的来错了吗，他在心里画上了沉重地问号。时间渐渐凝固下来，手里的烟烧到手指，竟不觉得疼。

她从卫生间里走出来，看到沙发上的他，眉头深锁，神情落寞，她突然不忍了，走过去，跪在他的面前，拿起他的手，轻轻摩挲自己的脸，气若游丝地问："生气了？"

"没有。"他说。

"撒谎。"

"也许我不该来。"

她伸手去捏他的鼻尖："还说没生气！"

他沉默。她把头枕在他的腿上，幽幽地说："对不起，我不该对你发脾气的，可是你知道在这座城市立足有多么艰难？你在A城有那么好的工作，有那么好的未来，来到这里，所有的一切都要重头再来。"

"我不在乎。"他信誓旦旦地说："我明天就出去找工作，只要有你在，我无所畏惧。"

她咧嘴笑了，抬手去抚摸他的脸，轻轻叫着："傻瓜，你竟这样傻。"

他真的很傻，甚至还有几分任性。如果他继续留在A城，留在那间收容他青春岁月的公司，他将收获一份难得的安定，生活将踏着踏实的步伐稳步向前。可是为了她，他毅然舍了这份安定，背起行囊，一路向南，为爱奔波迁徙。即使他们最终收得了那样一个结局，他仍旧没有后悔当年的奔赴。直到现在，他仍时常会想，假如当初他没有去到她的身边，他们的结局会是怎样呢？会不会渐渐疏远，各自过着无波无澜的生活，然后平淡分手？他不确定。

老友聚会时，乔东淡淡地问："后悔吗？"

他摇头："如果后悔，当初便不会去。"

他想，也许人的一生中总要任性那么一回，哪怕前方面对荆棘险阻也在所不惜。一个人能够心甘情愿地把心交付于另一个人的手中，本身就是一场冒险，不管结局如何，都应全心接受。到如今，那些爱恨纠结早已变得云淡风清，他仍感激她曾经参与过他的生活，倘若没有那段日子，他的青春将是多么寡淡无味。

乔东说："有些事情，该放下就放下吧，理想主义的生活其实并不存在。"

他举起酒杯，笑着饮下心中愁苦。他忘不了那一天，广州下起了很大很大的雨，空气里满是黏湿的气息，翻涌着人身体里的烦躁，他和于婉馨从街角的那间咖啡厅出来，望着那些密密斜斜的雨，静静地等。凉意渗进皮肤，漫漫浸入骨骼里。

她说："看样子，这雨一时半会儿停不了了。"

他说："停不了也好，就这样一直下下去吧，那样，我们就可以永远停留在这里了。"

她抬起头来看他，抱歉地说："我下午还有工作，得先走一步了。"

他把身上的外套披在她的身上，温柔地说："天冷了，别着凉。"

她说："谢谢。"

那声谢谢成为他们那场狂恋的终结词。他一直记得那一天，2001年的7月13日，中国在4年前以一票之差败给了希腊，失去了2004年奥运会的举办权后，隔了4年，终于以绝对的优势赢得了2008年奥运会的主办权。那一夜，举国欢腾，只有他一个人在雨里静静地走，雨水打湿了他的心。他在雨中轻吟：今朝如醉终须醒，病马昏鸦踏前程……

从此，那一天在他心里成为永恒。

4

斯诺没想过会再次见到乔东，她陪张明辉回到A城只是为了一单生意。他们是最佳拍档，曾一起携手策划了许多项目。她感激他，在她最潦倒的日子里用爱救赎了她。有一段时间，他的事业停滞不前，她陪他在公司里一起吃盒饭，喝着从超市里买来的速溶咖啡，困倦的时候趴在办公桌上便睡了。那个时候，他们天天守在一起，谈工作，谈理想，谈很远很远的未来。他们相亲相爱，把彼此视为知己，从内心深处投射着对方的影子。后来他的事业稳步向前，她退居二线，心甘情愿地成为他"背后的女人"。他对她自是爱着的，这次带她来A城，除了生意，还为给她一个甜蜜的假期。只是，他不知道，这座城市曾给过她那么那么多伤心的记忆。

她曾设想过再回来时的场景中，每一帧，每一幕都刻着哀愁。可是爱情竟如此奇妙，有时甚至有着催眠大师的功力，让人轻易忽略掉过去的那些反复与悲伤，一心憧憬着美好的未来，哪怕曾经伤痕累累，颠沛流离。

斯诺是在一场聚会中重遇乔东。出席那场聚会的都是社会栋梁，他们或有权，或有钱，托着高脚杯走来走去，与身边人肆意寒暄，说的全是中规中矩的场面话。斯诺坐在角落里看张明辉成为众人中的几分之一，心头竟涌起几分倦意。当初，她带着一颗受伤的心离开A城的时候，并没想到有一天会坐在本城最豪华的一间俱乐部里与各界精英共享盛宴。张明辉在不远处向她招手，唤她过去，她低调地穿过人群，来到他的面前，展一个淡然地笑，然后，她见到了乔东。

那一眼啊，众神缄默，众声皆无，穿插在他们之间的只有那些琐琐碎碎的记忆。时间被拉回到十年前，他们同为那界高考的落榜生，被安排在同一个复读班里。那时候她喜欢穿浅蓝色的连衣裙，所到之处总会泛起层层浪花。他则喜欢穿黑色T恤衫，领子永远立起，隐隐遮着下巴上的青春痘。他们坐前后位，他喜欢伸手去戳她的肩膀，叫一声："喂，穿蓝裙子的，能不能坐得低一些，我看不见黑板了。"她微侧头，小声说："我不叫'穿蓝裙子的'，我叫斯诺，林斯诺。"他笑："好吧，穿蓝裙子的林斯诺。"

她的家离学校不算远，只消十几分钟的路程，可是她为了全力以赴，毅然搬到学校简陋的集体宿舍。每每入夜，宿舍里的几个女孩子趴在床上一边抱怨学习之累，一边品评着班里的十个男生。异性少了，仅有的便成了贫乏中的精品。成亮长的不好，可是个子很高，身材也不错，以后应该是做模特的材料。方齐同没有什么可赞之处，可是头脑很棒，如果不是高考前突然病倒，应该会考上清华吧。大家议论纷纷，说到乔东，所有人都面带桃花，声音没来由地软下来。谁都不忍心去评论他，他那样好，那些赞美之词全都不足以形容他，仿佛谁先开口，谁便首先亵渎了他的好。斯诺撇嘴："一个小痞子而已，有什么了不起？"大家愕然，瞪大眼睛看她，几秒钟后，软绵绵的枕头纷纷向她砸来。她一边作揖讨饶，一边在心里沉沉地咒骂："乔东，乔东，小痞子，大傻瓜……"

真正让她对他另眼相看还是源于一场"调戏"。那天她没有上晚自习，下午放学后便急急地跑到车棚去取自行车，赶着回家给母亲过生日。几个痞子从墙外翻进来，正好撞见推车走出来的她。她愣了一下，然后继续低头推车往前走。一个穿白背心的男人把她拦住："小妹妹，方不方便借哥哥几个钱花花？"

"没钱。"她答得干净利落。

"别这样嘛，行个方便而已。"男人露出猥琐的笑。

"我说没有就是没有！"

"真没有？"

"没有。"

"那好，"男人走近她，一把推倒她的自行车，把她逼进车棚里，奸笑着说："让我检查检查。"

"放开我！"她挣扎着，大声唤着救命。可是车棚里的人三三两两地聚在一起，竟没有一个人肯上前帮她一把。男人伸手去掀她的裙子，她情急之下一抬脚，狠狠地朝他下面踢去。他大叫一声，捂着裆部倒了下去。旁边等着看热闹的几个小混混一哄而上，稳稳把她拦住，就在她叫天不灵叫地不应时，乔东出现了，就像所有电影上演过的那样，英雄三两下便打跑了那些奸恶之人，成功救美。可是美人好像并不领情，他过去扶她，轻声问："没事吧，穿蓝裙子的？"她一把推开他，扶起车飞快逃离了众人的视线。

转天，她没有来学校上课。他的面前变得空空荡荡，没有人再去遮挡他的视线，坐在斯诺前面的男同学永远趴在桌子上与周公约会，只有下课铃响起的时候才能见到他那张沉埋在睡梦中的脸。两天过去了，他竟开始想念她，想念她侧头纠正他的样子，她说："我不叫穿蓝裙子的，我叫斯诺，林斯诺。"他在笔记本上写她的名字，林斯诺，林斯诺，为什么不来上课呢，为什么不来呢？

他找她同宿舍的女同学要来她的电话号码。一个人站在闷热的电话厅里拨电话给她，电话响了两声被人接起，他刚开口便被对方无情地挂断。那天下午，他一个人在被阳光炽烤的马路上走，心里泛起细密的惆怅。

"可不可以告诉我林斯诺的住址？"他再次找到与她同宿舍的女同学。

大家面面相觑，犹豫了，可到底还是说了。他的语气平缓而有力，脸上的线条在阳光下显得那样完美无缺，这样的他，让人如何去拒绝？

下了晚自习，他一个人跑到她家门口，双手在嘴边环成一个喇叭，大声唤她："穿蓝裙子的，穿蓝裙子的……"

窗子开了，她探出头来，厉声厉色的纠正他："我说过多少次了，我不叫'穿蓝裙子的'，我叫斯诺，林斯诺！"

他站在她的窗前咯咯地笑："知道了，知道了，穿蓝裙子的林斯诺。"

那天他们没有过多的交谈，他把一个黑色封皮的笔记本扔进她的窗里，一个人消失在茫茫夜色中。她合上窗，坐在台灯前打开那个笔记本，竟是这两天来各个科目的笔记，上面还用荧光笔标注了重点内容，她在灯光下一页一页地翻看，内心深处竟升出细微的情谊。

所有人都以为她是因为那场调戏而不去上课，其实不是的。她没对任何人讲起过，那一天，她赶回家里给母亲庆祝生日，她的母亲却摸着她的头，哭着说："斯诺，你一定要考上大学，一定要有出息，不然会一辈子被人看不起，连身边人都不会在乎你。"她心慌意乱地问母亲究竟发生了什么事情，她的母亲哭着摇头。她绕过那个伤心的女人，走进房间，一地碎片赫然呈现眼前，她顷刻间明白了一切。躺在碎片中的是父母十几年前的结婚照，两张年轻的面孔在七零八落的玻璃碎片中泛出淡淡地笑，仿佛在嘲笑十几年间的一切过往，当然也包括她。爱情没有了，爱情的结晶将要归于何处？她双手掩脸，蹲在地上失声痛哭起来。

若干年后，她有了乔东的孩子，他却选择以那样决绝的方式对待她，她绝望了，亲手把他们的结晶扼杀在子宫里。她经历过，比任何人都了解一个不健全的家庭给孩子带来的苦楚，她不要她的孩子重复她的老路。

张明辉向斯诺介绍乔东："这是A城最年轻也是最有名望的实业家。"

斯诺首先向乔东举起酒杯，展一个克制地笑，她说："你好。"

乔东伤感地看着她，想起曾经，心如刀绞。当年他狠心抛弃她的时候多么希望她就此放下，从此不再纠缠，可是如今，当她再次出现在他的面前，她的表情淡漠，语气轻得没有重量，仿佛初识的陌生人，他却比往昔更痛苦。

他们曾经那样倾心爱着对方，彼此把对方视为一辈子的伴侣，笃定地认为会永远在一起。可是，永远，在生活面前是一个多么苍白的词语。斯诺时常会想，如果当初她的家庭没有经历那场变故，如果她当年和乔东考取了同一所大学，是不是真的可以永远不离不弃？可是生活是奈何桥上的一碗孟婆汤，喝下去便没有了后悔的余地。她与乔东，再也回不去了。

"我和斯诺准备结婚了，如果有时间，欢迎你和夫人一起参加。"张明辉幸福地说。

乔东笑着点头，手里的高脚杯抖了抖，红酒洒出来，溅到身上，在灯光下明晃晃的，像血。顷刻间，一个疯狂的念头竟窜出脑海，他不能失去她，不能失去她。

5

宴会结束后，乔东回到家中，独坐在空阔的客厅里默默点了一根烟。苏晓米已经睡了，客厅的沙发上堆满她新购进的衣服和鞋子。他一挥手，那些印着名牌标志的袋子跌落一地，散发着腐朽的气息。他把烟头捻灭，冲进卫生间，一把抓起浴缸里的莲蓬头用力冲洗自己的脸，水流很急，仿佛倾诉着他急速消逝的青春。他透过被热气笼罩的玻璃镜去看自己的脸，有那么一瞬间，他甚至认不出这样的自己，疲惫，无奈，日复一日重复的生活磨掉了他骨子里的所有浪漫情结。他拥有了苏晓米，拥有了权贵，自己却变成了一个算盘珠子，被生活推向哪里便是哪里了，再没了反抗的勇气。他举起手边的香皂盒恶狠狠地朝对面的镜子砸去……

几乎在同一时间，斯诺不小心打翻了朋友新送来的一套水晶玻璃杯，她低头去收拾，有碎片扎到手指，瑟瑟的疼。张明辉忙跑过来看她，心疼地举起她的手，把受伤的手指含到自己嘴里，嗔怪着说："这些东西碎了也就碎了，放着给佣人收拾就可以了，又何必自己去捡？"

她笑着推开他，无所谓地说："只是一点小伤而已，你又何必如此紧张？"

他凝视着她，严肃地说："斯诺，我答应过你，不会让你再受到伤害，小伤也不要，你到底明不明白我说的话？"

她点头："明白，我明白。"

他扶她到沙发坐下，她望着一地碎片，突然想起十年前的那个下午。那天她急急地赶回家中为母亲庆祝生日，却被那样一个场景惊呆了。她上前去拉父亲的手，请求他不要离开，父亲却抚着她的头说："别这样，斯诺，即使爸爸和妈妈分开了，你一样是我的女儿，我对你的爱永远不会变。"她哭着摇头，她不要残破的爱，她不要。母亲一把把她拉回到自己身边，狠狠地说："不要去求他，让他走，即使没有他，我们也可以生活得很好。"

父亲走了，她挣脱母亲的手，跑到阳台上去呼唤父亲回头，可是她看到的却是另一翻景象。父亲身边多了一个女人，她年轻漂亮，穿一双金边细带高跟鞋，牛仔裤包裹着浑圆的屁股，腰肢轻摆，曲线曼妙。她没有看清她的脸，可是那个女人的背影却深深刻进了她的心里。她认得她，那是她的钢琴老师，曾是她母亲最要好的朋友。

母亲哭着对她说："斯诺，从今以后不要相信任何人，没有人是可靠的，没有人……"

多年以后，她仍旧时常想起母亲那张泪流满面的脸，那句辛酸的忠告成为她心上的一根刺，每时每刻在心尖陡然游走。直到她爱上了乔东，爱情的甜蜜盖过了母亲凄惨的哭泣，她一遍一遍对母亲说："乔东是不同的，他和那些负心男人是不同的。"母亲默默地叹气，在女儿期待和真诚的眼神里，她看到了曾经的自己，同时，也看到了绝望。

母亲临终时死死握住她的手，弱弱地说："离开他，离开乔东，他不适合你，他不适合你……"

她哭着跪在母亲面前，撕心裂肺地说："您为什么如此讨厌他？我爱他啊，我爱他，我可以去死，可是我无法离开他。"

母亲紧闭双眼，一行清泪缓缓流下，她说："如果你真的离不开他，就到他的身边去，记住，一定要看牢他，否则你迟早会失去他的，一定会。"

母亲的临终遗言像一则诅咒，时常萦绕在她的心头，她到底还是失去他了。想起母亲曾经一遍一遍对她讲起的那个故事，她周身总是难免一阵瑟缩。

"你想听故事吗？"她问张明辉。"只要是你讲的，我一定听。"他说。

她把头抵在他的胸前，那些悠远的故事仿佛从另一个时空飘来，赫然摊在眼前，泛着微弱的疼。

第二章　宿命的诅咒

1

方青苹在18岁的那一年邂逅了林耀扬。那一年林耀扬19岁，是市青年队的一名足球运动员，踢前锋的位置。那一年，他随球队一起去C城比赛，她坐在看台上，看一群人在修剪得十分平整的草坪上争抢一个没有生命的东西，不禁欷歔，世上怎会有人喜欢这种东西？身边的林岚碰碰她的胳膊，趴在她的耳边说："看看红衫19号。"她顺着林岚的手指望去，那一眼啊，整个世界都静了下来，万事万物都失了颜色，只有他，只有他。多年后，她回想起那天的情景，脑中总会浮出一阙词：春日游，杏花吹满头，陌上谁家少年足风流。妾拟将身嫁与，一生休。纵被无情弃，不能羞！

她后来知道，他是林岚的堂哥。球赛结束了，他所在的球队以0：3败北。林岚带她去见林耀扬，他垂头坐在休息室里，眼里含一汪令人心疼的悲伤。她从书包里掏出一包面巾纸，递与他面前，温柔地说："胜败乃兵家常事，这次不行，下次再来。"他抬起头来看她，林岚走过来，挽着她的胳膊，笑着说："哥，这就是我时常跟你提起的方青苹。"

他说："你好。"

她说："你好。"

他们算正式认识了。之后他便离开了C城。可是自那之后，他便时常写信给她，有时谈起他的队友，有时谈起他的教练，有时谈起他们的赛事。她是从那个时候开始关注起足球，昔日在她眼中的野蛮运动因为他的存在而大放异彩。她在给他的回信中说："其实人生就像一场足球比赛，如果不按常理出脚，必遭红牌罚下。"三天后，她再次收到了他的信，他第一次没有提及和足球有关的东西，信很短，却让她志忑了三天三夜。他在信中说："青苓，做我的女朋友好不好？"

他们的结合，从开始便注定是一场伤情。他再次踏入C城，这次不为足球，不为比赛，只为她。他到她的学校找她，他们躲在操场后的草垛旁偷尝禁果。她问他："你会一辈子陪在我身边吗？"他不语，只是用力抱紧她，抱紧她……时间在那一刻停止了，交织在空气里的唯有他们的喘息。下课的铃声响了，有同学从教室里涌出，他替她系上最后一枚扣子，然后拉起她的手疯狂跑出操场。风呼啦啦地吹过来，她什么也听不见，什么也看不见了，她的世界里只剩下他，那个为了爱情奔赴到她身边的他。

她把他带回家中，他们的爱情遭到父母的强烈反对。她的父母都是知识分子，有着良好的素质和修养，他们只有方青苓一个女儿，把全部的希望都寄托在她的身上，希望她能考取一所好大学，将来可以过人上人的生活，而这种生活是他无法给予的。

她的父亲找林耀扬谈话："小伙子，我们并不是说踢足球不好，可是一个男人毕竟要有自己的事业。"

他目光坚定地说："踢足球就是我的事业！"

她的母亲接话："可是我们并不需要一个以踢足球为事业的女婿！"

他怔住，转头看向她，失落得像个受伤的孩子。她拉起他的手就往门外走，耳边传来母亲的哭声，还有父亲的吼叫："走了就永远不要再踏入家门！"父母的凄绝透过冷风送来，她的身子抖了一抖，还是走了。

那一年，她18岁，花儿一样的年纪。她18岁以前的愿望是考取中国最好的一所大学，将来为祖国的建设贡献自己的一份力量，并且一直为此而努力着。她出身良好，虽然相貌出众，却从未因早恋问题惹父母烦忧。在认识林耀扬以前，她每天过着三点一线的生活，家，学校，图书馆。所有人都认为她会按父母规划好的一切稳步向前，却没想到，在她读高三的这一年遇到了他。如果没有遇到他，她现在很可能会是国家机关的某位工作人员，亦或成为C城某所高校的老师，每日以身作则，教书育人。也许会在茫茫人海中寻一个出色的男人，嫁过去，从此过着无波无澜的生活。可是这一切，因为遇到了他，全部成为昨日泡影。为了和他在一起，她毅然斩断了亲情，切断了和往日朋友的一切联系。她把身体交于他，把心交于他，把自己的整个世界交付于他，连退路都没有留。

"她真勇敢。"张明辉由衷地说。

"也很傻。"斯诺长叹一口气。那年夏天，那个女人悲伤的面孔重又浮现于眼前，一眨眼便落成一地碎片。她在心里沉沉的呐喊："方青苹，你竟这样傻，这样傻……"

2

半夜，斯诺突然被噩梦惊醒，挣扎着起身，四周是一片茫然的黑，沉积在心底的悲伤一下子找到了爆点，她竟失声痛哭起来。哭声吵醒了在书房里看文件的张明辉，来不及披件外衣，他疯也似的冲进她的门。壁灯被拧亮了，她一个人蜷缩在床边发抖。他走近，捧起她的脸，温柔地用唇拭去她的眼泪，他说："没事了，没事了，有我在，有我在……"

她紧紧抱住他，哭着说："我看见她了，我看见她了……"

他四处望了望，轻声问她："斯诺，我的斯诺，你到底看到了谁？"

"我看到了方青苹，我看到了，真地看到了……"她用力摇晃他的胳膊，眼泪簌簌落了一脸。这么多年了，她以为一切已经成为过去式，释然了，放下了，接着便可怀着一颗静穆的心等待新生。可是当她再次踏入A城，重遇乔东，所有的往事全都卷土重来，那些悲伤再次以侵略者的姿态割划着她的心。逃不掉的，原来一切都是逃不掉的。

他心疼地看着她，悉心安慰："是梦，斯诺，是梦……"

她突然安静下来，抬头看他，幽幽地问："你说，林耀扬当初是否真的爱方青苒？"

"应该是吧，"他说："一个人肯为另一个人奔赴到一座陌生的城市，一定是因为爱着。"

斯诺摇头："不，不，你错了，他谁也不爱，他只爱他自己。方青苒给了他整个世界，他却只还她一段露水情缘，多么残忍？"

他抱起她，把她放到床上，盖好被子，笑着说："傻瓜，别想太多，都过去了，你该试着放下了。"

她一把攥住他的胳膊，哀哀地问："你要走吗，不要留我一个人在这里。"

他说："我不走，你安心睡，我会一直陪着你。"

"我觉得她就在这间屋子里，她在埋怨我，她说她不原谅我，"她警惕地环顾四周，然后侧头对他说："你相信我，我真地看到她了。"

他不语，在她额头落一个轻轻的吻，眼里是一汪深深的爱怜。可是爱又如何呢？她想，他终不能理解她的感受。他是含着金汤匙出生的人，从小到大一路顺畅，生活平静，少有波澜。他一生遇到的最大难题便是如何爱她。他们出身不同，背景不同，生活的经历也大不相同，他们相爱，本身就是一个奇迹。在他们相爱的日子里，他全心投入，她却在心底放了一个巨大的黑洞，昼夜不停地吞噬着内心深处对幸福的向往。她时常会想起母亲临终前说过的话："你迟早会失去他的，一定会……"

她把被子盖过头顶，兀自陷入悲伤之中，一点一点陷进去……她看到方青苒在一遍一遍敲打着她的窗子："斯诺，看一看我啊斯诺……"

3

方青苒去世的那年只有37岁，生活经历了一番沉重的起承转合，最终画上了苍凉的句号。她的父母趴在她的坟前几次哭昏过去。在她18

岁的那一年，为了一个男人毅然离家而去，她的父亲叫她永远不要回来，她真的没有再回去过。多年来，不管遇到多大的困难，她都独自撑着。她并不是铁石心肠，只是，她的潦倒困境无法摊于父母面前。如果她放弃一切用心跟随的那个男人对她从一而终，哪怕生活过得多么无声无色，她也有一样炫耀的资本。可是那个男人早就对她厌倦了，不再抱她，不再看她，甚至不再理睬她。她在19岁的那一年为他生下一个女儿，从此，那个弱小的生命成为维系他们感情的唯一。

她的邻居上前搀扶起她的父母，说着一些节哀顺便的场面话。可是他们该如何节哀呢？多年前，他们的女儿带着一颗懵懂的心决然离开时，他们不但没有拦下，反而说出让她永远不要回家的绝情话。他们没想到，这么多年，她真的没有再踏入家门。偶尔，母亲翻开旧相册，看到女儿那张清秀的面孔，总是忍不住痛哭失声。她曾是他们的全部希望啊，可是如今，希望变成了灰，只消轻轻一吹便散了。谁会想到，近二十年不见，再见面却是天人相隔？

她下葬的那一天，天空飘着蒙蒙细雨。她的父母用掉近半生的积蓄为她修建了一块上好的墓地，墓碑上面刻了一行烫金的大字：爱女方青莘之墓。

原本已经平静下来的母亲，读着墓碑上的字，突然再次痛哭起来。爱女，爱女，她曾是他们的爱女啊，他们如此疼爱的女儿，何以走到今天这份凄凉之地？方青莘的女儿走上前，搀起老人，轻叫一声："外婆……"

老人转头，突然愤恨地看着面前那个出落得亭亭玉立的女孩子，用力去捏她的手臂，女孩儿的手臂上随即出现一块淤青，她颤抖地叫着："外婆，你怎么了外婆……"

"别叫我外婆！"老人愤怒地说："是你害死了我的女儿，是你，是你！"

女孩儿步步后退，跌坐在地上，很久很久抬不起头。

是她害死方青苓的。斯诺向张明辉讲起这个故事时，一遍一遍重复着："是她害死了方青苓，是她！"

张明辉抚着她的头，轻声说："别傻了斯诺，她有什么错？"

那一年，方青苓鼓足勇气把林耀扬带回家，因为她已经有了身孕，他们的恋情像包在纸里的火，再也瞒不住。她的母亲不容分说地命令她："把孩子打掉！"她不肯，那是她和林耀扬爱情的结晶，叫她如何舍得？母亲气急了，扬起右手，颤抖着，终是不忍落下去。

"进屋去！"母亲命令她。

她不肯，母亲拽住她的胳膊，将她拖进房间。手臂上留下深深的五指印，她咬着牙，一滴泪也没有流。她的父亲找林耀扬谈话，言来语去地影射他配不上自己的宝贝女儿。她终于爆发了，拉起他的手离开了家，这一走便近二十年。

在林耀扬离开她的日子里，她看着长大的女儿，曾不止一次在想，倘若当初没有她，倘若当初听母亲的话把她打掉，那么现在的一切是不是都不会发生？有一段时间，她甚至视女儿为眼中钉。她去买菜，邻居们看到她，纷纷夸她的女儿漂亮，她隔着窗子去看在写字台前复习功课的女儿，再转头去看镜子里的自己，一股莫名的悲伤突然袭上心头。不管她愿不愿意承认，她已经老了，老得连往日的一点光彩都寻不到，而她18岁的女儿正以侵略者的姿态掠夺着她的青春。傍晚，独坐床头，她在纸上写："芙蓉凋嫩脸，杨柳堕新眉。摇落使人悲，断肠谁得知？"女儿从背后搂住她，笑着问："妈，在写什么？"她推开她，用力撕扯着手里的纸，那些纸片稀稀疏疏落了下来，写了一地的残破。

她恨狠心抛弃她的那个男人，她也恨自己怀胎十月历尽千辛生下的女儿。可是所有的恨全都因爱而起，倘若不是那样爱着他们，她怎会如此恨着？

张明辉说："她是一个伟大的母亲，也是一个伟大的女性。"

斯诺问："那么林耀扬呢，他能算一个什么样的人呢？"

"或许他有什么不得以的苦衷吧。"张明辉说。

她冷笑："这就是你们男人，所有的不负责任都可以用'苦衷'二字轻易带过。那么感情算什么，责任又算什么？"

张明辉举手投降："好吧，好吧，我说不过你。可是你不要一竿子打翻一船人嘛。不管别人怎样，我是不会变的，我对你的爱是不会变的。"

斯诺看着他，仿佛看到十年前的乔东，他捧着她的脸信誓旦旦地说："斯诺不怕，我会永远陪在你身边的，不管发生什么事都不离不弃。"

不离不弃，不离不弃……斯诺把这四个字在心里重复了上百遍，然后提起勇气把他带回家中，带到母亲面前。母亲却一眼看透他眼神中的游移，拉着她的手说："斯诺，离开他。"

她不肯。她对那个男人的笃定，像极了当年的方青苹。母亲气急，以死相逼。可是没有用，她已经被爱情冲昏头脑。多少次，母亲用尖刀对准自己的脖颈，狠狠地说："如果你不离开他，你就会失去我。"她哭着爬到母亲身边，伸手抢过那把尖刀，决绝地说："如果您让我离开他，不如让我去死！"她的母亲彻底败给她了，从此，是悲是喜，由她去吧。

方青苹在她37岁的那一年彻底失去了她的丈夫。其实她早已失去他了，同床异梦的生活持续了17年，她知道早晚会有这一天的，她一直知道。斯诺在23岁的那一年失去了乔东。命运竟是如此奇妙的东西，在不同的时空，老天把相同的命运加载在两个不同的女人身上，多么讽刺？

"你信命吗？"斯诺问张明辉。

他说："不信。"

她说："我信。"

如果方青苹当初没有遇到林耀扬，如果她当初没有遇到乔东，现如今的一切悲剧都不会发生。可是他们偏偏遇到了。原来一切都是命中注定，逃不掉的。

深夜，张明辉的手机突然响了，斯诺把手机递给他，不经意看了一眼屏幕上的字，显示出的名字竟是乔东。

4

张明辉投资的项目已经批下来了，乔东在中间使了不少力气。他在电话里缓缓地说："改天我们一起吃个饭吧，带上你的未婚妻。"

张明辉笑着回应道："应该的，应该的，感谢乔总的大力支持，真没想到事情竟如此顺利，我真该好好谢谢你。"

次日，在城贵皇宫，张明辉把菜单推到乔东面前："看看乔总喜欢吃些什么？"

乔东顺手把菜单推给了斯诺："还是让女士先点吧。"

斯诺接过菜单，连着念了一长串菜名，间隙看一眼乔东和张明辉："你们还要再加点什么吗？"

乔东摆手："不要了，已经够多。"

"您倒是一个容易满足的人。"斯诺调笑道。

乔东低头沉笑，只有他能听懂她的潜台词。气氛一下子变得压抑起来，系着红色领结的服务员把菜一盘一盘地端上来，满满地堆了一桌，竟没有人首先动筷。还是张明辉首先打破了沉默，他笑着问乔东："夫人怎么没有一起来？"

"她身体刚好有些不舒服。"乔东解释。

"要紧吗？我和第一医院的医生很熟，要不要我找人去帮嫂子看看？"张明辉真诚地说。

"不用，"乔东挥挥手："只是小毛病，让她休息一下就好了。"

"你又不是她，你怎么能了解一个病人的痛苦？"斯诺恶狠狠地反问。

他一时语塞，张开嘴却不知道说什么才好，只好悻悻地闭上。

"斯诺……"张明辉在底下轻轻拉她的衣襟。

她领会了他的意思，乖乖闭上了嘴巴。整顿饭吃得没滋没味，乔东和张明辉言来语去全是生意。斯诺推说自己要去卫生间，离开饭桌，之后便一直没有回去。

在那样的夜，深远而阴寒，斯诺一人站在高架桥上俯瞰这座城市，灯光穿透岁月铺散开来，落了一层迷茫的灰。这是一座不夜城啊，她想，她已经五年没有来过这座城市，可她却依然随着这桥，这水，这城，一起老去。曾是那么温柔乖顺的可人儿，到底是从何时开始变得刻薄起来了呢？她无从追忆。

张明辉打来电话，他说："你在哪里？"

"在外面。"她说。

"外面这样冷，怎么自己跑出去？"他关切地说："你别动，我马上开车过去接你。"

她蹲下身子，一个人停在桥头，冷风吹过来，送来刻骨的凉，却抵不过五年前经历过的冷。她忘不了那一天，她带着满心欢喜从C城急急赶来，她有一个天大的好消息要告诉乔东，她甚至等不及转天的火车，坐当天最晚的一班列车连夜而至。可是她的奔赴换来的却是他一句冷冷的对不起。

她抚着耳朵不听他接下来的言语，执拗地把随身的行李倒在他的单身宿舍里。

"这一件是我为你织的毛衣，你瞧，是天蓝色的，天蓝色不是你最喜欢的颜色吗？还有这个，这条围巾是不是和这件毛衣很配？"她一件一件翻弄着她为他带来的"关心"。

他看着她，哀哀地叫着："斯诺……"

她说："你什么都别说，只要听我说就好了，你看你看，我还特意为你织了一双毛袜子，也是天蓝色的，你现在刚好可以穿。"

他提高嗓音，不留情面地冲她吼道："我不会再要这些东西，你把它们都拿走吧。"

她的手停在半空中，好久，无力地问道："为什么？"

"我们分手吧斯诺。"他的眼神里含着无限惆怅，他说："我想我们不能再在一起了。"

"为什么？我做错了什么？我到底做错了什么？"她哭着问他。

"不是你的错，是我们根本不合适，两个不合适的人是无法生活在一起的。"他解释。

她摇头，又摇头，大脑顿在了那一刻，嘴里不停地重复着："为什么，为什么……"

他不再言语，她哭着跑出门去。那一晚，那么冷，她穿着单薄的毛衣蜷缩在马路边哭得像个迷途的孩子。他甚至没有追出来，留她一个人在寒风中感受着初来的冬。她明白了，他已经不再爱她。当一个人决心把爱抽离出去，哭，哀求，纠缠，一切一切，全都唤不回往日的温存。不知过了多久，她苍凉起身，抱紧自己，失落地回到了他的住处。那一晚现场直播了A城与C城青年队的足球赛，C城输了，他兴高采烈地捶着沙发，大声叫着："好球，好球。"她顷刻间明白了他的立场，他已经彻头彻尾把自己变成了A城人，那片生养他的土地早已在他心里失了分量，包括她。

她坐到他的身边，抱着最后一丝希望问他："如果……如果我们有一个孩子会是怎样？"

他突然转头，紧张地看向她，似乎在为她的话找一个可信的理由。

她笑了，摆摆手说："幸好我们还没有孩子。"

他长舒一口气："以后别拿这种事情开玩笑好不好？"

她沉默，在心里默默念着，以后，以后。他们还会有以后吗？她摸着自己微微隆起的小腹，内心深处走过一声沉重的幽叹，不会再有以后了，不会再有了。一周后，她去了医院，送掉了他们爱情的结晶，连同送掉了他们五年的感情。

唐奇峰曾一遍一遍劝她："告诉乔东吧，我了解他，他不会撒手不管的。"

她摇头："求来的关爱有什么用，不爱就是不爱了。"这么说着，心里还是藏了一份微薄的期盼。也许他只是一时糊涂，也许他终有一天会想通，五年的感情，怎是一朝一夕便可舍弃的？直到那一天，唐奇峰从乔东的订婚典礼现场拨电话给她，电话那端的一派喧闹浇醒了活在梦中的她。原来他早已将他们的爱情摒弃，原来不过是一场虚妄的期盼，是她一直在异乡做着团圆的美梦，是她一遍一遍憧憬着携手并进的未来，他却早已将这一切弃如敝履。她竟那样傻，傻到等到伤害摊在眼前才肯放纵悲伤。

有一段时间，她不断想起方青苓，夜里有她，梦里也有她。她怎么也不会想到，若干年后，她竟遭遇了和她相同的命运。唯一不同的是，她没有方青苓当年那般坚强。她学会了她的无畏和倔强，却始终没有学会她的坚强。

5

方青苓一生只痛哭过两次，一次是因为林耀扬的离开，一次是因为接到了女儿的大学录取通知书。

她的丈夫是跟她最要好的朋友走的。当初，她决然离家，也一并切断了和朋友们的联系。在女儿六岁之前，她的整个世界里只有丈夫和女儿。直到有一天，林耀扬轻握女儿一双美丽的手，抬头对方青苓说："女儿长了一双弹钢琴的手，让她学琴吧。"

方青苓一边在厨房的油烟里忙活，一边探出半个头来，粗声粗气地说："学钢琴是需要钱的，我们哪有那么多钱？"

"我认识一个弹钢琴的朋友，我跟她说一声，应该可以免费吧。"
他说。

她举着一双油腻的手从厨房走出来，脸上印着挥不去的欣喜："真
的可以免费？"

"恩，应该可以的。"

然后，胡玲开始出现在他们的生活里。那是个瘦削到令人心疼的女
子，每天教完琴，方青苹都拉着她一起吃饭。她絮絮叨叨地说："你这
样瘦，应该多吃些才是，女人怎么可以这样瘦呢？"

每每这时，林耀扬总会闷闷的来上一句："你懂什么？现在流行骨
感美。"

她不服，没好气地斜眼瞟他："什么流行？女人露骨才可怕！"

胡玲总会被他们夫妻二人弄得哭笑不得。他们的女儿轻抻胡玲的
衣角，展一个灿烂地笑容给她："胡老师，吃完饭带你去看我的小熊宝
宝。"直到多年后，胡玲仍一直记得那笑容，那个女孩子的纯净仿佛坠
入凡间的天使，再也没有什么比之更美好了。

方青苹交到了离家出走以后的第一个朋友，她那么信赖那个叫胡
玲的女子。有时，她在厨房择菜，胡玲突然探进头来："嫂子，要不要
帮忙？"她笑着把她推出去："这里脏，不适合你。你出去看电视，饭
一会儿就好。"胡玲退将出来，一屁股坐在沙发上，和林耀扬嘻嘻哈哈
的讨论着某个电视剧。她却对此丝毫没有在意。有时，她拉着胡玲聊
天，开始的时候只说一些琐琐碎碎的家常话，例如丈夫喜欢抽什么牌子
的烟，女儿喜欢什么样子的连衣裙……胡玲惊讶地发现，在那个女人的
世界里只有两个人，心里不免升出一丝同情。后来，方青苹毫无戒备地
对胡玲道出很隐秘的私房话，讲起她与丈夫的曾经，嘴角带着一抹淡淡
的甜，可是转瞬便迷上一层灰。她说，不知道为什么，自从他们有了女
儿，他们的感情突然就淡了，有时他一连几个月都不碰她一下。胡玲静

静地听着，不惊讶，也从不发表任何言论，只是听着。

胡玲有一头乌黑的长发，闲闲地披在胸前，一转一停间都是风情。方青苹常常看着她，看出了神。这样美好的女子，连女人看了都为之心动，又有哪个男人能走出这道风景呢？有时她会想到18岁那年的自己，是否也有着这样一种脱俗的气质？应该是有的吧，她想，否则林耀扬怎会为她迁徙至此。可即便是有过又如何呢？仍免不去浮沉岁月中的同床异梦。

"谁见幽人独往来？缥缈孤鸿影……"这是她时常念起的那阙词。寂寞，恐怕是她后半生的主旋律了。虽然心里早已明了，可是内心深处仍旧藏了隐隐的不甘。不甘于大好青春奉献给一个男人，却换不来那个男人长久的疼爱。可是，又能埋怨谁呢？有一次，他们在深夜里吵架，吵得很凶，她上前去抓他的头发，他甩开她，独自推门离去。她在一腔愤怒无处发泄之时，拨通了林岚的电话。那是她离家之后第一次联系友人，也是最后一次。她哭着质问林岚："当年为什么要带我去看那场球赛，为什么把我带去他的身边，为什么？"

林岚在电话那边冷冷地说："别傻了方青苹，一切都是你自己的选择。"

她怔住，两秒钟后颓然挂断了电话。她明白了，原来一切都是她咎由自取，一切都是。

有一次，她听着女儿房间里流淌出的钢琴声，突然没来由地伤感起来。她独坐在床边，颤抖地点一根烟，那支烟像毒品一般，麻醉了她多年来的苦楚。自那以后，她便经常抽烟，双手支在窗前，吐了一个又一个圈，仿佛她的人生，困顿在固定的圈子里，逃不出。

她问胡玲："你有喜欢的人了吗？"

胡玲浅笑："嫂子又拿我寻开心。"

她摆摆手："爱情是这般圣洁而美好的东西，我又怎么会取笑你。"

胡玲把头埋的很低，轻声说："恩，有。"

那个时候，她万万也没有想到，胡玲的心上人竟是她的丈夫林耀扬。多年后，女儿拿到大学入取通知书的那一刻，她泪流满面的对女儿说："这一生都不要相信任何人，不要有朋友，不要有期待，只有紧紧包裹住自己才能不被伤害。"

她本是那样贤淑温婉的女子，却在十八岁的女儿面前念出那番话，是现实的惨淡磨尽了她的一派纯真，由身到心，*丝丝*不留。爱情曾给过她兴奋与狂喜，却终没有逃过岁月的诅咒，荒凉收场。

她在临终前把自己对现世的绝望留给了她的女儿，从此，那话，那伤，紧紧锁住了女儿的心。在日后那漫长的岁月中，谁能带那个可怜女孩儿走出那场诅咒？

唯有爱，唯有爱。

第三章　只此浮生是梦中

1

苏晓米自从嫁与乔东后便辞去了工作。像她这样的女子，家境阔绰，不用费力争取便比旁人优越了许多，况且接受过良好的教育，懂得如何经营自己，知道女人到了一定年纪，留住自己的青春比留住那些不具备生命体征的钞票更为重要。何况她并不缺钱，只要她愿意，随时都可在这座寸土寸金的城里开上一间小公司，以打发闲至无聊的时间。可是她不愿意那样做，她从小看惯了女强人的悲剧，比起经营一间公司，她觉得好好经营一段感情更有意义。

乔东对她的摇摆不定，她不是没有察觉的。可是她不说，也不试探，他们之间的关系像极她小时候玩的捅纸游戏。是一个很大的盒子，被分成几个隔断，糊上一层纸，有的隔断里被装上小礼物，有的隔断则空得令人沮丧。小朋友需用手指把那层薄纸捅破，方知自己究竟得到了什么。苏晓米从来不曾伸手去捅过那层纸，从很小的时候开始，她已经习惯想什么就得到什么，她不能允许自己的希望落空，唯有一层层地忽略掉。

她的好友小唐眯着眼睛问她："苏晓米啊苏晓米，聪明如你，怎会让姓乔的小子迷得如此失了分寸？"

她只笑不语，眉宇间却映出几分落寞。她想，每个人的生命里都注定会遭遇一劫，用清醒的眼光去认识一个人，却用迷醉的心去爱一个人，明知道会陷进去，一点一点，可能连尸骨都不留，可是仍旧心甘情愿。

小唐也是家中独女，父亲在江南水乡做点小本生意，生活不算阔绰，却也衣食无忧。她十八岁那年考入A城，之后再也没有回过家乡。

苏晓米问她："那么你呢，为了一个男人，几年不曾回家看过自己的父母，值得吗？"

小唐不假思索地答："当然值得。"

苏晓米浅笑，竟有几分羡慕她的知足。她曾见过小唐的男朋友，是那种平凡到走到街上立刻会被人群淹没的男人。他大学毕业后在一家公立中学当体育老师，那些懵懂女孩子对他的崇拜成全了他由内心深处升腾出的虚荣。小唐经常把那些小女生写给他的情书讲与苏晓米听。苏晓米抿嘴，蹙眉，心中暗自叹息："你已经堕落到和小女生争宠的地步。"可是有一点，她是羡慕小唐的，那个平凡的体育老师虽然没有什么过人之处，可至少诚实本分，即使心偶有一丝游移，也逃不出小唐的火眼金睛。而同床异梦的风景才是最可怕的，就如她和乔东。

小唐说："晓米，你那样有钱，当初为何嫁给乔东那样的穷光蛋？"

她摆摆手，纠正小唐："乔东才不是穷光蛋，他只是物质上不富裕而已。"

是啊，他只是物质上不富裕而已，他的精神，他的品质，他的桀骜，又是哪个富家子可以与之比拟的？当初，她的身边堆着那么多的苦心追求者，她却独独看中了他。她买西装给他，他不收。她送手表给他，他退回。他如此骄傲，骄傲到令人心寒。在他面前，贫穷的那个人明明是她。她下定决心做他的妻子，不管用尽何种方法。很多人劝她："不要接受那个穷小子，他是为了你的钱，他是为了在这座城寻一个好的未来才靠近你。"无论外人说什么，她通通不理。外人怎会得知，不遗余力靠近爱情的那个人明明是她。她心里清楚，他和那些凡夫俗子是不同的，只有他是不同的。

小唐摇头："唉，情人眼里出西施，晓米眼里出情郎。"

她浅笑，却无法对小唐道出，她的情郎当初娶她，并非是因为爱她。多少个暗到心冷的夜，他仓皇地坐起身，抓过手边的水杯大口大口地灌白开水，她亦起身，轻搂他的腰，他狠狠地把她的手从腰际挪开。她的心里散了满满的碎片，左右都是疼。多少次，她想抓过他大吵一架，她想道尽心中堆积的所有委屈，她想搂住他的肩膀痛痛快快地哭上一场，可是最终，她只是在深夜里抱紧自己的被子，以黑暗安抚自己心中涌起的烦躁和不安。望着他冷漠的背，她的指甲嵌进手掌里，一块一块的红。

她无法对他发作，这许多年来，她拼尽全力为他的事业铺路，使他获得今天的这份成就，可是有一件事，她却始终是欠了他的。

2

苏晓米没有孩子，准确地说，是不能有孩子。当初，医生把化验报告递与她手中的时候，她整个人跌坐在冰冷的椅子上，半天说不出一句完整的话。乔东抱紧她的肩膀，说："没关系，晓米，没关系。如果你喜欢孩子，我们可以去孤儿院领养一个。"苏晓米泪眼婆娑地看着他，哀哀地问："你真的不在意？"他说："我不在意，只要有你在就好。"就是这句话，深深打动了苏晓米。自那以后，两人再出现什么争端，她总会想到那句话，于是，纵有天大的委屈都会咽下了。

她的父亲苏明启起先是不同意他们的婚事的。在这座处处藏着险恶人心的城，苏明启早已为女儿选下一个不错的对象，是他老友的儿子，从澳洲留学归来，高学历，高水平，谈吐和教养也都是极好的。苏明启坐在女儿面前，面色凝重地说："这样优秀的年轻人你不选，偏要选一个想倚仗你上位的家伙，你说你脑子里究竟在想些什么？"

苏晓米厉声反驳："乔东才不是你说的那种人，他自始至终都没有要过我的半毛钱！"

苏明启冷笑："晓米啊晓米，我真是把你宠坏了，你以为你在外面做下的那些事情我真的不知道？"

她低头，沉默，半天，站起身来抛下一句冷冷的话："我要跟他结婚，如果你不同意，我就永远不再回这个家！"

苏明启怔住，双唇颤抖，整个人跌在沙发上，颤巍巍地说："总要让我见见人再谈结婚的事情吧。"

她笑："那我明天就带他来见您。"

苏明启陷在沙发里，久久说不出一句话。是他和米荔枝把女儿娇宠到如今这副模样，自从当年他们在离婚协议书上签下大名，他们便是欠了苏晓米。给不了她一个完整的家，唯有给她更多更多的疼爱，而他们的疼爱则多表现为纵容和宠溺。起先，她只是有几分任性，可是现在，任性升了级，甚至变得目无尊长，从来不懂得如何去爱一个人，亦不懂别人如何对她才是真正的疼爱。

那天傍晚，苏明启给米荔枝打了一通电话："晓米明天要带一个男孩子来家里，你也一道过来看看吧。"

米荔枝一边用右脸和右肩夹着电话，一边打开手里的电子记事本，匆匆地问："明天几点？"

"明晚七点钟吧，你有没有时间？"

"七点钟，"她翻看着记事本，抱歉地说："明晚七点刚好有个会议，我九点钟过去好不好？"

苏明启没有说话，沉默地挂断电话。米荔枝再听，电话那边只剩一片嘟嘟的忙音。

转天，苏晓米挽着乔东出现在苏明启面前。乔东把手里的一堆礼物放到苏明启面前，怯弱地说："苏叔叔，小小礼物，不成敬意。"

"坐吧。"苏明启挥挥手。

乔东从未像那天那样紧张过，他曾经多次在电视访谈中见过苏明启，那是个睿智而不乏幽默感的男人，可是坐与他的面前，语言却少得近于贫乏。他极力想找一些话题来讲，可是每每遇上苏明启的严苛目光，也只好悻悻合上嘴巴。

苏明启于不经意间打量着乔东，这样的年轻人，他是见多了的，大学毕业时间不长，凭借在象牙塔里学的皮毛知识来社会里闯荡。如果运气好的话，可以找个不错的公司，在阁子间里消磨掉自己的青春。如果运气不好，摔了跤，懂得了疼，则收起一身傲气，开始另谋他路。攀上一个好的关系，应该是最佳选择了吧，他想，可是自己的女儿却一点也看不穿，不懂得这谦恭背后的伎俩。

米荔枝却对乔东的印象极好。那天，她提早结束会议，赶到苏明启家中。当时晓米吵着给大家做甜点，在厨房忙活的时候不小心烫到了手，恰巧家里药箱的烫伤膏用完了，乔东不容分说地跑了出去，再回来时抱了满满一塑料兜的烫伤药。米荔枝笑着抽出纸巾去擦那个傻小子脑门儿上的汗，转头问苏明启："女儿找到一个如此疼爱她的男人，你还有什么不满呢？"

是啊，还有什么不满呢？他们为女儿做的一切全是为了她将来可以找到一个好的归宿。虽然苏明启的心里仍不愿意把宝贝女儿嫁与这样一个初出茅庐的小子，可是既然女儿对他如此迷恋，他又能说些什么呢？即使识得他的伎俩，也不可多言了。为了女儿的幸福，他只有认真去帮助那个年轻人，以便他日风光地把女儿嫁出门去。

有一次，苏晓米和乔东吵架吵得凶了，她一手插腰，一手指着乔东的额头，大声说："姓乔的，你能有今天，全是因为有我苏晓米，如果没有我，你现在还只是一个在社会底层摸爬滚打的乞丐，你到底明不明白？"

乔东怔怔地看着她，好久，转身推门出去。那一夜，他没有回家，一个人在清冷的夜里走。苏晓米一遍一遍发来短信："我错了乔东，我真的错了，我不该对你说那些浑蛋话，你不要抛下我，求你不要抛下我……"他恶狠狠地把手机电池抠掉，右手用力一甩，电池呈抛物线划进江中。

苏晓米说的没错，倘若当初没有她，他现在什么都不是，甚至连街边的乞丐都不如。在他最困难的日子里，是苏晓米帮他渡过了难关。可是那又怎样呢？他抱着她的时候，心却是空的。每每纠缠在一起，他只能紧闭双眼，把她想象成另一个女人才能一路爱抚下去。

这天，他再次被噩梦惊醒，愣愣地起身。苏晓米躺在身边问他："你刚才说什么？"

"我说什么了吗？"他反问。

"你好像在叫一个人的名字。"

"是你听错了吧。"

"也许是吧。"她不再探究。

他长舒一口气，继续躺了下去，可是她的影子却再也抹不掉。他以为，当初托唐奇峰把她送出这座城市，从此，他便可安心开始自己的新生活了。这么多年，他拼命工作，努力不去想那些陈年往事，心绪也渐渐平静下来。可是她的再次出现却打破了他用心经营的平静。他忘不了她，他还是会想她，知道她要嫁与他人，他的心里还是会泛出大片大片的酸。

暗夜里，他在心里一遍一遍重复着她的名字：斯诺，斯诺，斯诺。苏晓米则醒在一旁，独自审视着这个淡了人情的夜，在心里轻轻地吟：何须更问浮生事，只此浮生是梦中。

3

小唐对苏晓米说："对男人不要太过放纵，要适当加以管制才能长久地留住他的心。"

小唐现在在电台主持一档情感栏目，时常以情感专家的身份自居，亦常常在别人的失意中总结着自己的幸福。她时常和苏晓米讲起她的某位听众，言语中尽是讥讽和嘲笑。苏晓米不知道小唐是否也曾那样嘲笑过她，即使有过，她也不会在意。她只是单纯地想对一个人讲话，渴望有一双耳朵能分担她的寂寞和愁苦。

"你对乔东显然太过放纵了。"小唐接着说。

"怎样才叫不放纵呢？"苏晓米反问。

"去查他的行踪，必要的时候查查通讯记录也未尝不可。"

"可是这样岂不是更招人烦，弄不好还会落下厚颜无耻的骂名。"

"你此刻不厚颜无耻，下一刻便会有更加厚颜无耻的人介入你们的生活。"

苏晓米转头看向她，咯咯笑了起来："倘若哪个厚颜无耻的人遇上了你，那真是一件不幸的事情。"

"我会让她死得很难看。"小唐笃定地说。

"我绝对相信，"苏晓米笑着说："弄不好还会和对方大战三百回合，决一死战。"

小唐随手抓一个靠垫扔向她："去你的，你以为我是迪珈奥特曼？"

"还咸蛋超人呢。"苏晓米反驳。然后，两个人窝在沙发里咯咯笑了起来。

她们两人仅有的这点动漫知识是一个叫蕊蕊的小女孩儿教的。蕊蕊是小唐的侄女，确切地说，是那位体育老师的侄女。她经常跑到小唐租住的地方去玩儿，偶尔会在那里遇见苏晓米。苏晓米常常买了大包的零食和玩具给她，抚着她的头说："蕊蕊给阿姨做女儿好不好？"蕊蕊眨巴着一双大眼睛，一头微微泛黄的卷发在脑后扎成长长的马尾辫，走起路来像一只初生的小绵羊。她说："不行啊阿姨，我有妈妈的，如果我给阿姨做女儿，妈妈会不高兴的。"小唐大笑，抬头问苏晓米："既然那么喜欢孩子，为何不自己生一个？"苏晓米不语，沉默地把蕊蕊揽在怀里，一会儿摸摸她的小脸蛋，一会儿揉揉她的头发，一会儿又捏捏她的下巴，心里一阵阵的疼。

有一次，小唐临时有事，托苏晓米照看一会儿蕊蕊。她满心欢喜地把蕊蕊带到家中，恰巧那天乔东在家，蕊蕊说了很多奥特曼拯救地球的故事给乔东听，把乔东哄得十分开心。临走的时候，乔东俯下身来，在她的小脸蛋上亲了又亲。苏晓米看在眼里，心头泛起大片大片的酸，她在心里沉沉的念："如果我们也有一个孩子，如果我们也有一个孩子……"蕊蕊轻抻她的衣角："阿姨怎么了，是不是蕊蕊惹阿姨不高兴了？"她摇头，抱起那个小天使，探头在乔东刚刚吻过的地方又亲了一口。

晚上，乔东在书房里看文件，苏晓米敲门进去，趴于他的肩头，温柔地说："乔东，我们是不是也可以有一个属于自己的孩子？"

乔东放下手里的文件夹，转头看向她，淡淡地说："晓米，你是不是忘了自己的身体状况？"

她怔了怔，从脸上努力牵出一个笑容："可是你也说过，我们可以去领养一个孩子嘛。"

"以后再说吧，"他冷漠回应："养一个孩子毕竟不是一件容易的事情，何况是养别人的孩子。"

她往后退了两步，没有说话，转身出了房门。她明白了，清楚了，他不是不想要一个孩子，而是不想要一个别人的孩子。那么，他曾经对她许下的承诺又算什么呢？她为什么要过着这种小心翼翼的生活，她到底做错了什么？究竟，是他欠了她的，还是她欠了他的？

十月的A城，还残留着淡淡的暖，她把自己扔在沙发上，环视室内，在豪华而绚丽的顶灯下竟感到透骨的寒冷。她关掉了所有的灯，独自坐在黑暗中，点一根雪茄，在寂寞中独品烟草的味道。她喜欢这种味道，很浓，很沉，很高贵，也很绝望，就像她的人生。

她在深夜里打电话给小唐，她说："小唐，我不快乐，你知道吗？我不快乐！"

小唐用迷糊而沙哑的声音说："我知道，我知道，我们明天再谈好不好？"

还没等她反应过来，对方已经果断结束了这场简短的通话。她冲到阳台上，打开窗子，把手机狠狠地抛掷到茫茫夜色中。她对着天空大喊："为什么要这样对我，为什么？"叫声被风吹散了，连一点痕迹都没有留。她沮丧地发现，在这座热闹的城，竟没有一双耳朵可以收容她的愁苦。

　　乔东对她讲的话越来越少，每天只是重复性地道一声"我走了"，"我回来了"。这个家对于他来说成了名副其实的旅店。偶尔，她趴在他的肩头，渴望寻一点温存，他也只是推开她，道一声："很累，明天再说吧。"到了明天，他又把日期推到了下一个明天。明日复明日，明日何其多？她终于忍受不了他的冷淡，随手抓起一个鸭绒枕头拍向他的头，大声吼道："你是不是对我厌倦了？如果是，请你直说，我会识相离开，我一定会！"他一把揽过她，把她放于身下，一翻蜻蜓点水的爱抚后草草切入正题，然后，转身睡去。几次过后，连她自己都厌倦了，如果欢娱是靠求来的，吵来的，还有什么意义？

　　他对她的冷漠，成全了她新一翻的蛮不讲理。在家里，乔东不与她吵，她就开车出去和公路上的交警嚷嚷，几次被扭送到警察局，几次被吊销牌照，她全不在意，她有的是钱，一切用金钱可以解决地问题在她眼里全不是问题。有一次，她和小区里那个肥头大耳的管理员吵架，她掐着腰，问候了人家的祖宗十八代，把老人家气到休克。管理员的小孙女跑出来，推开她，一双小手指着她骂："坏女人，你是个坏女人！"她怔住，呆立在那里，痛苦的发现自己已经变成一个名副其实的泼妇，连小孩子都不喜欢她。

　　她怎么会变成如今这副模样？她真是一个坏女人吗？不，她不是。她曾经那样知足而快乐过，在她十岁以前，她曾是一个可爱又善解人意的孩子，在父母的共同关爱下度过一生中最快乐的时光。可是十岁以后，一场突然的变故，一切都变了。

4

在苏晓米十岁那年，她的爸爸妈妈离了婚。

那天傍晚，她放学回家，在幽暗的夜色里，苏明启低着头对她说："晓米，你妈妈走了。"

她把手里那张刚刚得下的奖状捏紧，又捏紧，来不及把书包甩下，径直冲进父母的卧室。衣橱空了，鞋柜空了，梳妆台空了，她的心也随之空了。苏明启跟过来，站在门边哀哀地看向她，眼神里满是落寞。

"为什么，为什么？"她大声质问他："究竟是为什么？"

他不说话，兀自走过来抱住她，眼泪钻进她的脖子里，凉凉的。那是她第一次见父亲哭，一个即将四十岁的男人，将头抵在她的肩头，哭得像个无辜的孩子。她用力去捶打他的背，责备他留不住自己的女人，留不住她的妈妈。他的脸上落满了泪水，他说："对不起晓米，是我无能，一切都是我的错。"她却更用力的捶打他，她说："傻瓜，你有什么错，明明是妈妈对不起你，明明是妈妈不要你！"

从那以后，她在心里暗暗讨厌那个叫米荔枝的女人。

离婚是米荔枝提出来的。那是个精明强干又不甘于平凡的女人，曾陪苏明启一同打下江山。也曾经受过创业的艰辛，公司刚刚成立时不足十人，从设计、生产到销售，每个人都分身乏术。在最低谷的时候甚至一连几个月发不出工资，工作人员全都怨声连连。她为了贷款，托人找到各大银行的领导，说尽了好话，陪人喝酒喝到胃出血，人送外号"拼命三娘"。

在那段最困难的日子里，她和苏明启天天守在一起，吃泡面，喝白开水，他们历尽艰辛，荣辱与共。后来，他的事业终于有了起色，而且稳步向前，每走一步都印了两个年轻人的心血。再后来，她有了苏晓米，她一边料理着各项家事，一边帮苏明启打理着公司里的各项事宜。一晃十年过去，他的身价百倍，从求人者变成了被求者，所到之处必是一呼百应。他自是知道，这一切的背后是米荔枝的坚持和努力。他把公司一半的股份划于她的名下，无数个热门项目全都由她一人把持。她渐渐变得独裁，霸道，甚至烦于听到各种反面意见，职员们在私下给她取了外号，叫"毒皇后"。苏明启多次找她谈话，她全都置之不理。就这样，矛盾越积越深，他们对于管理和经营的理念也相差越来越远，她求新，他却一心求稳。她惊奇地发现，那么多年在她身边的是一个不思发展的男人。于是，在一个平静的夜晚，她吃完晚饭，突然把一张离婚协议书推到了苏明启的面前。

那个宽厚的男人以为自己的妻子疯了，他跑去翻日历，确定不是愚人节后，沮丧地坐到她的对面，幽幽地问："你到底想干什么？"

"我想离婚。"她不紧不慢地说。

"为什么离婚？"他哀哀地问。

"我们不合适，再在一起只会彼此都痛苦。"

"我们一起生活了十几年，为何走到今天才觉得不合适？"

她不语。无论那个可怜男人如何询问，恳求，她都不发一言。她坚定了离婚的信念，再劝下去，只能收得更多的厌烦。他早该知道，比起家庭，她更加热爱自己的事业。在她怀着苏晓米的时候，曾挺着七个月的大肚子出外应酬，谁也劝不下。就是她的这份敬业精神成就了如今的"苏氏企业"。如今，她却要抽身出去，她从来都是一个有野心的女人，不甘于在别人的指导下埋葬自己的能力，哪怕那个人是她的丈夫。

米荔枝离开的时候只带走了属于自己的那部分股份，除此之外没有带走任何东西，包括她的女儿苏晓米。很快的，她凭借从苏明启那里分得的财产建起了属于自己的公司，并且从社会各界"招兵买马"，组建起一支"梦之队"，从设计到销售，全都是最新最快好的。她依旧像一只不知疲倦的小鸟，穿梭于各场高官宴会和重要会议。她偶尔会在某个场合遇到苏明启，他们会像以往一样坐在一起聊聊近况，谈谈他们的女儿苏晓米，只是，不谈感情。有时，她拖着疲惫的身躯回到家中，四周都是冰冷的壁，她闭上眼睛，头脑中时常会浮现出苏明启的脸。他半跪在她的面前哀求她："可不可以不要离婚，只要你愿意，公司的事情可以全部交由你打理。"可是她不理，她要的不只是一个舞台，而是一个王国，一个属于她自己的王国。

像苏明启这样的男人，成熟、多金、待人宽厚，是多少女人心中追捧的对象，她却如此漠然地放开了他的手。偶尔，在某个宴会上看到那些衣着光鲜的小姑娘拼了命地往他身上贴，她的心里不是没有嫉妒过的。可是那种嫉妒很快被事业上的成功所冲淡。她成了众人眼中的女强人，一个不倚靠男人，真正靠自己努力赚生活的女强人。每每有人在苏晓米面前把女强人的封号挂与她的母亲，她总会撇撇嘴，阴阳怪气地说："你们不知道，女强人才是这世界上最可怜的生物！"

然而，在米荔枝的眼里，最可怜的却是那些失了激情和梦想的人们。为了得到自己的王国，她不惜与生活多年的丈夫离婚，抛下自己怀胎十月生下的女儿，毅然离开。虽然在日后的生活中，她并不乏对苏晓米的关心，可是再也换不回女儿的笑脸。在女儿眼里，一个家散了，再多的疼爱都于事无补。

苏晓米大学毕业的那年，米荔枝曾给过她一笔钱，作为给女儿的创业基金。苏晓米却漠然拒绝了米荔枝的好意。她说："你以为这些钱能换回什么？"

米荔枝怔住，好久，她说："换不回什么，却能换一个美好的未来。"

"你以为什么是美好的未来，做一个像你一样的女强人？"苏晓米冷笑："我这一生都不要做该死的女强人！"

她委屈地看着面前的女儿，一股沉沉的悲伤淹没了她。

5

苏晓米不知道的是，米荔枝曾经试图挽回过她的婚姻，可是有些东西，失去了便是失去了，再也寻不回。

离婚后，米荔枝也曾有过两段罗曼史，可是最后全都无疾而终。后来，她沮丧地发现，原来世上没有一个男人可以像苏明启那样忍受她的霸道和任性。于是，在一个月朗星稀的夜，她从一场宴会出来，命令司机开去他的住处。那一天，他却恰巧飞往英国。她没有在夜里吵醒佣人，自己用钥匙开门，可是那把钥匙已经打不开那扇大门。原来他早已把那把旧锁换掉，他不要她再来打扰他的生活。她双手掩面，弯身蹲在地上，痛苦地哭了起来。

苏晓米是转天清晨才发现蹲在门口的米荔枝。她头发蓬松，精致的晚礼装外只简单披了一件毛绒披肩，脸上的妆容颓败不堪。

苏晓米走过去扶起她，疑惑地问："你怎么会在这里？"

她抬起头，无力地冲女儿笑笑，然后望一眼那扇坚固的门，淡淡回问："是啊，我怎么会在这里？"

"进去再说吧。"苏晓米把她扶进屋里。

她立于大厅，环顾四周，这里的一切都没有变，唯有那把锁，悄无声息地锁住了她，锁住了滔滔往事。她没有机会再回头了，永远没有了。那把锁，已经表明了苏明启的立场。而她，连责怪他的力气都没有。是她最先抛下了他们的婚姻，他在朦胧月光下一遍一遍地劝，一声一声地求，她全然不理。她决绝地说："我们根本不合适，再勉强凑在一起只会彼此都痛苦。"他颓然地放开了她的手。彼时，他是爱她的，那么那么地爱，为了她，他可以放下骄傲，放下自尊，放下一切一切，可是他的"放下"成全不了她所追求的幸福。他曾无数次对无数人讲起，他有一个多么优秀的妻子，他满心欢喜地认为他们会天长地久。他想，连最艰难的日子都一起熬过去了，还有什么过不去？她和女儿曾是他的全部幸福啊。当他在离婚协议书上签字的那一刻，他悲哀地想，她是他的幸福，他却成不了她的幸福。既然不能给她幸福，只有放了她，让她寻得一片更自由的天。

在她离开的那一天，苏晓米曾在深夜里打电话给她，愤愤地说：

"你会后悔的，一定会！"

　　是的，她终没有逃出女儿的诅咒，她后悔了，可是一切却再也回不去。自那天从苏明启那里回来，她经常失眠，整夜整夜不能睡，一闭上眼睛就是苏明启那张熟悉的脸。她还会时常落泪，说不清是为什么，只是觉得委屈。出席宴会时还会常常醉酒而归，她从来不会如此没有分寸地经营自己，可是自那天起，一切都变了。她渴望有一双手能把她抱起，予她片刻温暖，只是片刻就好。她曾试过找别的男人，可是没有一双手可以抵过苏明启那双手的温度。她想念她的丈夫，想念她的女儿，可是每每想起女儿的话，她的心总是撕裂般的疼。

　　苏晓米说："你会后悔的，我等着那一天，等着你无助的那一天。待到那一天，我会告诉你，一切都是你咎由自取，没有人会在原地等你，没有人！"

　　真的没有人在原地等她。她灰心了，厌倦了，放弃了，笃定自己会在寂寞中度过余生了。

　　她永远没有机会知道，当年的那把锁其实是苏晓米换掉的。

　　苏晓米恨她的母亲，恨她的狠心离开。自母亲离开，她夜夜噩梦，每每从梦中惊醒，她独自跑到大厅，把和母亲有关的一切东西全都抛到窗外。为了不让父亲担心，在天亮之前，她只得把那些东西重新拣起，归于原位。后来，在苏明启去英国出差的那一天，她果断地找人换掉了门锁，连密码都重新设置。她不给那个女人回头的机会，一次都不给。

　　她曾经把这些讲与乔东。乔东说："她毕竟是你的母亲，你又何必做得如此之绝？"

　　她冲他怒吼："她不配做我的母亲，不配做苏明启的老婆，她不配！"

　　除了晓米，没有人知道苏明启在离婚后曾陷在怎样的悲伤之中。她不会对任何人讲起，连她自己都不要再回忆起那段无望的日子。她曾一次又一次拍着父亲的肩膀，笑笑说："没关系老苏，没关系的，以你的条件，完全可以找到比她更好的女人。"

苏明启感激又悲伤地看着她，哀哀地说："我可以重新找一个妻子，可是你怎么办，你的妈妈只能是米荔枝，只能是她。"

她匆忙抹一把泪，语气坚定地说："我有你一个人已经足够，真的够了。"

自那天起，他们真就过起了相依为命的生活。苏明启没日没夜地工作，收入囊中的金钱成了梦幻数字。可是不够，不够，总是不够。朋友们劝他："你这样拼，为了赚钱把健康都搭了进去，值得吗？"他总是只笑不语。只有苏晓米知道，工作于父亲来说只是一个遗忘的工具。那么多年，苏明启从未把任何女人带入家中，在他的心中始终为米荔枝留了一席之地。即使她不要，即使她拒绝，可是他依然要留，而且一直留着。

苏晓米知道，父亲在外面是有过女人的。有一次，她在家里接到一个女人的电话，指明要找苏明启。她静静地把电话听筒递与父亲手中，他却沉默地挂断了。她转头看着他，忧愁地说："你该认真去谈一场恋爱了，我不介意，真的不介意。"他不语，只是轻轻抚一抚她的头，然后转身走开。

她一直记得父亲说过的话："我可以重新找一个妻子，可是你的母亲只能是米荔枝，只能是她。"是啊，那么多年，他从未让任何一个女人打扰过他们的生活。以苏明启的条件，身边的女人自是不少的，可是从未有人淹没过米荔枝的位置，从未有过。

苏晓米从很小的时候就知道，占据一个男人的心远比占据他的身体困难得多。她曾以为自己已经占据了乔东的心，可是若干岁月铺垫过去，她悲哀地发现，他的心原来一直不曾停留在她的身上。纵然他们之间少有大争大吵，却总似有一层东西挡在中间，隔出了裂痕，然后裂痕越来越大，越来越深，她甚至不知如何来修复他们之间的关系。有时，她望着他熟睡中的脸，会突然淌下泪来，她在心里一遍一遍幽幽地问："怎样做才能使你不讨厌我，告诉我，到底该怎样做？"有时乔东翻身时醒了，睁开眼睛看到她，会突然一惊，然后不耐烦地问："怎么不睡？坐在那里发什么神经？"她不说话，将身体退回到被子里，以被裹头，裹紧，再裹紧。

他们之间的关系像一口干枯的湖，即使连绵不断地扔进小石子都不会激起半点涟漪。她以为这一生都会在这种无趣中度过了，连他冷漠的原因都不知晓，直到有一天，一个男人的出现打破了这种被固化了的宁静。

第四章　好时光再难招唤

1

与于婉馨分手后，唐奇峰曾辗转几个陌生的城市，做过多份没有任何挑战性的工作，最后，还是回到了A城。那曾是他放飞青春梦想的地方，也是他和于婉馨相爱的地方。逃避也好，缅怀也罢，最终，他还是回去了。

那天清晨，苏晓米照例起得很晚，穿着睡衣睡眼惺忪地走下楼，然后不假思索地推开了楼下卫生间的门。一个男人赤身出现在她的眼前，她大叫一声，慌忙退了出去，连门都没来得及关。五秒钟过后，她随手抓起手边的吸尘器，狠狠地问候了那个男人。

两个小时后，乔东和苏晓米同时坐在医院病房里望着头上裹满纱布的唐奇峰。他左手握一个红富士大苹果，右手挥舞着向乔东描述两个小时前自己亲身经历过的"惨案"。苏晓米双手合十，一遍一遍地说："对不起奇峰，我不知道是你，我真的不知道。"

乔东笑的前仰后合："怪我怪我，我该提前告诉晓米的，可是早上有个会要开，我急着去公司，一时间竟给忘了。"

唐奇峰把吃剩的苹果核扔在他的身上："你还好意思说！"

苏晓米把另一个削好的苹果递与唐奇峰手中，弱弱地说："我还以为家里进了流氓，所以才……"

乔东握握她的手，淡淡地说："奇峰是昨天晚上到的，那时侯你已经睡了，我没有叫醒你。"

苏晓米抱歉地看着病床上的唐奇峰，对乔东皱皱眉："你该叫醒我的。"

乔东点头，笑着问："楼上不是有卫生间吗？你怎会跑去用楼下的卫生间？"

"楼上卫生间的抽水马桶坏掉了，还没来得及找人来修。"她幽幽地说。

"我刚才没吓着你吧？"唐奇峰紧张地问。

"有一点儿。"她笑笑。

"一个大男人突然出现在眼前，能不被吓到吗？"乔东瞟一眼唐奇峰。

苏晓米略带羞涩的回应："关键是，关键是这个男人没穿衣服。"

乔东大笑。唐奇峰满脸通红地把手里的半个苹果塞到苏晓米嘴里，愤愤地说："你刚才是不是看得特过瘾？"

"得了，"苏晓米挥挥手，满不在意地说："你以为我是于婉馨？"

突然提到于婉馨，大家都沉默了。

于婉馨，这个贯穿于唐奇峰整个青春岁月的名字在若干年后竟只流转成一个苍凉的符号。时光匆忙带走殷殷往事，留下的，只有一个如童话故事般美丽的梦。

苏晓米说："那么多年的感情，就这样放下，可惜了。"

乔东皱眉，递一个眼神给她，她心领神会地闭嘴了。

没有人知道，那一年，在广州，唐奇峰和于婉馨之间究竟发生了什么。那一段辛酸的情，成为唐奇峰心口上永远的痛。直到如今，若干人，若干事一一铺陈过去，他仍然忘不了她。她的眼，她的唇，她生气时微微皱眉的样子，像烙在他心头上的印，抹不去啊，抹不去。

他从来不知道她会有那样绝情的一面。那一夜，大雨，他站在她的楼下苦苦地求，他说："我是爱你的，一直都是。"她不肯见他，连一个背影都不给他。他一个人，在那座陌生的城，成了最不受欢迎的异地人。那一刻，他才真正明白，属于他们的爱情过去了，彻底过去了。

有一段时间，他整夜整夜把自己泡在网吧里，和聊天室里那些分不清男女的ID们聊天，他一遍一遍在键盘上敲击着：我爱你，我爱你啊于婉馨，我爱你。他每天重复着幼稚而血腥的游戏，试图在虚幻中麻痹自己。可是不行，他能骗到天下人，包括他自己，却骗不了自己的心。他相信时间总能抚平一切伤痛，可是他的心仍是那么疼，那么疼。

在广州的那段日子，偶尔，他会想到斯诺，想到那个可怜女孩儿对他说过的话，她说："如果你爱她，就到她的身边去。"于是，他真就放下了所有，全情奔赴到恋人所在的地方，可是他去了，他们的关系竟然变得更为惨淡。他终于明白，原来，阻隔在他们中间的不是距离，而是那些滔滔流逝、无法挽回的时光。

2

唐奇峰出院的第二天，乔东在醉仙楼为他接风洗尘。唐奇峰兀自握着手里的酒杯，自嘲地说："回来好几天了，该有的尘也就早就掉了。"

苏晓米尴尬地给他敬一个礼，笑嘻嘻地说："您大人有大量，饶了小女子这一回吧。"

唐奇峰坐过来，眯起眼睛看她："我说晓米，几年不见，你到底从哪儿学会的那一身好武艺？"

苏晓米乜斜他一眼，淡淡地说："还不是让你给吓的，一个陌生男人突然在眼前，你能让我怎么办？"说完，她故意推推他的肩，饶有兴致地问："不过，那么久不见，你这肌肉倒是结实了不少，尤其是裸着看，真有肌肉男的范儿呢。"

唐奇峰匆忙抱紧双臂，故作委屈地说："我还纯情着呢，你休想打我的主意。"

苏晓米一口唾沫啐在他的脸上："呸，美得你。"

乔东静静看着他们两人抬杠拌嘴，自己倒成了可有可无的旁观者。他已经很久没有见过苏晓米如此开怀地笑过了，和他单独在一起的苏晓米更像一头性情古怪的小牛，仿佛随时都有可能任性发飙，让人无能为力。他开始有些惧怕她，慢慢地，这种惧怕变成了厌倦，而且愈来愈深。

唐奇峰扔一张被揉成团状的餐巾纸在乔东面前，笑着问："想什么呢？到底管不管你这牙尖嘴利的老婆？"

苏晓米挽过乔东的胳膊，抬头做作亲昵地说："老公，替我灌他，把他灌到桌子底下去。"

唐奇峰双手抚眼："唉呦，唉呦，我这孤家寡人实在不宜多看这种伤眼球的镜头。"

乔东不语，只是笑着举杯。他对苏晓米的厌倦，不是打骂，不是争吵，而是无休无止的冷漠。而悲哀的苏晓米，和这个男人生活了五年，她自是知道他的克制和漠然，她以为这便是他的性格，却从未怀疑过他对她的感情。也许不是没有想过，只是不敢想罢了，怕突然寻到一些蛛丝马迹，连自欺欺人的勇气都散掉了。她经常这样安慰自己，当初，她不正是因为他的孤傲才爱上他的吗？不是他变了，而是她自己要求得太多。她不该像一般的家庭妇女那样用狭隘的心去思量丈夫的一切行踪，可是即便是这样想着，她的心头仍会泛起千万种悲伤。即使大脑一遍一遍为他的种种冷漠开脱，可是她的心却对她说：他不够爱你，一直都不够，就算是初坠爱河的时候，他都没有热烈过。他对你，不过是完成一种简单的施舍而已。

她不遗余力地在外人面前表演着夫妻二人恩爱有加的戏码，他不推，也不拒，淡淡配合着。有时，她真就以为他们是如此和谐了，可是每每走出众人的视线，他会轻轻拨开她的手，永远把双臂裹在胸前，像一种防卫，拒绝一切侵扰，包括每日睡在自己枕边的妻子。而她，像一个合格的演员，戏演完了，独自退到后场，淡淡收拾着自己的一片凌乱。渐渐地，她不愿再陪他出席任何场合。她怕，怕帷幕落下，他推开她，他们会沦为毫不相干的陌生人。

唐奇峰大醉后，勾着乔东的肩膀，冲他大声吼叫："乔东，你知道吗？你真他妈不是个东西！"

　　苏晓米取车过来，嘀嘀按着喇叭："上车！"

　　唐奇峰摇摇晃晃地摆手："你先走，我和乔东还有一些男人之间的事情要解决。"

　　乔东递一个眼神给苏晓米，示意她，唐奇峰喝醉了。她摇头笑了笑，按上了车窗，独自朝茫茫夜色奔去。

　　对于唐奇峰，苏晓米心中一直藏了一份感激。当初，她和乔东是在一个朋友的生日宴上相遇，宴会的主人便是唐奇峰。苏唐两家本是世交，当初，两家还隐隐动过结为连理的念头。可是后来，唐奇峰遇到了于婉馨，他的所有心思全都用于取悦于她，别的女孩子根本不能靠近半步。而唐奇峰之于苏晓米，也不过是一个邻家大哥哥的角色，可以一起玩儿，一起疯，却无法携手。有些人，不是不好，而是不对，他们心里都明白，彼此都不是对方认定且心仪的角色。双方家长也只好放弃，听凭儿女们于茫茫人海中寻着自己认为"对"的另一半。

　　唐奇峰遇到了于婉馨，而她，寻到了乔东。她第一眼见到乔东时，他穿一件黑色高领毛衣，一条深色牛仔裤，一双干净的白色帆布鞋。满屋子西装革履的家伙，只有他是不同的。其间，频频有人过来与她搭讪，他却连一个眼神都没有留给她。他一直窝在角落里，静静地对着手机听筒，偶尔笑，偶尔皱眉。她不知电话那一端是怎样的一个人，有那么一刻，她甚至有些嫉妒那个能牵动他情绪的影子。

　　派对结束后，她站到他的面前，淡淡地说："把手给我。"

　　他静静看着她，眼神凛冽而犀利："你要做什么？"

　　她不说话，兀自拉过他的手，在上面写下一连串阿拉伯数字，然后抬头冲他笑笑："我发现你特别爱讲电话，有空打给我。"

　　他站在原地，望着手上的字迹，摇头，又摇头，一丝轻蔑地笑从嘴角流出，他在心头暗暗地说："真是莫名其妙。"

另有朋友过来拍拍他的肩膀："你小子真是好运气，你知道刚才那女孩儿是谁？"

"是谁跟我又有什么关系？"他不在意地甩掉朋友搭在他肩膀上的手。

"她是苏晓米，她的父亲苏明启是A城最大的实业家，"说至此，朋友冲他挑挑眉毛："她能看上你，算是你小子的造化。"

他怔了怔，然后走到卫生间，默默洗掉了手掌里的那串数字。彼时，他还只是一名大四学生，，在A城一间很小的建筑公司实习，每个月有一千八百块的固定工资，除去房租，还有些许剩余用来买书，买碟，来填充自己的精神世界。在这座城市以外，有他心心念念的女友，他们恋爱长达五年之久，也许过不久，他们便会结婚，搬至一处，然后养一个漂亮的孩子。关于未来，他有着温暖而妥帖的设计。苏晓米的出现无疑是多余的，他的未来里根本没有安置她的位置。即使她家境殷实，又如何呢？他从没想过倚仗任何人来达到在这座城中立足的目的，即使有，那个人也必不是苏晓米。

可是后来，一切都变了。他的工作出现了大的变动，在他最困难的时候，是苏晓米帮他渡过了难关。他在感激她的同时，悲哀地发现，他已经不能甩掉她的追随。他接受了她的帮助，也一并接受了她的爱。对于在另一座城市苦苦等他共度一生的女子，他唯有道一声抱歉。那个可怜女人哭着对他说："我从没想过你会这样对我，从没想过。"他沉默不语，试用冷漠逼她死心。

谁又想过呢？连他自己都不曾料到，自己有朝一日会用如此残忍而决绝的姿态切断往日情谊。本是一段人人称羡的恋情，让他亲自经营成一桩悲情故事。他的懊恼，他的自责，他的悲伤，绝不比任何人少一分一毫。可是在外人看来，他却是整个故事中最大的受益者，他方方面面都具备了受人指责的点。他不解释，从不解释。即使解释又能换回什么呢？往日旧情吗？不，回不去了，一切都回不去了。

唐奇峰站在夜色中，一遍一遍指着乔东的脑门儿叫嚷着："浑蛋，你他妈就是一个浑蛋。"

乔东兀自从西装里掏出一根烟，弯身坐在马路牙子上，望着朗朗星空，静静地说："斯诺回来了。"

3

自从回到A城，斯诺时常会接到张明辉母亲打来的电话，她闲闲地和斯诺拉着家常，实则每一句都在探听他们的最新动向。斯诺一句一句认真地答，不伪装，也不掩饰，那个女人寻不到任何异常，每次都以无限失落切断电话。

张明辉的母亲是那种典型的上海女人，世俗，势利，精于算计。她一直都不认为斯诺是儿子结婚的最佳人选，可是儿子喜欢，她也只好暂时默许下来，希望他日以自己的方法逼斯诺离开。

斯诺至今记得她第一次去张家拜访，那个女人用警觉而挑剔的眼光看着她，在饭桌上旁敲侧击地打探着她的家庭状况。她诚实地答："母亲去世了，父亲和别的女人跑了，至今不知身在何处。"那个女人从嘴角勉强牵出一丝笑，似同情，也似轻蔑："哦，原来是个可怜的孩子。"斯诺对她的虚情假意很是反感，可是为了张明辉，也只好含笑忍下。

最令斯诺无法忍受的是那个女人对她的怀疑和不信任。她从未对张明辉讲起过，他的母亲曾调查过她的身世，从家庭状况到生活情况，甚至具体到她曾经念过哪所小学，在青春期有没有过早恋现象。斯诺淡淡接受着这一切，装作什么都不知道，一步步地退让，不是因为她的软弱，而是不想让张明辉为难。他那样悉心地疼爱她，她能为他做的仅有这些，仅有这些。她想，一切都会好起来的，只消一点时间而已。

在她的内心深处，始终对张明辉存有一份亏欠。她从来没向任何人袒露过，她对张明辉，感激的成分大过爱情。或者说，从乔东狠心抛下她的那一刻，从她决心把她的孩子打掉的那一刻起，她就不相信所谓的爱情了。她一直记得母亲的话："这一生都不要相信任何人，不要有朋友，不要有期待，只有紧紧包裹住自己才能不被伤害。"她不想相信，也不愿意相信，可是乔东的背叛如一个血淋淋的现实，赫然摊在她的眼前，她信了，她能抵得过寒冬，熬得过艰苦，却挡不住命运的捉弄。经年过后，斯诺比任何人都更能了解方青莉当年的悲伤，她的悲愤，她的绝望，她的歇斯底里，若干年后悉数在自己的女儿身上重演。

斯诺哭着对张明辉说："没错，她就是我的母亲，方青莉就是我的母亲，我可怜的母亲直到死都没等来那个男人的回头……"

张明辉轻抚她的头，一遍一遍的安抚她："斯诺不怕，斯诺不怕，有我在，我不会让你再经受那些苦，我发誓！"

她在寒冷的冬夜紧拥住张明辉，他对她的怜爱和疼惜像一尊温暖的炉，暖至心底。她没有理由不去爱他，更没有理由拒绝他的爱。可是啊，可是，如果每个人都如初生时那般单纯就好了，她的过去，那些不堪回首的记忆，依旧像恶魔一样纠缠着她。比起乔东的背叛，她更不能释怀的却是林耀扬当年的舍弃。

张明辉说："我来帮你一起扛，如果仅凭你一个人的力量忘不掉，那么再加上我，我来帮你忘掉。"

她窝在他的怀里，久久说不出一句话。她想，她何其幸运，在她最潦倒无助的时候，上天把他送到她的身边，他对她呵护倍至，独自承受一切，免她惊扰。以他的条件，本可以找到更为出色的女子，可是他只要她。为了他的"只要"，她没有理由不振作起来，以一颗感恩的心来重新整理自己余下的人生。

乔东对唐奇峰说："斯诺要结婚了，她的结婚对象也是一个生意人。"

唐奇峰怔了怔，淡淡回应："这样不是很好吗？"

"可是我不想看到她嫁给别人，"乔东的声音在夜风中微微颤抖着，夹了沉沉的痛，他说，"我还爱她啊，我还爱她！"

"放屁！"唐奇峰揪过他的衣领，愤怒的冲着吼叫道："你有什么权利说出这番话？姓乔的，你告诉我，在你说出这番话的同时又把晓米置于何地？"

"我和苏晓米之间根本没有爱情，"他哀哀的低吼着，"我们之间自始至终都只是一场交易，交易！"

唐奇峰一记勾拳过去，把他重重打倒在地："乔东啊乔东，枉我当年那样帮你，你大概早已忘记了，当年是你主动抛弃的林斯诺，没有任何人逼过你。你刚刚说什么？你还爱着她？那么当年她伤心无助的时候你在哪里？当她躺在冰冷的手术台上独自面对失去孩子的痛苦时，你又在哪里？"

"孩子？什么孩子？"乔东从地上爬起来，死死拽住唐奇峰的领口，大声回问他："谁的孩子？你刚才说谁的孩子？"

"你的孩子，你和林斯诺的孩子！"唐奇峰借着酒气终于道出了五年来埋藏在心中的秘密："当年，那个傻女人曾为你怀过一个孩子，她满心欢喜地来到A城，期盼你能许她一个未来，可是你带给她的却是什么？冷漠，伤害，甚至抛弃！"

"孩子呢？我的孩子呢？"乔东近乎疯狂地咆哮着。

"没有了，是你亲手扼杀了你的孩子，是你！"

"没有，我没有！"乔东抱头蹲在地上，竟哀哀的哭了起来："你为什么不早一点告诉我，为什么？"

"早一点告诉你又能挽回什么？该造成的伤害已经造成，再继续纠缠下去只会让更多人痛苦。是斯诺让我替她隐瞒了这一切，即使你那样伤了她，她依旧希望你能过得好，过得幸福，我真替她不值！"

乔东整个人瘫倒在地上，很痛苦，也很窝囊，如果此刻有一把刀，他定会狠狠刺入自己的胸膛。老天如此公平，当初他抛弃了斯诺，也一并失去了属于他们的孩子，然后他娶了苏晓米，老天罚他一辈子不能再有孩子。这是他背叛爱情的代价，一切都是他咎由自取。他在心底沉沉地念着：斯诺，斯诺，孩子，孩子，孩子……

唐奇峰说："乔东，你现在已经拥有了你当年渴望得到的一切，你不能再苛求更多，你要对你当初抛弃的女人负责，更要对自己的妻子负责。既然斯诺已经找到自己的幸福，你又何必再生事端？"

乔东以手掩脸，静待黑夜一点一点吞噬他的痴，他的疼。唐奇峰说的没有错，现在的他的确已经不再是当年的乔东了。名誉，地位，金钱全都成为象征他身份的附属品，只要他招招手，多少女人都愿意前来献身。可是他生命里最重要的那一部分缺失了，再也寻不回。

有时候，人就是这么奇怪的动物。当初，不顾一切抛下所有来追寻自己想要得到的东西，然而真正得到了，才发现，原来曾经抛下的才是生命中最重要的，可是一切已经来不及，因为没有人会在原地等你。每个人都在朝前走，会遇到新的人，开展一段新的情感，过上另一种全新的生活，而你，必须接受这一切。因为那些好时光将再难找回。

4

2004年的圣诞夜，斯诺从商店买下一棵圣诞树，差人送到住处，然后自己一点一点地装点，像打扮一个心爱的孩子。

张明辉打来电话："小懒虫，你在做什么？"

"秘密。"她调皮地答。

"我想知道。"他温柔地求："告诉我好不好？"

"等你回来便会知道。"她说。

电话挂断后，隔了几分钟铃声再次响起。她笑着拿起电话："都说回来再告诉你了，你什么时候变得这样心急？"

"斯诺……"一声斯诺，夹了多少沧桑流转后的无奈。

她怔住，几秒钟后从嘴角牵出一丝笑："怎么是你？"

"突然很想听听你的声音。"他说。

她冷笑："乔东，我们已经是过去式了。"

"对不起，"他沉痛地说："我不知道我们曾经有过一个孩子，我真的不知道，如果我知道……"

"如果你知道又会怎样？"她匆忙打断他的话："别再追究这些了乔东，都过去了，我不想再提。我现在生活得很好，真的很好。"

乔东握紧拳头，脑门上渗出细密的汗，他在心里沉沉地说，如果可以用我的命换回我们的孩子，我愿意去换。可是我永远没有这样的机会了，永远没有了。

"乔东？"斯诺在电话那边叫他："你还在听吗？"

"我在，"他说："直到现在我才知道你当年承受了多大的痛苦，一切都是我的错，让你受了那么多的委屈，我到底怎样才能弥补我当年的过错？你告诉我，我什么都愿意去做。"

斯诺笑了，淡淡地说："别傻了乔东，我说了，我现在过得很好，你根本不需要弥补什么。"

乔东心头一阵阵地冷。他以为斯诺会哭着向他道尽多年来的万般愁苦，他甚至准备了许许多多宽慰她的话，可是面对他的忏悔，她却只是淡淡地甩出几个字：我过得很好。有那么一瞬，他甚至耿耿于她口中的"好"，在他内心深处曾自私地希望她生活得并不如意，如果是那样，他会理直气壮地把她领回到自己的身边。可是她说她过的很好，他有什么理由，又有什么理由这样做？

"斯诺，你有没有想过，如果我们重新开始……"

"别孩子气了，"斯诺打断他的话："当初，你已经选好了自己要走的路，不是吗？"

"可是我后悔了，我不想再继续走下去。"

斯诺叹气，在她被他抛弃的日子里，她曾构想过无数个这样的场景：他跪在她的面前，哭着说，我后悔了，我不想离开你。那个时候，在她一厢情愿的幻想里，她曾为他准备了很多很多刻薄的难听话。可是这一刻，真正听他说出来，却又是另一回事。她还是不能凶狠地面对他，他像她的孩子，她由着他吵闹，叛逆，甚至刻薄，却无法真正把他从自己的世界里驱逐出去。

她拿着手机，静静走到窗前。窗外，华丽的灯光装点着这座冰冷的城。她微微合上眼睛，一丝苍凉悄悄爬入眼底，透出了淡淡倦意。如果他早一些对她说出这番话，她会感激地原谅。可是现在，太迟了。他的悔意终究伴随着她对他的心灰意冷，不再具有任何意义。

她握紧电话，努力从脑中搜寻一些妥帖的词语，手机里却突然冒出嘟嘟的提示音，她看了一眼，闪出的是张明辉的名字。她疲惫地对乔东说："你等一下"，然后迅速切换了电话号码。

"我们今天出去吃怎么样，我请你吃圣诞大餐。"张明辉在电话那边兴奋地提议着。

"怎样都好，我听你的。"她说。

"怎么了？"他听出了她言语中的疲倦，担心地问："身体不舒服吗？"

"没有，只是有些累了。"

"要不要我找医生给你看看？"

"不用了。"

"还是看一下比较好吧。"

"都说不用了，"她近乎愤怒地冲他吼道："我的话，你听不懂吗？"

他怔住，有些委屈的叫她的名字："斯诺……."

"对不起，"她说："我真的有些累了，想休息一会儿，等你回来，我们出去吃圣诞大餐。"

"你真的没事吗？"他小心翼翼地追问。

"没事。"她轻描淡写地答。

电话切换回来，乔东酸酸地问："是他打来的？"

她不语。

他哀哀地说："你真打算嫁给张明辉？"

"不可以吗？"她反问。

"你以前最讨厌商人的。"他提醒她。

"你现在不也是商人吗？"她冷冷地回应他："人都是会变的，就像卢梭说的那样，世界上没有任何东西是永恒的。流动的，会流走。静止的，会干涸。生长的，会凋零……而你我，在大浪淘沙中真正残留下的纯真又能剩下多少？"

"你变得悲观了。"他说。

"是你让我变得悲观。"她不留情面地接上他的话。

"对不起。"他的语调变得异常悲伤。

"算了，"她豁达地说："我还要感谢你当初的抛弃，让我有机会重新开始。"

她的话稳稳扎在他的心上，他清楚地意识到，他们的关系早已像搅碎机里的纸，再没有复合的可能。可是他不甘心，不甘心就此放下。

他忘不了17岁的那场劫难，本来品学兼优的他，在那一年的高考中败到令人叹息。他忘不了那一年的高考复读班，斯诺曾伴他度过一段怎样哀戚又幸福的日子。她像上天派来拯救他的天使，轻易扫落了附在他心头的哀伤，在他最消沉的日子，她的伴随给了他面对生活的勇气。拿到大学录取通知书的那一天，他跪在母亲的坟前，哭着说："谢谢您，谢谢您让我遇到了斯诺……"

他至今都不敢想象，那一年，倘若没有遇到斯诺，他将怎样面对那一段令人悲恸的日子。可是如今，她要嫁与他人，他却连一点办法都没有。他做梦也不会想到，命运强加于他的，并不是与心爱女人的相携相守，而是在权利与金钱庇护下与另一个女人的同床异梦。斯诺说得对，路是他自己选的，他没有资格责怪任何人。他唯一能做的便是加倍地折磨自己。

"斯诺……"他叫她的名字，还想再说些什么，她却首先挂断了电话。他望着手机屏幕，良久，幽幽地合上了手机盖。

那一年的平安夜，他独自在办公室里度过。而城市另一端的斯诺，并没有如约去吃那顿圣诞大餐。他们像两只被分装在不同鱼缸里的鱼，离得那样近，却再没有机会游在一起。

斯诺哭着对张明辉说："对不起，我很累，我们不要出去了。"

乔东在电话里疲惫的告诉苏晓米："对不起，我很累，我想自己静一静。"

到底是曾经爱到痴迷的男女，连谎言和推脱都拙劣得如此默契。

5

苏晓米独自走在灯火通明的街上，眼前，一对对，一双双，全是完美的对称，只有她是形单影只的。街上轮番奏响的圣诞歌掩映着她心头那一腔不名所以的悲伤。

她那样悲伤。

自从爱上了乔东，她才知道什么叫真正的孤独。她孤独地面对他的冷漠，孤独地踩踏着自己的骄傲、自尊、甚至命运。乔东像一头喂不饱的小兽，无论她付出多少，他总觉不够。在那些寂寞且阴寒的夜，她用手脚轻轻攀附上他的身体，他却一把推开她，有时用力过猛，她颓然地跌到床下，在蒙怔与羞耻中匆忙爬起来，埋头钻进被子里。在他面前，她已经蜕变成一只没有羞耻心的动物。他要她，她便将自己欢欣相送。

他不要她，她只能乖乖闪到一边。有时，她甚至觉得自己像街边那些靠出卖肉体来赚生活的三陪女，而他便是她的嫖客，没有感情，只有交易。可悲的是，即使是妓女都能得到片刻温存，而他，从未开口说过一句让她暖到温润的话语。

她走进一间咖啡厅，给小唐拨了一通电话。结果，还没等她开口，小唐先是一阵抱怨："平安夜还要上节目，真是倒霉。唉，没办法，谁让咱是劳苦大众，哪像你，整日悠哉悠哉，真是让人羡慕。"

她轻哼一声："我有什么让人羡慕？"

"有闲也有钱，你还想怎样？"小唐的语气隐隐带了一丝妒忌。

她冷笑："如果你愿意，我倒真的想你和互换角色。"

"你在逗我？"

她不语。

小唐听出几分寥落的心绪，于是小心翼翼地问："他不陪你过平安夜？"

"他很忙。"她替他开脱。

小唐哦了一声，抱歉地说："怎么办，我已经和我男朋友约好了，不然我一定过去陪你。"

"没关系，"她表示理解："我只是想打个电话给你。你们玩得开心点。"

电话被窗外震耳欲聋的炮竹声隔断了，她合上手机，推开咖啡厅宽大的木头门，独自走进茫茫夜色之中。风呼呼地拍过来，她裹紧身上的风衣，望着漫天飞舞的烟花，心被狠狠地刺痛了。众人皆喜，她独悲。这样让人沉醉的夜，本该有另一人的陪伴，可是她的身边，全是看不到的虚无。她的生活就像炸开在空中的烟花，只是看起来绚烂夺目，一瞬后便碎了，留下的，只有悬浮在空气中那些令人作呕的酸臭。

一个穿着紫色外套的小女孩儿走过来向她兜售玫瑰花，她俯下身，温柔地摸了摸她的头，抱歉地说："我不喜欢玫瑰花。"

小女孩儿转头走了，可是没走两步便摔倒在地。她急忙跑过去扶，女孩儿推开她，一瘸一拐地朝前方走去。她不忍心了，把手伸到口袋里去拿钱包，希望在这样的夜，凭一己之力让那个陌生的孩子得到一丝温暖。可是，她的口袋里却是空的。她愣在那里，回想起刚刚的一幕幕情节，不由打了个冷颤。那个卖花女孩儿的身影还没有完全消失在她的视线范围内，可是她的脚却定在那里不能移动，她不忍心去追。

小唐给她发来一条彩信，是一捧鲜红的玫瑰花，上面闪动着夺目的金色字体——要快乐哦。她的泪水就这样悄无声息地掉了下来。这一刻，她是一个身无分文的孩子，而乔东，作为她的家长，把她遗失在这让人绝望的平安之夜。

她还要跟他继续生活下去吗？这样的孤独何时才是尽头？她在心底画上了沉重地问号。

"我和他早已结束，不会再有以后了，不会再有了。"斯诺在心底悲伤地念。

其实，那年的平安夜，悲伤的又何止她一人？

那个平安夜，张明辉很早便赶回家中，他不想留斯诺一人在这样喧腾的夜。她化了妆，从衣橱里找出一套红色长裙，展一派热闹的气息。

他安静地看着她，笑着说："脖子上好像少了点什么东西。"

她伸手去摸，幽幽地说："好像没有合适的项链来配。"

他从口袋里摸出一个绑着红丝带的小金绒盒子，递到她的面前："看看这个和你的衣服配不配。"

她疑惑地接过来，打开来看，那是一条坠着心型水钻的铂金项链。她皱起眉，略带不悦地问："哪儿来的？"

"怎么？你不喜欢？"他紧张地看着她。

"到底是哪儿来的？"她愠怒。

"从国际商场买的，"他无措地看着她："我以为你会喜欢。"

"我不喜欢！"她把那个漂亮的小盒子扔到茶几上，整个身体都在颤抖。

他弯身捡起那个盒子，默默地把项链扯出来，用力攥在手里。他们沉默地对视着，时间滴答滴答地走过，与餐厅预约的时间早已过去。她颓然地脱掉身上的红色外套，蹲在他的面前，哭了起来。她说："对不起，我很累，我们不要出去了。"他把她揽在怀里，温柔地说："没关系。"这个深爱她的男人用自己的全部耐性忍受着她的反复无常。

是乔东的那通电话打破了她在心里努力构建出的平静。那条项链，乔东曾送过一条一模一样的给她。当年，乔东刚刚参加工作，他为公司跑了一份大单，作为奖励，得到两千元奖金，他跑到商场里，为她买了那条项链。那是他们相爱以来，他第一次送礼物给她。两千元，曾是他的全部家当，他把他的家当全都递与她的手中，她捧在手里，每一晚都要摸一摸才能入睡。那样甜蜜而踏实的快乐，她这一生都不会忘记。

他们分手后，乔东把她曾为他织缝的所有衣物全都整理好，退还给她。她哭着取下脖子上的那条项链，放在他家里的茶几上。从此，他们两不相欠了。

可是这一晚，在她意外的接到乔东打来的电话后，又意外地接到了那条已经被她搁浅在记忆里的项链。偏偏是在这样一个夜晚。她感到不可抑制的悲伤。

张明辉捧着她的脸，抱歉地说："是我不好，我们不出去了，我陪你待在家里，求你不要哭，不要哭……"

她看着他，眼泪却不可抑制地越涌越多，十年前与乔东初识的那个夏天，勾勒着她如今最无助的绝望。张明辉心疼地抱紧她，用唇轻轻去啄她脸上的泪，她却怯怯地躲开了。这一躲，深深刺痛了他的心。他失落地看着她，幽幽地问："故地重游，旧爱相见，我真的变得这样无足轻重了吗？"

她睁大眼睛凝视着他，从内心深处撕出一声残破的声音："你调查我？你竟然调查我？"

他转过身，以一个孤绝的背影默认了她的质疑。

这样的沉默，无疑推进了她的愤怒，她不假思索的冲他大喊："既然这样，你又为什么把我带来这里，如果发生什么变故也是你造成的，是你！"

"你承认了？"他悲伤地问。

"我承认我忘不了过去，我承认，那又怎么样？"

他看着她，心"咣当"一声，撞出了失望的声响。他没想到她会答得那样决绝而利落，有些话，一旦说出，便再没有挽回的余地。无论她的话是否出于真心，他都照单全收进耳里，脑里，心里。他后退两步，冲她点点头，又点点头，转身推门而去。

那个不平静的平安夜，她在失落与悔恨中独自度过。

第五章　无法言说的心伤

1

乔东回家的次数越来越少，苏晓米曾偷偷跑到他公司里看过他，知道他一直把自己关在办公室里埋头工作，心安了，反身离开。她能容忍他的冷漠，却不能容忍他把精力投掷在另一个女人的身上。如果他的心里装着她，冷漠一些又如何呢？她时常这样安慰自己。

元旦的那天，乔东很晚才回到家中，苏晓米躺在沙发上睡着了，电视里闪着再见的字幕，发出哔哔的声响。乔东取一件毯子盖在她的身上，她却突然抓住他的手，细声细语地说："我等你一晚上，怎么又是这么晚？"

"公司事情比较多。"他简单地搪塞。

她坐起身，双臂环住他，柔柔地说："我不要你这么辛苦，如果遇到什么困难，你尽可告诉我，我去找爸爸，我……"

"不用，"他打断她的话，冷酷地说："我不是你们苏家的棋子，我有处理事情的能力。"

"我不是这个意思，"她委屈地看着他，幽幽地说："我只是不想你太累。"

"没关系。"他伸手扯掉了脖子上的领带，转头对她说："你回房间睡吧，别着凉。"

她哦了一声，紧紧抱住身上的毯子，试探地问："过新年了，我们要不要回家看看妈妈？"

"好啊，就怕她没有时间接待我们。"他说。

她起身，双手去揉他的肩膀，体贴地说："我是说去看看你的妈妈，她一个人在C城一定十分寂寞。"

他的喉咙突然紧了一紧，把手搭上肩头，握了握她的手，以表自己的感激。

他的母亲已经去世11年了，11年来，母亲的死成了他心头上一块黯然的伤疤。他永远忘不了那一天，天空下着小雨，他的母亲踩着水花出去，说要为他去买营养品，可是这一走就再也没有回来过。一场车祸夺走了一个女人的生命，同时也毁灭了一个家庭。

母亲去世的那一天距离他的高考还有仅仅一个月的时间。他整个人陷入一场巨大的悲痛之中。母亲的乍然离开抽掉了他面对生活的全部斗志，他变得沉默寡言，无心学习，整日整日泡在网吧里与游戏共舞。他的父亲找到他，揪起他的衣领，用力捏紧他的肩膀。他蓬头垢面地抬起头，红着眼睛去看面前的父亲，眼神里满是遮掩不住的悲伤。那个平日里如硬汉一般的男人心软了，摸着他的头，有力地说："坚强一点儿，像个男人一样振作起来！"他不语，低头出了网吧。身后有人在议论："这小子真是个天才，在这里泡了几天就成了打CS的高手，就是那副清高的德行实在令人讨厌。"

他随父亲回了家，把书包甩在床上，用书本盖住自己的脸，整天都在睡觉，把理想和抱负都一并睡掉了。那一个月他都是如此浑浑噩噩地度日。高考的那一天，他的父亲亲自把他送到考场，嘱他好好发挥。他应了，却在考场上睡着了，监考老师过来敲他桌子的时候，他面前的考卷却是空的。

高考结束的那一天，他走到父亲面前，面无表情地说："我上不了大学了，不要再对我抱有任何期望。"

他的父亲一脚把他踢了一个趔趄，颤抖的声音落到他失落的情绪里，"你如此堕落，怎么对得起你死去的妈？"

他泪流满面地冲父亲吼道："是我害死妈的，是我，如果不是为了给我买营养品，她就不会出门，就不会出那场该死的车祸，我有什么脸去上大学？"

他的父亲走过来，盯牢他，沉痛地说："你上不了大学才是对你妈妈最大的不孝！"

父亲的眼泪惊醒了他。想起母亲往日里对他的殷殷期望，一股难言的酸楚涌上他的喉头。"对不起。"他对父亲说。

"你对不起的不是我，而是你的妈妈，她为了你不惜付出一切，结果你回报给她的却是什么？"

他颓然地跪倒在地，双手掩脸，哀哀地哭了出来。父亲同样跪倒在地，语气软下来，怏怏地恳求他："振作起来，去复读，你一定要上大学，离开这个伤心的地方，永远都不要再回来。"

就在那一年夏天，高考失利的他走进了复读班，然后认识了同样高考失利的林斯诺。她的出现无疑给了他重新面对生活的意志和勇气。多少个凉爽的夏夜，他拉着她的手，要带她去吃街边的小豆刨冰。她不肯，劝他用功读书。她说："我们以后会有很长很长的未来，不在乎这一刻的浪漫。"他听了她的话，每日与书本相伴。后来，他考取了A城最出名的一所大学，她却留在C城，念了外语学院，虽然学校也是不错的，却终没有如愿和他考到一处。

她把他从痛苦中摆渡过去，陪他一同走过最艰难晦涩的一段时光，生活拮据的他甚至没有陪她吃过一顿像样的大餐，没有陪她看过一场电影。那个时候，他以为，未来会有无数个日子补偿给她，他会赚很多很多钱，而他所赚得的一切都会有她一起分享。后来，他确实做到了，金钱，权利，甚至是显赫的社会地位，他通通得到了，他却失去了她。

他娶了苏晓米，也试图去爱上她，可他终是做不到。每次与她亲热的时候，他都不可抑制地想起斯诺，苏晓米像他犯下的一个大错，每日在他眼前晃来晃去。渐渐的，他不愿意再去面对她，甚至试过出去找别的女人过夜，用陌生的躯体和陌生的气息去湮灭内心深处最隐秘的痛。

苏晓米见他愣住，以手去捏他的肩膀，低声问："怎么了，不舒服吗？"

"没有，"他说："只是突然想起了爸妈。"

"要不要顺路去看看爸爸？"苏晓米提议。

他怔住，整颗心被一个陌生的小镇而牵扰着。他已经很久没有见过父亲，自母亲离世后，父亲把一腔心血都投注在他的身上。记不清有多少个不眠之夜，父亲陪在他的书桌前，逼他用功读书，手里的蒲扇一下又一下落在他困倦的脸上，近乎残酷地说："乔东，你必须上大学，离开这里，永远不要回来！"

在经过一年的挣扎与努力后，他终于以优异的成绩考取了A城最著名的一所大学。凭借他的聪明和稳定的成绩，那张录取通知书本该早就来到他的身边，只是因为母亲的死，它才迟来了整整一年。没有人知道这一年中他究竟经历了怎样的痛苦和绝望，无数个无法成眠的夜，母亲的身影一直晃在眼前，他根本无法静心去斟酌书本上的字句。好在他撑过来了。母亲的死像一场噩梦，当他握紧大学录取通知书离开C城的时候，那场梦已经随着眼前变化的风景渐渐终结。

那一天，父亲把他送上火车，用苍老的手拍了拍他的肩膀，决绝地说："好好照顾自己，这个地方，永远都不要再回来了。"

火车启动了，他甚至没来得及对父亲道一句保重。

一年后，他带着奖学金欢欢喜喜地回到C城，他的父亲却早已离开那个地方。邻居告诉他，他的父亲在他离家后不久就结婚了，新娘是一个偏僻镇子上的女人，他的父亲卖掉了房子，随那女人搬到了那个小镇子上，再也没有回来过。邻居把一沓钞票放在他的手里："这是卖房子的钱，你爸爸让我转交给你。"他捏着那沓钞票，慢慢握紧，再握紧，转身冲出门去。

他搭邻居大叔的货车去到那个陌生的小镇子，在夕阳中见到父亲和一个面容丑陋的女人走在一起。他的心里涌出巨大的恨，他恨父亲在母亲刚刚离开人世一年就另找他人，恨他卖掉了他们曾经生活过的那处房子，那个地方对他来说不仅是一处房产，还是一个家，那里承载了他18年的喜怒哀愁，而今，那个收容他往日记忆的地方已经不再属于他。他真切地感受到，那座城已经离他越来越远，越来越模糊，他和那里唯一的牵连便是斯诺。后来他和斯诺分了手，那座城真的和他毫无关系了。

这晚，苏晓米突然提出要陪他回C城去看看母亲，他懊恼地发现，那个善良而美丽的女人在那座冰冷的墓穴里已经躺了11年，而这11年中，他回去探望她的次数屈指可数。

苏晓米问他，要不要顺路去看看他的父亲。他被往事顿住了。经年过后，他还是会时常想起那一年，在那座陌生的小镇子上看到父亲和一个长相平凡的女人走在一起的样子，父亲的背影被夕阳的余辉拉得很长，很长。他握紧拳头，眼泪簌簌落了一脸。他曾不止一次在心里埋怨和诅咒过父亲，他希望他过得落魄，最好永远不要得到幸福。可是有一天，当他失去了自己最心爱的女人，他突然理解了父亲当年的做法。他是希望自己唯一的儿子可以走出去，摆脱那个伤心地，从此以一种新的面貌对待自己余下的人生。而考大学便是他当时的唯一出路。

父亲严苛地鞭策着他，直到把他送进大学，嘱他好好照顾自己，不要再回来。他曾以为父亲是因为要迎娶别的女人，才会坚持把他送走。直到后来，他才渐渐明白，父亲是不要他拖着伤心的记忆生活。为了让他今后的生活了无牵绊，父亲毅然卖掉了房子，同一个平凡至极的女人去到一个陌生小镇，跌入一场平淡无趣的婚姻。而他之所以会娶那个女人，只是想把自己埋葬到无情的岁月中去。最爱的女人死了，他的灵魂已经坍塌成一片废墟，留下的，只有一副形如枯槁的躯壳。他唯一可以做的就是将儿子送到一条光明的道路上去，然后，他便可全身而退，在平淡中了却自己的后半生。

父亲是用自己余生的平淡铺陈了他如今的辉煌。

虽然已经知晓父亲当年的用心良苦，他仍旧不知该用何种情感去面对那个已为别人夫、别人父的男人。他曾给父亲寄过两次钱，每笔都是不小的数目，可是结果都被如数退回。他不知父亲是想与他撇清关系，还是不想让他打破自己平静而固化的生活。

不管他愿不愿意承认，他已经把自己困顿在一个无形的怪圈中，仿佛每走一步都是错。

2

元旦过后，乔东带苏晓米回了C城。他曾经住过的那个地方已经被推倒重建，一幢20层的高楼拔地而起。他仰头迎着阳光看去，眼前尽是往事模糊的颜色。

苏晓米在他的手掌里放了一把钥匙，温柔地说："我们回家了。"

他疑惑地看着她，呆呆地问："这是什么？"

她笑："钥匙啊，怎么，连钥匙都不认得了吗？"

"什么钥匙？"

她拉着他进了电梯，按到第二十层。电梯门开了，他们站到一间公寓的门前，她催促他："我累坏了，还不快把门打开。"

他犹疑地开了门，眼前是一套标准的三居室，客厅的正中央摆放了母亲的照片和灵位。他惊讶地转过身，问她："这是怎么回事？"

"没什么，"她耸肩："只是想把妈妈带回家。

"所以你买下了这套房子？"

"对不起，"她抱歉地说："底下的楼层已经售光，我只能买到这一层了。"

　　他感激地把她揽在怀里："傻瓜，要说对不起的明明是我。"

　　"你有什么对不起我？"她抬头问他。

　　"我……"他顿了顿，接着说："这几年来，是我对你太过忽视了，感谢你为我，为我妈妈做的一切。"

　　她依偎在他的怀里，甜甜地说："你才是傻瓜，我们是夫妻啊，何必弄得这样客套。"

　　是啊，他们是夫妻，本不该如此客套，可是他们结合五年来，他从未像一个合格的丈夫那样认真对待过他们的婚姻，反倒是她一直陪在他身边默默付出。回想起五年来的一幕幕，她的痴，她的好，全都在他心里生动起来。以前，他总是武断地认为她的身上沾染了让人不可忍受的大小姐脾气，不会理财，亦不会守财，每天的休闲娱乐活动便是开着高级跑车到商场去刷信用卡。他用金钱满足着她的俗气，却从未想过在感情上给她些许慰藉。这天，当她把那把钥匙放入他的手中，当他在打开门的一瞬间看到母亲的遗像，他是真的动容了。

　　那一晚，他们在那张绵软的双人床上完成了一场温柔而绵长的缠绵。苏晓米把头靠在他的胸前，低声念："柳外重重叠叠山，遮不断，愁来路。"乔东伸手去抚她的头，轻声问："怎么了？"她不语，眼泪在眼眶里打转，几乎噙不住。在这样幸福的时刻，她突然感到一股不可抑制的悲伤。此刻，她心爱的男人离她这样近，这样近，她却仍旧感觉隔着山水，她的心里始终藏着一份难以排解的哀愁，她觉得自己终有一天会失去他的，就像父亲当年失去母亲那样。

　　张明辉在深夜里给他打来电话，追问斯诺的下落。他起身，拿着手机走到凉台上，望着窗外茫茫夜色，担心地问："她怎么了？你们到底发生了什么事情？"

"我找不到她了。"张明辉懊恼地说。

"你到底对她做了什么？"他愤怒的大喊。

张明辉究竟在电话那边说了些什么，他没有听清，因为那一刻，他在凉台的玻璃窗上看到了苏晓米的影子。

3

苏晓米没想到幸福竟然去得如此之快，她抓住他的胳膊，近乎恳求地说："不要去，不要去。"

他推开她，耐心地说："你再睡一下，我的朋友出了事情，我不能不去。"

"什么朋友，你有哪个朋友我不认识？"她咄咄地逼问他。

他不语，只是沉默地换了衣服，朝玄关走去。她却突然窜上去，张开双臂堵住门口，像个孩子一样不可理喻地拦住他的去路。

"明天再去，明天再去好不好？"她哭着求他："陪我过完这一晚真的那么难吗？"

他伸手摸了摸她的头，抱歉地说："明天，明天我一定陪你。"

她终没有拦住他，门被重重关上，她的心也被重重关上了。耳边，是他急急下楼的声音，在她心里撞出了悲伤的回响。他如此急，急到连电梯都等不及。到底是怎样的朋友让他如此上心？她不甘心他就此离开，伸手抹了一把脸上的泪，抓起茶几上的钥匙跌跌撞撞地追了出去。电梯在寂静中下降，下降，她的心也一点点地沉落下去。她追了他这么多年，这一次她却清楚地预感到，她再也追不上他了。电梯上的数字闪成了"1"，门打开了，她抱紧自己冲入夜色，他的车却从她的面前一闪而过。她在车后追了两步，突然停下来，蹲在冷风瑟缩的街角大哭起来。

她曾无数次为他的冷漠寻找开脱的理由，唯有这一次，她再也找不到合适的词语来慰藉自己那颗脆弱的心。她的左脑对她说，他并非存心伤害你，他只是有很重要的事情去做。她的右脑却对她说，有什么重要的事情非要半夜去解决，又有什么人可以重要到让他不惜抛下自己的妻子无畏前往？她的头脑那样混乱，有两个声音一直在互相纠缠，争斗，并且不分高下。

C城陌生的夜色一点一点把她吞噬，她蹲在街口，在痛哭中突然笑出声来。他与乔东共同生活了五年，这五年多么像生活跟她开的一个玩笑。

与此同时，张明辉正在A城最繁华的那条大街上一遍一遍拨打着斯诺的手机。恼人的声响在他耳边不断徘徊：无法接通，无法接通，无法接通……到最后，他甚至想把手机里那个甜到哀伤的声音拉出来，甩在街上，暴踩一顿。

平安夜那天，他和斯诺发生了激烈的争吵，他推门而去。公司在此期间正好接了一个大单，他连夜飞回，把斯诺独自留在A城，这一留，便是一周。等他拖着疲惫的身体回来找她，她已经不见了，连一张纸条都没有留。他从来没有如此真切地感觉到，她离他那样远，那样远。在往日，即使是母亲拼力阻挠，他都没有如此疲乏过。那天，斯诺对她说了那样绝情的话，他是真的伤心了，才会一走了之。回到D城的时候，他想了很多，他觉得自己不应该困顿在斯诺的往事中，既然爱她，就该爱她的全部，包括她的过去和将来。他怎能如此狠心地把她抛在A城不顾？两周后，他终于忙完手里的工作，急急而归，她却没有留在原地等他。

他是在情急之下才拨通了乔东的电话。他自是知道，在这样的情形下，他最不该找的那个人便是乔东，可是他真的没有办法了，斯诺的离开让他彻底乱了阵脚，那种难堪的绝望简直快让他窒息了。他没想到乔东并没有在A城，更没想到当乔东听到斯诺出走的消息后会连夜返回。当乔东风尘仆仆地站在他面前的那一刻，他清楚地感觉到，这个男人还在爱着斯诺，令他感到悲哀的是，斯诺曾那样肯定地向他承认，她也并没有忘记过去。那么他在这场爱情纠葛中扮演的又是一个怎样的角色呢？他已经无暇去想。他现在只想快些找到斯诺，不要让她在这座城中孤单太久。

最终，还是乔东最先找到的她。是唐奇峰把斯诺的下落告知了他。

那天，斯诺一人在中心广场闲逛，恰巧遇到一群小朋友在进行轮滑比赛，于是停下来看。那些身体灵巧的"小不点儿"帮她寻回很多往事记忆，她想到了自己曾放弃的那个孩子，如果他还活着，也应该这样大了吧。当音乐停下来，一群小朋友滑站成一排，向在场的观众深深鞠了一躬。她笑看看完那场比赛，人群散去，她看到对面站了一个男人，他正在用力鼓掌，那个人竟然如此面熟。彼时，对面那人也恰巧向她看来。

他们犹疑地走进对方，她首先笑了，用手指戳了戳他的肩膀，肯定地叫出他的名字："唐奇峰！"

他愣了愣，低声问道："你是……林斯诺？"

她笑，他也笑。五年前的记忆忽地被拉回到这一刻。

她说："这么巧。"

他说："是啊，这么巧。"

她问他："你要去做什么？"

他说："还没想好，不过现在想先把肠胃建设一下。"

她不客气地说："正好，我也正想为肠胃建设工程献一份力。"

"那一起去吧。"他邀请她。她欣然接受。

他带她去吃A城闻名的小笼包，咬一口便会流出很多汁水，她吃得两手都是油，挥舞着指头对他说："是不是很像烤香肠？"

他笑得前仰后合，把指间的香烟捻死在脚下，仔细端详着她，低声说："你知道吗，你变了很多。"

"你却没见有什么变化。"她嘬着手指头回复他。

他笑着摇了摇头，隔了会儿，问她："你为什么会回来？"

"我不能回来吗？"她反问他。

他急忙否定："我不是那个意思。"

她却突然大笑起来，把隔壁桌的人吓了一跳，她说："如果我没猜错的话，你早已经知道我回到A城的消息。"

他耸耸肩，不置可否地说："那又怎么样？"

"既然知道，又何必装做若无其事，"她平静地说："我知道你和乔东是很好的朋友，也知道你和苏晓米亲如兄妹，放心，我不会做出让你们难堪的事。"

他长舒一口气："那就好，那就好。"

她静静地看着他，把他看出了几分怯意。他的眉眼清秀，棱角分明，言语中有着常人无法准确把握的淡定。这样的男人，让她找不出任何破绽。

"你究竟凭什么？"她问他。

"什么？"

"你究竟凭什么帮我？"她疑惑地问他。

"你是说……五年前？"

她默默点头。

"我只是无法让一个女孩子在这座城中独自承受那种刻骨的痛。"他说。

"那么当初的那笔钱又算什么呢？"

他怔了怔，想要开口解释，却被她打断："别说是乔东给我的分手费，五年前我离开A城的时候，已经打电话问过他，他根本不知道那笔钱的存在。"

"其实我也不知道自己为什么要那样做，"他摆摆手，玩笑着说："反正都已经过去了，如果你现在想还那笔钱的话，顺便也把利息算一下。"

"那你要把利息算得低一点，不然我可能会倾家荡产。"她配合着他的玩笑。

他没答腔，只是把面前的小笼包推到她的面前，像哄孩子一般对她说："快吃，吃完带你去喝桂花粥。"

她雀跃地应了。

他笑着说："别得意的太早，这顿你请。"

"为什么我请？"

"算做利息。"他机智地答。

她点点头，咯咯笑了起来。

窗外，好一派热闹景象。过新年了。她坐在唐奇峰的面前，命运向她召告，她的新年正在迈向一个崭新的开始。

这个世界充满意外，我们经常会遇到一些问题，然后认为自己是全世界最倒霉的那个人，可是总会出现另一人，帮你抚去那些哀伤，没有早一分，也没有晚一分，你恰巧需要有人分担那些愁苦的时候，他便出现了。这个人也许不是你的亲人，不是你的情人，甚至不是你的朋友，可他却能把你渡向光明。

斯诺认为，唐奇峰就是那个能把她渡向光明的人。

4

乔东见到斯诺的时候，她正站在讲台上教小朋友念英文。她的眼神里有一汪平静的温暖，像什么人呢？他怔了怔，周身打了一个冷颤。对，像他的母亲，她的眼神像极了他的母亲。

讲台下的小朋友们学着她的腔调大声念着："A，B，C，D……"她走下去，笑着去摸他们的头，一一抚过来，脸上漾着满足的喜悦。他看在眼里，整颗心忽地缩紧，再缩紧。她原本是有机会做一个母亲的，是他的绝情让她放弃了成为一个母亲的角色，同时，也剥夺了他做一个父亲的权利。

下课铃声响了，她帮小朋友们穿好外套，然后组织他们站成一排，准备——把他们送出门去。就在推开门的那一瞬间，她见到了乔东。

他深吸一口气，一副有话要说的样子。她却首先开了口："请你让一让好不好？你这样堵住门口，孩子们无法出去。"他愣了愣，闪身让出一条路来。

"你的朋友倒是真的够义气。"把孩子们送出门后，他们来到培训中心对面的咖啡馆，她坐在他的对面，蹙着眉，一副十分不悦的样子。

"你别怪奇峰，是我逼他告诉我的。"他解释。

她静静搅拌着面前的那杯热咖啡，默不作声。

那天，与唐奇峰分手的时候，她突然问他："你现在在做什么？"

"刚刚进行完肠胃建设，下一步准备进行睡眠建设。"他说。

她大笑："我不是这个意思，我是问，你现在在做什么工作？"

"在一间培训中心教小提琴。"他诚实地回答。

"你会拉小提琴吗？"

"业余十级。"

"这么说，你在当老师？"

"也可以这么说。"

"喔，那倒真的不错。"她应着，语气里有遮掩不住的羡慕。

"那么你现在在做什么？"他回问她。

"整天闲在家里，"她无奈的耸耸肩，笑着说："我其实是来A城度假的。"

"想不想找些事情来做？"他似乎已经看透她的心思。

"好啊，"她的眼睛一亮，急急地说："能教小朋友是最好不过的了。"

"那么你会教什么呢？"

"我是外语学院毕业的，我可以教英文。"她急不可待地自我推荐。

他笑，伸手从上衣口袋里掏出一张名片，递与她手中："明天来这个地方找我吧。"

转过天来，她真的去找了他，并且顺利在培训中心谋得了一份教英文的工作。在那里工作的一周来，她整个人退回到十几岁时单纯的心思。她突然发现，原来快乐是那么容易的事情。有时，讲台底下的小朋友会突然跑过来塞一块巧克力在她手里；有时，他们会拉着她的手夸她长得漂亮；有时，他们还会十分讨人欢喜地凑到她的面前亲她一口。这些小小的细节成全着她的快乐。每天课程结束后，她会独自窝在培训中心的教师宿舍里读童话书。有时，读着读着眼泪就不期然地淌了下来。如果她当初留住那个孩子，那么，她是不是不会陷入这一场又一场无助的孤独之中？这么多年，看过了太多风景，她的一颗心慢慢安定下来，现在的她比以往任何一个时刻都明白，养一个孩子比留一个男人在身边更让人心安。

她端起咖啡杯，呷了一口，然后发出一声叹息，悠长，缓慢，无奈的叹息。

"你在生我的气吗？"乔东小心翼翼地看着她。

"没有，"她说："我在生自己的气。"

"对不起。"他突然说。

"你已经跟我说了很多对不起，我们之间就不能再说些别的吗？"

"我……"他看着她，突然低下头去："对不起……"

她笑出声来。想起十年前他拿到A大的录取通知书站在她面前的那一刻，也是这样的神情，迷茫而愧疚。当时，他也是像这样一遍一遍地对她说着"对不起"。

她说："傻瓜，你有什么对不起我，有多少人对A大望尘莫及，你考上了，应该高兴才对。"

那个时候，她并不知道，他其实从很早就知道她报考了C城的外国语学院,他并没有在志愿栏里填上与她相同的学校。他不希望留在C城,他想尽快离开这个伤心地,即使是她也不能成为他留下来的理由。也许从那个时候开始,他们已经注定了如今的结局。

他离开C城后,回去的次数屈指可数。母亲的去世,父亲的搬离,让他对整座城市都失望了。偶尔,斯诺在电话那边一声一声地求:"你回来,回来看看我好不好?"他总是找各种借口推脱。拒绝的次数多了,她开始跟他吵,扬言他不来,她就不再理他。他只好带着一颗迷惘的心踏上归城之路。可是站在熟土旧地,却似隔着天涯。他悲哀地发现自己是一个没有乡愁的人。在A大四年,在A城生活了十个年头,他从未对身边人讲起过他在C城的种种。在大家眼中,他曾经是一个没有亲人,没有朋友的人。

唐奇峰的境况却与他刚好相反,他是土生土长的A城人,在他追逐恋人离开家乡的那段日子,他没有一天不思念家乡的一切,甚至连外出吃饭都要挑带有家乡风味的小馆。于婉馨说他是典型的"死心眼儿",他只笑不语。其实,去吃一顿家乡口味不过是一种怀念的形式罢了,他只有用这种形式来完成自己对家乡的那种贪恋的情怀。究到底,是那种浓浓的乡愁在左右他的脑,他的胃,包括他的心。他一直不相信有人是没有乡愁的。

苏晓米也是唐奇峰的乡愁。他们相识那么多年,他待她如妹妹般疼爱,除了爱情,他愿意为她奉献一切。那一晚,她哭着给他打来电话,她说:"乔东走了,为一个莫名其妙的陌生电话把我自己抛在了C城。"他气愤地挂断电话,随即拨给了乔东。结果还没等他说话,乔东却首先开口:"奇峰,有什么事情以后再谈好不好,斯诺失踪了,我在找她,这么晚了,我怕她一个人会出事,我真的怕……"

"我知道她在哪儿,"他打断他的话,徐徐地说:"不过,你不觉得你再去找她有什么不妥吗?你已经不是当年的乔东了,你现在是另一个女人的丈夫,你有什么理由在大半夜抛下自己的妻子去寻找一个与你毫不相干的女人？"

"斯诺不是毫不相干的女人！"乔东大喊："她曾是我最爱的女人，是我孩子的母亲，她……"

"可是她现在什么都不是！"唐奇峰近乎残忍地警告他："你们的孩子在五年前就没有了，你们之前的爱情也已经在五年前就夭折了，这一切都是你自己的选择，你已经失去了关心她的资格！"

一声紧急刹车突然把他定在午夜寂静的街上，他握紧方向盘的手不由自主地抖动起开。唐奇峰的话像一枚炸弹，炸开了他多年来一直精心包裹起的愧疚和悔意。

"她现在到底在哪里？"他无力地问。

"她很好，你不必为她担心，你现在该担心的是你的妻子。"他刻薄地说。

"是她的未婚夫要找她，他很担心斯诺。请你告诉我地址，就算我求你，行不行？"

唐奇峰犹疑了一下，最终还是说出了斯诺的地址。他说："我能做的只有这么多了，也许从五年前我就错了，我不该帮你伤害两个那么好的女人。"

"不管怎样，谢谢你。"乔东空洞地道谢，车子随即窜出，很快便融入茫茫夜色之中。一股恻然的心酸把他紧紧包裹。人真的不能犯错，有些错误，即使你今后有能力用十倍甚至百倍的力量去补偿，也无法回归到最初的模样。任你如何愧疚和惆怅也是枉然。

5

"如果我没有猜错，张明辉已经找过你。"斯诺慢慢搅动着咖啡，平静地说。

"你们怎么了？他是不是欺负你了？如果是，我……"

"没有，"她打断他的话："我只是想出来走一走，过两天就会回去。"

"斯诺……"

"乔东，我希望你明白，我们之间已经是过去式了，不要让我说鄙夷你的话。"她不留情面地警告他。

他不再言语了，仰头灌下面前的咖啡。忘了放糖，涩涩的苦。他忧愁地看着她的脸，此时此刻，无论他再说出任何，做出任何，全都无异于刻舟求剑，是愚笨地浪费时间罢了。

他们分手的时候，天空突然飘起了雪花。他沉默地替她立起大衣的领子，把自己的围巾摘下来，一圈一圈绕在她的脖子上。他的动作那样熟练，仿佛一切都是顺理成章。她的鼻头一酸，突然抓住他的手，委屈地说："我从来没怪过你爱上别人，只是，你为什么不早点告诉我？为什么把我当成那种可抛可弃的傻瓜？"

他哀伤地看着她，心头涌起难以言说的酸。他伸手去抚她的脸，她却扭头躲掉了。他的手停在半空中，形成了一个苍凉的手势。她把缠在脖子上的围巾重新挂回他的脖子上，低头从他的身边走过。他站在原地静静地看着她离去的身影，雪花打湿了他的眼。

她裹紧身上的大衣，拼命朝浓浓夜色奔去。她记得那条围巾，那是她亲手为他织的，从挑选毛线，到一针一针地编织花色，花了她多少时间和心思。他当年狠心退回了她为他用心织缝的所有东西，却独独留了这条围巾。可是她无法忘记，当初，当她带着肚子里的孩子和这条倾注了爱意的围巾去A城看望他的时候，他却把她拒之千里。他说："拿走吧，我再不要你的东西。"她心痛地离开，除了肚子里的孩子，她没有带走任何。

她要他永远都欠了她的，她付出的爱，再也不要收回。以前是，以后也是。

回到培训中心的时候，唐奇峰正在她的宿舍门口等她。见到她的时候，他掐灭了手里的烟，展一个抱歉地笑："回来了？"他说。

"嗯，"她一边应着，一边开门，"进去再说吧，外面凉。"

他跟着她进了屋，顺手找了个小方板凳坐下，然后诚恳地向她道歉："对不起，我把你的地址告诉了乔东。"

"我刚刚跟他见过面。"她轻描淡写地说。

他抬头，紧张地看向她，似要寻出什么不同寻常的端倪。

"别那么紧张，"她说："我们之间不会再有什么故事，该发生的已经发生，该结束的也早已经结束，我从来没有重复过去的习惯。"

"那就好。"他说。

"可是有一件事，我一直不明白。"她疑惑地看着他。

"什么事？"

"你为什么那么拼命地帮助乔东？为了他不惜散了自己的钱财，甚至不惜遭到别人唾骂，难道这就是你们男人口中的义气吗？"

他低头点了一根烟，眯起眼睛，缓缓地说："与其说我在帮乔东，不如说我在帮晓米。我们两家是世交，我从很小的时候便认识她，她的父母在她10岁那年离了婚，之后，她的性情就发生了很大的变化。在外人眼里，也许她已经拥有了很多，可是只有我清楚，她一直在孤独和无助中挣扎。爱的缺失，造成她内心深处对爱更多的渴望。她真的很爱乔东，如果失去他，她会撑不下去的。"

"你喜欢她？"斯诺突然问。

他很严肃的摇头："我心疼她，把她当妹妹一样疼。"

"明白了，"她说："她真幸运。"

"幸与不幸其实都是很私人的感受，就像爱情，根本分不清好与坏，对与错。你看她好，她看你又何尝不是羡慕。"

"我不明白你的意思，她为什么要羡慕我？我失去的，丢掉的，无法再得到的，她都一一拥有了，我有哪一点值得她羡慕？"

他怔了怔，想说些什么，却终是没有说出口。最后，只是悻悻地摆摆手："我只是举个例子而已。"

"你相信命运吗？"她突然问他。

"我更相信感情的力量，"他说："如果连感情都不足以扛下的东西，不要也罢，要了也是负担。"

她哑然。想到自己与乔东的那段苍凉的情感，不禁黯然失色。她也曾认为他们的爱情可以扛过生活中的所有困难和不堪，可是，真实而残忍的现实告诉她，还是不行。到底是他们的感情不够深厚，还是现实太过苛刻？

她朝窗外望去，雪花漫天飞舞，美得令人感动。她一直忘不掉的，不是乔东，而是他们曾经共同拥有过的那些美妙时光。她想，这一切终会在她的记忆中淡去的，只消一点光阴而已。如果她没有随张明辉回到A城，也许他们的故事都会改写，可是她偏偏再次回到了这里。

"你是不是觉得我很可怜？"她问唐奇峰。

"有时候，爱情的存在就是为了把聪明人变得愚笨，把高傲的人变得可怜。"他说。

她笑："你真像个爱情专家，想必，你的爱情一定十分浪漫完满。"

他轻轻吐出一个烟圈，掐灭手里的烟，露出一抹苍凉的笑。他与于婉馨那段令人心恸的情，是他无法言说的痛。

第六章　记忆中的灰尘

1

唐奇峰没有向任何人讲起过，那一年，在广州，他和于婉馨究竟发生了什么。很多往事片段已经被岁月切割成不见天日的碎片。他不愿再想起，亦不知该如何诉说那些故事。

要如何诉说才能将那个女孩子的纯真形象圈留在那段令人神伤的岁月中？不愿想，不愿说，并不代表已经忘记，只是，他不想让那些不堪的记忆亵渎她刻在他心中的那个单纯的样子。

那一天，从斯诺的宿舍里出来，他独自走在漫天飞雪中，突然不可抑制地想起了于婉馨，想起他们在广州的那段岁月。冷风和着雪花灌进他的衣领里，触疼了他的心。

斯诺突然追出来，大声叫住他："唐奇峰，你的围巾……"

他转过头来看她。她手里挥舞的是一条红色线巾，那样艳丽而火热的红，在他的眼前簇成了一团不灭的火焰。

她站到他的面前，叉腰，喘着粗气说："这条围巾应该是定情信物吧，你怎么可以把这样的东西随意乱丢？"

"你怎么知道是定情信物？"

"如果我没有猜错，围巾上绣的这个'T'字母，代表的就是你的名字吧。"她笃定地说。

他默默接过她手里的围巾，挂在脖子上，没说是，也没说不是，他的心被一种莫名的悲伤的情愫牵引着，制约着，以致念不出一个有意义的字眼。因为，随着斯诺手指的方向，他分明看到了围巾上绣着的另一个字母——Y。他无法忘掉，那个字母代表的是于婉馨。确切地说，它代表的是当年的于婉馨。

当年的于婉馨，纯得令人心疼。

可是，徒有清纯有什么用？在这座活色生香的城，最无用的便是清纯。于婉馨曾忿忿地对他念出这句话。他看着她，记忆中那个单纯可人的女孩子像不应季的花瓣，在他心里一片片凋零，碎成了尘埃。他悲哀地发现，他们的重聚走向的并非是一条光明之路，而是一座令人颤栗的孤坟。

于婉馨说："如果我不曾改变，那么在这座城中，我会沦为和你一样令人不齿的失落人，两个失落人在一起要如何得到幸福？"

他怔在那里，第一次，他在她的面前感到一股无言的难堪。

"怎么了？"斯诺见他愣住，笑笑说："不会是冻傻了吧？"

"我在看前面的广告牌。"他伸手指了指前方，随意地说。

"我没有带隐形眼睛，上面写些什么？"

"前面的字被雪花覆盖了，我只能看清后面的几个字，"他边说边念着："全球，性问题。"

她站在他的身边，咯咯地笑了起来。

"走吧，"他说："前面有一间小酒吧，我们去喝一杯。"

"我可没有钱。"她往前跨了两步，说。

"我请客。"他边往前走，边挥舞着手臂说。

"那我就不客气啦。"

两个人来到培训中心隔街的一间小酒吧，在吧台前找了个位子坐下来。唐奇峰点了一瓶红酒，然后从大衣口袋里掏出一根烟，静静地吸了起来。斯诺看着他，突然笑了起来。

"笑什么？"他吐出一个烟圈，半眯着眼睛看她，眼神迷离地渗了几分让人参不透的疼。

她摇摇头，端起面前的杯子，又指指他手里的烟，笑着说："我真不敢相信，喝这种红酒的人会抽这种牌子的烟。"

"这有什么奇怪？"他说："我在广州的时候，连这种牌子的烟都抽不起。"

"你在广州的日子很辛苦吗？"她问。

他深吸一口烟，缓缓吐出一个又一个烟圈，这些圈，把他圈回了那些难堪又辛酸的日子。三年了，他与于婉馨竟已经三年没有联系了。一股忧愁从他的心头涌起，他突然问她："想听故事吗？"

"如果是你的故事，我就听。"她说。

他端起面前的酒杯，晃了晃，竟晃出一段凄美的爱情故事。

2

唐奇峰到达广州的第一年，曾和于婉馨度过一段平淡而又温馨的日子。那时侯，他先后找了几份工作，都由于各种原因不了了之。于婉馨贴心地劝他不要急，她说："凭我现在的工资也够养活我们两个。"他感激她的理解，亦为自己的无能隐隐自卑。

有一段时间，他真的闲在家里。他平日里很少出门，在这座陌生的城，他真实地感觉到自己是一个孤僻又愚笨的外乡人。语言和生活习惯的不同把他的一身傲气一点一点打压下去，空留一腔无处诉说的愁。那段时间，他每天在家里为于婉馨买菜做饭，收拾房间，甚至搓洗内衣内裤……一个男人平日里不齿于做到的一切，他都为她做了。

他站在阳台上等她下班回来，听到她"噔噔"上楼的声音，他赶忙跑去开门，她脚上的鞋子还未甩掉便窜到他的身上，捏着他的鼻子问他："有没有想我？"他大声应着："我想你啊，真的很想你。"她才肯放他一马。

她真的有很孩子气的一面，像被大人宠坏的宝宝，霸道，任性，需要他耐心地哄着，娇惯着。这些，与当年在学校里的她没有任何差别。可是，偶尔，她也会突然变得阴郁起来，有时两人在床上摆扑克牌算命，算着算着她会突然把牌扬到地上，脸沉下来，冷漠地说："什么鬼玩意儿，根本就不准！"那个时候，她的眼神总是冷得令人畏惧。他对她的突然变脸难免有些疑惑。她以前不是这个样子的，虽然任性，情绪却不至于乍冷到如此地步。毕业与她分开的这几年，他其实对她的生活并不十分了解，他不知生活究竟在她的身上压了怎样的担子，让她变至如此，难以捉摸。

也有一段时间，她经常加班。他每次说要到她的单位去接，都被她冷言拒绝。他不想让她生气，也只好作罢。有时，他站在阳台上会看到有高级轿车送她回来，他问她，送她的人是谁，她只是简单地答说，是同事而已。偶尔，她的手机在半夜响起，她会轻手轻脚地跑到阳台上去接，如果回来的时候发现他醒了，她也不做任何解释，只是转个身，蒙上头，一副很累的样子。他不是没有察觉她的古怪与变化，可是他不相信她会做出什么出格的事情。在他的眼里，她依旧是当年那个陪他在校园里散步的单纯女孩儿。他想，她毕竟独自在这座城市里生活了那么长时间，有自己的朋友和生活圈子也是必然。他不想过分压制她交友的自由，更不想让自己变成一个多疑而可憎的男友。所以，即使疑惑，即使不悦，他也从不干涉她社交的自由。

他们就这样平淡地相处着。有的时候，他看着她，觉得她的眼睛里含了一汪深不见底的水，他弄不清那里面究竟藏了些什么。可是每每这时，她又会突然对他挤出一个鬼脸，眼波流转，然后笑着去捏他的耳朵。他最怕别人捏他的耳朵，总会以哀哀告饶而收场。那个时候，他就想，他这样爱她，即使真的发生过一些什么事情，他也可以陪她一同扛过。

可是最终，他还是没有扛过生活加载到他们身上的变故。他们还是分手了。

他是爱她的，可是他始终无法自欺。经常送她回来的那辆车，岂是一般的公司小职员可以开得起？经常在深夜响起的电话，怎能是普通朋友的无意骚扰？经常在她脸上出现的冷漠而迷茫的神情，难道只是她一时耍起的小脾气？她表现出的种种古怪行迹，成为插在他身上的暗刺，不说，并不代表不疼。

她25岁生日的那一天，他为她准备了丰盛的烛光晚餐。环境，气氛，情调，全都恰到好处。他们两两相望，眼波里饱含深情，本该是一个异常温馨浪漫的夜晚，他做梦都没想到自己会大醉而哭，以致道出一段在心里埋藏已久的话。

那天，为了配合气氛，她特意穿了一件丝质吊带裙，他的双手捏紧她的肩膀，用力，再用力。她看着他，眼泪簌簌落了一脸。

他说："你说话啊于婉馨，你以为不说话就能掩盖你做出的那些丑事？你以为我真的什么都不知道？什么普通朋友，什么公司同事，全都是见鬼的谎话，我告诉你于婉馨，我什么都知道，什么都知道！"

她被他的双手捏得疼了，哭着说："既然你知道，又何必留下来，没人要你留下来，没人需要你留下来！"

"你一直希望我离开，是不是？"他绝望地看着她，眼神里有一腔愤怒在窜动。

"你根本就不该来，"她歇斯底里地哭喊着，仿佛要道尽在胸腔里郁积的所有委屈："你为什么要来？如果你不来，我不会像现在这么痛苦，你为什么要让我这么痛苦？"

"我打扰你了是不是？"他痛苦地看着她，哀哀地说："我以为我们的爱会战胜时间和距离，原来不是……"

"爱有什么用？"她激动地说："爱能当饭吃吗，爱能生活吗，爱能买房子买地吗？你以为你脚下站的这个地方是说一个'爱'字可以换来的吗？我告诉你唐奇峰，我早就不相信所谓的爱情了，你说你爱我，可是你能给我什么？你来广州一年了，你又为我做过什么？每当你在床上搂着我翻云覆雨的时候，你知道我在想什么吗？我觉得自己像个妓女，被生活蹂躏完，又被你……"

"够了！"一个酒杯砸在地上，清脆，响亮。她抚住脸，怔在那里，半天，起身进了房间。门被"啪"地一声关上，他们的感情也随着那一声沉重的声响，终结了。

3

"你知道吗，一个独身女人独自在异地生活并不是一件容易的事情。"斯诺坐在吧台上，看着一脸忧伤的唐奇峰，静静地说："我经历过，所以我能理解那个女孩子的境地。"

他不语，默默饮下杯中的红酒，眉尖微蹙，透着清冷。

"恕我直言，你是不是有点小心眼儿？"她笑笑地问他。

"从哪儿看出来的？"

"你的眉毛啊，没听说过吗，两道眉之间的距离比较短的男人，心眼儿也小。"

"想不到你对面相还有研究。"

"谈不上研究，略知一二罢了。"她认真地说。

"有一句话不知你听没听过？"他问她。

"什么话？"

"现如今，肚子大的越来越多，度量大的越来越少。所以，心眼儿小已经算不上稀奇，肚子小才稀奇。"

她大笑："那岂不是满大街的人都要穿孕妇装？"

"你现在可以改行做服装生意。"他严肃地说。

她摇头，笑得更大声了："你真能鬼扯。"

他笑，呷一口杯里的红酒。耳边的钢琴声幽幽地传来，似在诉说着一则苍凉往事。

"想不想听儿歌？"他突然问她。

"我想听圣诞歌。"

他用英文和对面的酒保老外做了短暂的交流，转头抱歉地对她说："可惜这里没有小提琴，不然我会拉给你听。"

"那换我弹给你听吧。"她突然跑到舞台上，和舞台上的钢琴师说了两句，然后坐在钢琴前，笑着冲他眨眨眼，一首轻松活泼的圣诞歌曲从她的指间缓缓滑出，静静地流曳在酒吧上方。

她从台上走下来的时候，他高举双手，热情地为她鼓掌。她看着他，突然僵在那里。她已经很久没有碰过钢琴了，寻着时光淡掉的颜色，于恍惚中，她竟看到了离开已久的母亲。

除了母亲，没有人为她鼓过掌。

方青苹曾经最喜欢的事情便是听女儿弹钢琴，确切地说，她更喜欢那些音符拼凑出的旋律，忧愁的，欢快的，忧郁的，仿佛她激情燃烧后的人生，为了那一段的高潮，即使最终落得苍凉，也终不念悔。可是自从胡玲介入了她与林耀扬的婚姻，她变得对那些流转出的旋律充满憎恨。她恨。她恨林耀扬。她恨胡玲。她恨钢琴。她甚至恨曾经与胡玲学过钢琴的女儿。

有一次，斯诺在房间里练琴，她在门外听着，脑中突然窜出丈夫与胡玲亲热的场景，她愤怒地踢开女儿的房门，抓起钢琴上的琴谱，疯狂地撕扯，撕扯，纸片扬了满屋，落了一地。斯诺蜷缩在一角，整个身子因为害怕而不停发着抖。方青苹一把抓过斯诺的衣领，把她推到钢琴前，命令她："把它砸烂，给我把这个无耻的东西砸烂！"

斯诺跪在地上，抓紧母亲的裤脚，一遍一遍地求："妈，不要这样，不要这样……"

方青苹弯身把女儿揽在怀里，母女俩哭作一团。自此，斯诺再没有在母亲面前弹过钢琴。偶尔，在母亲出门的时间，她会偷偷地拉开盖在钢琴上的红色绒布，叮叮咚咚地弹上几个音阶，可是怕母亲发现，又很快把一切恢复原状。渐渐地，连她自己也懒于去开启那架被岁月尘封起的钢琴了，就像那些悲伤的记忆，最好从此把它忘得一干二净。

这天，唐奇峰的掌声帮她寻回了那些在岁月中失落的记忆。

她走到他的面前，展一个淡然地笑，尴尬地说"已经很久没有摸过钢琴了，手都生了。"

"是吗？"他晃着手里的酒杯，微笑着说："我只听出了欢快，其他的，我根本没去在意。"

"胡说，"她撇嘴："你怎么会听不出，分明是在安慰我。"

他把吧台上的另一杯红酒递与她的手中，无所谓地说："娱乐而已，何必那么认真。"

就是这句话，让她想到了一个女人，一个她永远都不愿意再想起的女人，胡玲。

胡玲曾对她说过："如果只抱着玩一玩的心态，最好不要学钢琴。千万别以为每个人都可以随意触摸琴键，因为老天并不会赏赐每个人一双漂亮的手，你有，所以才要倍加珍惜。"

她一直记得胡玲说那句话时严肃的样子。她曾那样认真地崇拜过那个女人。

那个时候，她经常坐在胡玲身边，看她的双手在黑白琴键上游走，那些从指间流转出的旋律萦绕在她的身畔，给了她一次又一次心灵的震撼。她小小的眼眸里藏不住自己对胡玲的那份狂热的崇拜。

18岁以前，她最大的愿望就是可以成为像胡玲那样的女人。可是后来，一切都变了。她做梦也没有想到，就是这样的女人，抢走了她的父亲，把她的母亲逼到了濒临崩溃的绝境。而她，不可避免地成了那个女人最有利的帮凶。她曾不止一次地责怪自己，如果当初没有和胡玲学钢琴，也许后来的一切都不会发生。可是芸芸众生，各自踏着命运的齿轮，所谓的"如果"，不过是被人臆想出的"后悔药"罢了。回不去了，一切都回不去了。

与林耀扬私奔后，胡玲曾到斯诺的学校找过她一次，为她买了大袋的椰子糖，还带了一沓琴谱，嘱她不要放弃钢琴。她把那些东西扔到胡玲的身上，向她怒吼："我以后再也不要学钢琴了，再也不要！"

胡玲哀哀地看着她，委屈地说："斯诺，不要这样对我，好不好？"

斯诺哭着求她："那你把我的父亲还给我，还给我的母亲，好不好？"

胡玲后退两步，摇摇头，又摇摇头，转身跑掉了。从此，她再没在斯诺的生活里出现过。

斯诺把这些讲给唐奇峰，像是在诉说别人的故事。他透过酒吧上方的五彩灯看她，若有所思地说："其实每个人的生活都像一笔账，只不过有些人的账简单易算，而有些人则因欠账太多，所以活得一塌糊涂。"

斯诺凑近他，眨巴着一双大眼睛，笑笑地说："喂，说实话，你是不是在这里留下过什么风流账？"

"你连这些都能算出来？"

"你看那边。"

唐奇峰顺着斯诺所说的方向看去，一个长着娃娃脸，留着短发的女人向他举起了酒杯。他怔了怔，起身朝那个女人所坐的地方走去。

斯诺独自在吧台前坐了一会儿，然后埋了单，裹紧身上的大衣走出了酒吧。

4

雪已经停了，夜风依旧很凉。斯诺掏出口袋里的手机，在张明辉的名字上按了下去。

已经离开一周了，纵然是惩罚他对她的不信任，也已经够了。她能想象此时此刻他为了寻找她而着急的样子。她能怨他，气他，却无法把他从自己的生活里开除出去。因为从未有一个男人像他那样宝贝过她。在生活经历了一番起落后，她贪恋的，唯有这份疼爱。

"你跑到哪里去了，我很担心你。"他在电话那边焦急地说。

"我只是想出来散散心。"她说。

"还在生我的气吗？"他弱弱地问她。

"生气会加速衰老的，我才没有那么笨。"

"如果你老了，也是怪我，我会对你负责到底的。"他幽默地说。

"我才没那么容易老。"她反驳他。

他笑："你现在在哪里，我过去接你。"

"不用，"她说："我明天会回去。"

"好吧，"他没有强求她，只是温柔地说："我会等你。"

她一个人回到宿舍里，望着四周清冷的墙，一股莫名的伤感忽地涌出。刚刚在酒吧，唐奇峰的掌声帮她寻回了关于母亲的许多记忆。

自林耀扬离开，方青李就患上了轻度忧郁症，常常莫名其妙地流泪，脾气一点一点变得狂躁，易怒，听不进别人的任何劝解。偶尔，独自站在窗边，望着天上自由行走的云，她会突然发出一阵冷笑，笑声狰狞而刺耳，让人畏惧。

有一段时间，她的情况变得十分糟糕，甚至根本不知晓自己的所作所为。看到斯诺，她以为见到了夺走自己丈夫的那个女人。她经常上前揪过女儿的头发，将她的头一下一下往墙上撞，咚咚咚，在撞击中完成自己报复的快感。斯诺从不讨饶，悲伤地看着母亲，眼泪悠悠地漫过眼底。方青李一个耳光扇过去，大骂："贱货，抢了别人的丈夫，你有什么脸哭？你的母亲是怎么教育你的？有人生没人养的东西！"斯诺哭着冲她大喊："别骂我的母亲，不许你骂我的母亲！"

那段时间，斯诺真切地感觉到自己疯了，随着母亲一起疯了。

她甚至曾经想过和母亲一起去死，离开这个让人悲恸的世界。放学回来，她买了整包的老鼠药，一点一点洒在小米粥里，搅动，再搅动。可是当母亲把盛着粥的碗送至嘴边，她却突然窜上去，一把夺过，狠狠砸在地上，咣啷啷摔个粉碎。母亲疑惑地看向她，她慌张地说："我忘了放糖，今天不要喝粥了。"方青苹在她的背后大喊："发什么神经，我喝粥从来都不放糖的。"她冲进厨房，把整锅粥倒进菜池里，眼泪汹涌地漫过眼底，止不住。

她还是不能如此对待自己的母亲。她想亲手结束母亲的痛苦，却终是没有下手的勇气。她痛苦地忍受着母亲加载到她身上的拳脚，心似被豁开了一个洞，所有的母爱都被掏空了，掏空了。

病入膏肓的方青苹，成了一个不折不扣的魔鬼。她最大的乐趣，便是日复一日加倍地折磨自己的女儿。终于，在她37岁的那一年，连她自己都厌倦了这样的反复无常，用水果刀亲自结束了自己的生命，同时也终结了女儿的厄运。

那是在斯诺拿到大学录取通知书的第二天，她与同学聚餐回来，看到倒在血泊中的母亲，她整个人瘫倒在地，双手抱起母亲的头，轻轻贴向自己的脸颊，摩挲，又摩挲。一股恻然的心酸涌上心头，她低声叫着："妈，妈，你醒来，醒来，好不好？"可是那个嘴唇泛白的女人已经再发不出任何声响。

斯诺曾不止一次地想过结束母亲的生命，同时终结母亲的痛苦，然后，她陪母亲去到另一个世界，重新开始。现在母亲真的离开了，却又是另一回事。直到那一刻，她才明白，在那些晃如地狱般的日子里，母亲的巴掌虽然落在她的身上，却与她如此贴近。母亲走后，再没有人对她拳打脚踢，可是她与母亲却永远失掉了最近的距离。

母亲下葬的那一天，外婆用力攥紧她的手臂，骂她是该死的害人精，她一言不发，眼眸里闪动的全是泪光，却无法大声地哭出来。她像一具麻木的尸体，任由别人拉扯着，辱骂着，她全都听不到，感受不到了。夜晚，她一人坐在空荡荡的房间里，真想死了算了。悲的是，心里的痛太过深刻，一下一下把她挖空，让她连死的力气都失掉了。

还好有乔东在。在最难熬的那段日子里，是爱情弥补了亲情的缺失，让她不至于对生活太过绝望。

后来，乔东抛弃了她，她觉得自己已经没有勇气，也没有力气再去寻一份安定了。也许她的后半生都会行将就木地铺陈下去，直到认识张明辉，她才知，对于一个女人而言，最大的幸福莫过于被一个男人如此疼着，爱着，呵护着。

她感激张明辉为她付出的一切。

5

转天清晨，斯诺向培训中心辞了职，决定回到等待她的那个男人的身边去。主任再三挽留，她只是沉默地摇头，一个人拉着行李箱默默离开，连这一周的课时费都没有拿。

她是从他的城堡里偷跑出来的公主，不管如何贪玩儿，终要回到他的身边去。

张明辉张开双臂，展一个热情的拥抱。她将头靠过去，闭上眼睛，倦怠得像一艘迷途的航船，而此时此刻，她终于靠岸了。

张明辉拿出一张房屋购买合同给她看，在购买人一栏中，她赫然看到了自己的名字。在他离开的这几天，他不但完成了一单生意，还为她在A城购买了一所房子，希望在她的熟土旧地为她安一个家。他却不知，她的熟土旧地不是A城，而是C城。

"喜欢吗？"他问她。

她感激地看着他，低声说："明辉，或许我们应该好好谈一谈。"

"谈什么？"

"关于我们的未来，还有……还有我的过去。"

"我不在乎你的过去，"他捧起她的脸，温柔地说："过去是我们都没有办法逆转的历史，答应我，不要再去想了，好吗？"

"可是有些事情，你是有权利知道的，我……"还未等她说完，他的唇已经吞没了她的话。

他战战兢兢地吻着她，在她的耳边轻声说："你知道吗，你不在的这几天我真的快疯了，求你别再折磨我了，好不好？"

她安静下来，挥舞在半空中的手一点一点落下。身体中有什么东西被猛的抽离了。恍惚中，她竟然再一次看到了倒在血泊中的母亲。她没有勇气去喊，更没有勇气哭出声响。内心深处升腾起的所有情感，只能被自己一点一点压下去，压下去。

与此同时，唐奇峰正在另一个地方对苏晓米哀怨的哭诉。

她说："奇峰，你要帮我，现在只有你能帮我。"

唐奇峰沉默地点一根烟，为难地说："晓米，你非要这么做吗？乔东是你的丈夫，你非要做的那么绝吗？"

"正因为他是我的丈夫，我才要想方设法把他留住。"

"用这种卑劣的手段留住他，又有什么意义？"

"我不管，反正我不能失去他！"她激动地说："我嫁给他五年了，五年啊，我陪他吃，陪他喝，陪他睡，陪他走过最潦倒的日子，助他有了今天的这份成就，如今，要我把到手的果实拱手让与别人，我受不了，我真的受不了！"

"乔东不是你养的小猫小狗，他有自己的想法，你这样做，只能更加伤害你们之间感情。况且，他并没有做什么对不起你的事，你不要整天疑神疑鬼。"

"别替他开脱！"她双手一仰，厉声说："你们男人都是一副德行，吃着碗里的还要瞧着锅里的。你以为女人都是没有感觉的傻子？"

"喂喂喂，"唐奇峰挥舞着手里的香烟，郁闷地说："你别一竿子打翻一船人好不好？"

"没说你！"苏晓米瞥了他一眼，忿忿地说。

"这话是什么意思，我也是广大男同跑中的一份子！"

"快别给你们男同胞丢脸了，一个于婉馨就把你的七魂八魄都勾走了，你还好意思在这儿给我讲大道理。"

这话不知怎地激怒了他。他狠狠掐灭手里的烟，黑着一张脸，声音因激动而颤抖着："你提她做什么？"

"对不起，"她弱弱地向他道歉："事情过去那么久了，我不知道你还这么介意。"

"我不是介意，只是不想破坏这么多年搭建起的平静而已。"

苏晓米撇嘴："还说不介意，看看你那张剑拔弩张的脸，简直比张飞还难看。"

"我比张飞帅多了。"他苦着一张脸说。

她看着他，咯咯地笑了起来。

他也笑："这都是哪儿跟哪儿啊？"

他们在一起的时候总是这样，一件小事可以扯出多个无关话题。有的时候肆无忌惮得吵上半天，到最后竟不知到底为何而吵。

小的时候，他们一起去学小提琴，老师让他们各自拉上一段曲子，他拉了《梁祝》，老师还未评点，她却首先开口："你的感情不对！"

"怎么不对？"他黑着脸问她。

"反正就是不对。"她理直气壮地说："老师说过，一个没有感情的人是不会拉出好听的曲子的！"

"谁说我是没有感情的人？"他激动地反驳她。

"刚刚在楼下，那对乞丐父子那么可怜，你为什么不帮他们？"她质问他："不帮也就算了，还骂他们是骗子，你根本就是一个没有感情的人！"

"他们本来就是骗子，是你蠢，才会上他们的当！"

"你才蠢！"

两个人你一言我一语，吵得甚是热闹。老师和同学们全都停下手里的动作，目瞪口呆地看着他们，任由他们把争吵的话题扯到外太空去，谁都没有收拾残局的意思。最终，还是他们自己首先反应过来，以暂且休战草草收场。那个时候，认识他们的人无一不说他们是一对"欢喜冤家"，就连他们双方的父母都以为他们会以一纸婚约来开辟他们人生中更大的战场，可是最终，他们并没有如众人所愿走到一起。他们彼此太过熟悉了，熟悉到可以清楚地数出扎根在对方身上的种种优缺点。两个太过熟悉的人是无法走在一起的，因为相爱本身是一个神秘的互相探索的过程，一点一点地发现，一寸一寸地了解，才能激起焚心般的欲望。没有神秘感的爱情无异于一潭死水。

"我们今天暂且放下我和乔东之间的问题，"苏晓米将手搭在唐奇峰的肩膀上，试探地说："有一件事情，我不知该不该告诉你。"

"什么事？"

"我看见于婉馨了。"

"什么时候，在哪里？"他紧张地看向她，眼神里有遮掩不住的急切。

"在C城，前两天我陪乔东回去，没想到会在那里遇到她。"

他"哦"了一声，不再言语。

她接着说："她和一个男人走在一起，两个人的关系看起来不一般。"

"这是她的私事，现在已经跟我没有任何关系。"

"你真放得下？"

"放不下又怎样？"他轻叹一口气，走到窗边，在背对她的方向，轻声说："我现在只想去看以后的生活，至于曾经，就让它烂死在岁月里吧，不去想……"

她闭嘴了，把心底翻涌至嘴边的话硬生生咽回到肚子里。他永远没有机会知道，那天苏晓米与于婉馨见面后究竟有过一段怎样的对话。也许不知道是最好的，至少可以让他忘得彻底。

可是啊，可是，他曾那样深切地爱过于婉馨，怎么可能忘得彻底？事实上，他根本不知道于婉馨初到广州的那段时间到底承受了怎样的压力。

第七章　等闲变却故人心

1

大学毕业后，于婉馨被广州一家广告公司看中，她不顾唐奇峰的强烈反对，只身一人来到广州。站在陌生的土地上，迎着炽烈的阳光，她自以为找到了奋斗的目标，勇敢地将自己没入职场。可是一切都没有她想象中的那样简单，刚刚进入公司，她只是做着枯燥的收发资料的工作，作为一个新进职员，她时常被上司呵斥，被同事排挤。每天上班都加倍陪着小心，生怕哪一点做得不好，给别人落下口实。那段时间，她没有一天不加班，把自己训练成一台没有血肉的电脑，脑中充斥的全是合同、资料、报表……就连睡觉的时候都不敢关掉手机，随时准备回公司待命。

她拼命地想融入这座城市，可是四处都充满敌意。她越是努力，越是疲惫。多少个无法成眠的夜，她独自蜷缩在角落里哭得甘肠寸断，有邻居去敲她的门，她用毯子死死裹住自己的头，整个人陷入绝望的境地。那个时候，她就特别想念唐奇峰，想打电话给他，向他道尽自己心中郁积的所有委屈。可是她不敢，她怕自己听到他的声音后会真的撑不下去，那么她先前的努力就会全部归零。

她不想被这座城市吞没，更不想被这样的生活吃掉。为了在这座城里立足，她只有改变自己，以适应生活的节奏。她接更多的工作来做，学着讨好领导，把很多同事不愿意做的工作都揽到自己面前，每天像陀螺一样转动着，转动着。

老板是在一次年终聚餐会上注意到她的。当时所有的同事全都盛装出席，只有她因为没有时间去买衣服，穿着在格子间里的标准套装，一个人坐在角落里自饮自酌。

老板走过去，低声问一句："为什么不过云和大家一起坐？"

她抬起头，心一慌，手一抖，红酒溅了出来，洒了满身。他贴心地递纸巾给她，她接过来，在手里攥紧，再攥紧，泪水就这样悄无声息地淌了下来。仿佛这一年的所有疲惫在那一瞬间突然涌现。没有人关注过她的生活，亦没有人知晓她的悲伤，更没有人在这样的时刻递过一方纸巾给她。聚餐会上的一派热闹场景像一场盛大的剧目，所有人都在卖力出演，只有她一人独坐台下，暗自悲凉。

"怎么了？"老板突然蹲下身，全然不顾自己的形象，像哄小孩子一样问她："是不是想家了，没关系，我们马上就可以休年假了。"

她摇摇头，又摇摇头，起身朝卫生间跑去。

就是那样的一次接触，几乎让她的生活发生了翻天覆地的变化。

她从设计师助理变成了设计师，从一个每天抱着资料在公司里跑的小人物变成一个有独立办公室的白领丽人。所有人都看出了老板的用意，只有她平静接受着这种若有似无的好。大家都在背地里猜测着他们的关系。可是她不点头，他亦不挑明。他大她二十岁，像对待孩子一样宠溺着她，不强求，也从不给她施加压力。

有一次，她陪他去参加晚宴，他送她回家的时候深情地吻了她。他的头从她的脸上移开后，她悲伤地看着他，幽幽地说："对不起，我已经有男朋友了。"他笑着摸摸她的头，理解也说："没关系。"

其实，像他这样的男人，身边并不缺乏女人。他的身上有着成熟男人应有的魅力，从容，大度，从来不会对下属发脾气，从来不与任何人起争端，从来不光顾是非之地。每周有固定的时间用来打球，做健身，虽然人到中年，可是身材依旧保持得很好。那些自告奋勇投入他怀抱的女人自然不会差到哪里，她们大多接受过良好的教育，年轻美丽，知道与他接近的分寸，不会太无理，亦不会太粘人。即便是这样，她们依旧不能入他的眼。他那样挑剔，却独独把于娴馨视为心头好。

他温柔地凝视她，心甘情愿地接受着她的推拒和冷漠。别人将身心一同交付，仍不能博取他的一个笑容。她只勾一勾手指，他便愿跪在她的面前，将她所需要的一切拱手奉上。所谓用情到痴，便是如此了。

当一个人爱上另一个人的时候，没有任何道理可讲，不但没有办法控制自己，反倒要听凭身体里各个感官机能的摆布。

即使她不要，他依旧重复着对她的好。他在离公司不远的地方为她租了一间公寓。其实，所谓的租，不过是掩人耳目的幌子而已。他早就把那间公寓买下，说是租下，不过是为她买个心安罢了。她那样倔强，有着不可救药的自尊，即使走到穷途末路也依旧高昂着头，双臂紧抱，保持着不可被玷污的姿势。在这样的城，这样的姿态难免让人觉得可笑，可是就是这份可笑的单纯，在他眼里成了难能可贵的品质。那一天，她失态地在他的面前落泪，他的心似被什么东西狠狠捏了一把。他情不自禁地想去关怀她，爱护她。他为她做了那么多，其实，与其说她需要他，倒不如说是他需要她。在钢筋水泥的都市生活里，他需要有一方净土来涤净那颗被商业化了的心。而于婉馨便是他的净土。

他以为自己可以永远以这样的高姿态来关注着她的生活，直到有一天，她告诉他，她的男朋友来了广州。他突然意识到，自己该做些什么了。

2

她留在公司加班，他也不走，站在办公室里望着在对面房间里埋头工作的她，想着她从这幢大楼里出去就要投入另一个男人的怀抱，心里泛着淡淡的疼。更晚一些的时候，他敲响她办公室的门，递一杯咖啡在她的面前，笑着问她："不用陪男朋友吗？"

她沉默摇头："您放心，我不会为了私人问题而影响工作。"

他被她的回话噎住，耸耸肩，笑着说："收拾一下吧，我送你回家。"

他的宽容，他的好，她不是没有察觉的，倘若没有唐奇峰，她也许会勇敢地把自己交付。可是她的心已被一个唐奇峰占满，即使他并不了解她的疾苦，不理解她的坚持，她还是爱他。

那个痴恋她的男人把她送到楼下，她抱歉地看着她，喃喃地说："对不起，我无法给你更多。请不要再对我好。"

他笑着抚抚她的头，唤她"小傻瓜"。

他又何尝不想就此放下，可是，他管的了自己的脑，却控制不住自己的心。

她下了车，头也不回地跑进楼。他却独自坐在车里，呆呆望着她的窗，很久很久，不舍离去。

她越来越多地在他面前提起她的男朋友，他明白她的意思，她是想以这种方式来表明自己的立场。他微笑颔首，眉宇间透着淡淡的不在意，心里却总是不免泛出几分妒意。他不知道那是一个怎样的男人，也不知道他究竟长什么样子，在做什么职业，他只知道那个人比他年轻，而且和她有过一段青梅竹马的日子。有一次，他独自开车出去，把车子开到她的楼下，然后坐在车里静静地等。他不知道自己究竟在等些什么，他就是不想离去。终于，在入夜的时候，她挽着一个男人的胳膊出来散步。透着夜光，他看清楚了那个人的样子，他穿简单的运动服，头发干净利落，和她走在一起，俨然一对金童玉女。他的手在方向盘上抖了抖，发动引擎，车子飞快朝另一个方向开去。

回家的途中，他一直将那个男人的形象和自己进行比对。这是一场没有硝烟也没有结果的较量。在这座喧扰的城市，他已经拥有了一个成功人士应该拥有的一切，唯一令他沮丧的是，岁月已经把他蹉跎成一个不折不扣的中年男人。他的成功买不回自己失落的青春。他从来没有像那天一样羡慕过一个毛头小子，他羡慕他的年轻，羡慕他曾经与于婉馨共同拥有过一段爱的历史。那段历史，足够令他妒意横生。

他在深夜打电话给她，窘困地说："我到底该怎样做，怎样做才能得到你的爱？"他对她的这份爱，已经让他彻底乱了方寸。像他这样的年纪，原本不该做出这样不理智的事情，怪就怪他遭遇了爱情，不计后果地爱上了，而且爱上的是一个比自己小20岁的女孩子。她的青春携着冷漠把他变成一个彻头彻尾的无能之辈。在众人眼里，他可以指点江山，唯有在她的面前，他笨拙难堪。

她握紧电话，轻声劝他："不要这样……"

他说："我等，我可以等。"

她沉默挂断，在心里说了上百个"对不起"。

唐奇峰看着在深夜里跑到阳台上去接电话的她，不急，也不问。她躺回他的身边，在心里织了密密的愁。她想，他为何不问她，如果他问，她会把所有的事情都告诉他。可是他不问，从来不问。她用被子裹住自己的头，心里百感交集。这样的生活要到何时才是尽头？她当初信誓旦旦地来到广州，心无旁骛，努力工作，忽略多少双白眼才熬到今天。如果没有那个男人，她如今所拥有的一切都还只是空中楼阁。她感激那个男人，可是她无法爱上他。她以手轻轻环住唐奇峰的腰，趴在她的背上，喃喃地说："我好累，真的好累。"他回身抱抱她，轻声说："累了就好好休息吧。"她窝在他的怀里，竟望不到生活的光。在这座处处优胜劣汰的城市，仅仅靠爱根本无法生活。她和唐奇峰的爱情再也回不到当初在校园里那般纯净。她是爱他的，可是她的爱再难以从容，处处是累人的耗费，如果没有强大的物质基础，她要如何将自己放心托付？

如果没有攀比，她的心里或许可以寻到短暂的平衡。偏偏，那个成功男人每天都会出现在她的面前，像看一则笑话一般淡淡观望着她和唐奇峰潦倒的爱情。

他说："来我的身边吧。"

她说："我这不是在你的身边吗？"

他笑，一如既往的叫她："小傻瓜。"

她看着他，突然觉得很委屈。在他的面前，她从来不能掩饰自己的心绪。他和她的年龄相差那么多，世界却临得这样近。他像她的亲人，能轻易明了她的心事，给予她需要的所有。在她面前，他小心翼翼，生怕一个大的声响会惊动了文弱的她。其实，她哪有那么文弱。刚到广州的那段时间，她租住在十几平米的单身宿舍里，夜晚，灯泡坏了，她自己搬着凳子来换。一不小心，从凳子上摔了下来，摔得浑身青紫。她一边哭着扶起凳子，一边重新拿灯泡来换。那时侯，原本连方便面都不会煮的她，为了省钱，竟然学着自己煮饭烧菜，双手烫起无数个水泡。她只能独自忍着。

在她独自承受这些的时候，唐奇峰却在电话里一遍一遍责怪她的离开。她每每握着电话，总是禁不住泪流满面。那个时候，她要的何其简单，只是他发自肺腑的一声问候，就能让她满心欢欣。可仅仅是一声问候，他都不能给她。她失望了，少女时代对爱情的美好幻想毁于真真实实的生活之中。

渐渐的，她已经习惯了一个人的生活，习惯了接受另一人隐隐约约的关心与照顾。唐奇峰却偏偏选在这个时候来到她的身边。

他带着满心欢喜告诉她，他辞了工作，卖了房子，放弃了A城的所有，投奔到她的身边，只为能和她永远相守在一起。如果他早一些做出这番决定，她一定会感激涕零。可是现在，一切都显得太迟。她已经学会自己换灯泡，学会自己做饭，学会在冰冷的夜里紧拥住自己，他的出现无疑打破了她好不容易才搭建起的平静生活。

有一段时间，他的工作并不顺利，不是别人炒了他，就是他炒了别人。她劝他不要着急，并且拿出自己的工资来负担他的生活。面对他的感激，她无语应对。她是爱他的，可是她的爱改变不了他的生活和命运。偶尔，她会偷偷拿他和那个男人做比较，负收入的男人和年薪上百万的男人岂是一朝一夕可以补平的差距？一个可以请她在本城最豪华的西餐厅共进晚餐，一个却只能在出租屋里为她煮一餐最简单的饭菜。她不想承认这是钱的问题，可是残酷的现实告诉她，如果没有钱，根本无法在这座城市里生存下去。

她无意间会和唐奇峰提起她的同事，谁和谁在市中心买了上万元一平方米的房子，谁和谁又购入了新的车子，谁和谁身上的衣服都是名牌。她不徐不急地对他讲着这些，隐隐对比着自己的现状，语气里透着淡淡的无奈。

他托起她的头，道一句："你变了，于婉馨。"

他叫她于婉馨，连名带姓，从不省略。另一个视她如珍宝的男人却叫她"小傻瓜"，带着暧昧的宠溺。

她深吸一口气，冷漠地说："人终究是要变的，永远长不大才可怕。"

他不语，沉默地关掉眼前嗡嗡作响的电视机，起身朝房间里走去。她独自坐在客厅里，用拳头沉闷地砸着手里的靠垫，一下，又一下，全是说不出的愁。从何时起，他们之间已经没有了争吵，近乎客套地对待着彼此。偶尔，邻居夫妻俩在半夜里大吵，吵闹声惊醒了睡梦中的他们。他起身，点一根烟，沉闷地说："这样吵，多没有意思。"她翻个身，背对着她，幽幽地说："吵不起来才可怕。"

是啊，倘若两个人尚肯大动干戈地吵上一架，那么至少证明彼此还在爱着。而他们这种似是而非的亲近又算什么？更多的时候，他们看不到对方的内心世界，或许时间久了，连自己的内心都变得混沌了。

那一晚，他在她的生日喝醉，道出了掩埋在他心底的所有话语。

她哭着说："你不懂我，你从来不懂我。"

他说："你要的是身份，是名利，是金钱，是那些庸俗的身外之物。"

她刻薄地提醒他："你连这样庸俗的身外之物都没有！"

他明白了，清楚了，他的爱终不能胜过这些。他输给的不是一个人，而是真实的物质。他放下所有来到她的身边，却再难融进她的世界。

整个晚上，他独坐凉台上望着窗外清冷的月光，脚下的烟头落了一地。想起曾经，内心纠结着疼。记忆里那些令人感动的情怀，如今也只落得这样悲凉的场面，着实让人心酸。他想，也许自己并不应该来到这里，如果不来，可能事情还会有挽回的余地。可是他来了，有些事情明明已经赫然呈现在眼前，虽然不问，并不代表不在意。他骗得过所有人，却骗不过自己的心。他爱她，可是他不要和另一个人来分享她的爱情。

　　他捡起地上的烟头，低头在地上轻轻地写：人生若只如初见，何事秋风悲画扇。

　　与此同时，于婉馨用口红在镜子上静静的涂：等闲变却故人心，却道故人心易变。

　　窗外，处处笙歌。他们的黑夜，别人的歌。谁能了解谁的寂寞？

3

　　"真的没有挽回的余地吗？"苏晓米伤感地看着唐奇峰，幽幽地说："你曾经那样爱她。"

　　"可是我这里没有她想要的爱情。"他淡淡回应。

　　"不，你冤枉她了！"她急于解释什么，可是被他的冷漠神情打断。

　　"管好你自己的事情吧，"他说："不是每个人都能了解另一个人的感情，也许分开对她来说才是最好的。我努力过了，可是我终不是她世界里的那个人。"

　　她点头。想到自己与乔东的婚姻，似寻到了悲伤的相似点。原本该是最亲近相爱的人，可是他的愁不与她说，她的苦不道与他听，每天躺在同一张床上，却似最熟悉的陌生人。一张床，圈住了两个人，却圈不住两颗流离失所的心。

　　唐奇峰和于婉馨亦是如此。

　　有一天，于婉馨躺在沙发上，枕着唐奇峰的腿，问他："你在想什么？"

"在想明天早上吃些什么。"他答。

"还有呢？"她问。

"还有……吃什么东西最有营养。"

她突然感到一股无名的愤怒，直起身子厉声责问他："除了吃，你还能想些什么？"

"人是铁，饭是钢，一顿不吃饿得慌，"他伸手去捏她的鼻尖，嬉皮笑脸地说："物质基础决定上层建筑嘛，我就是你的基础，你就是我的建筑。"

她一把甩开他的手，无奈地摇头："你变了唐奇峰，你以前不是这个样子的。"

"我以前是什么样子的？"他反问她。

"你以前脑子里充斥的全是崇高的艺术理想，你说你要做最出色的建筑师，你说你要建起你心目中的广场大楼。你说要和我在你亲手设计的房子里生活。这些，你现在都忘了吗？"

他冷笑："这些，现在连我自己都不再相信了。"

她悲伤地看着他，低声问他："以前那个雄心满志的唐奇峰哪去了？我不要你这样，不要你把心思花在无谓的事情上面，吃什么早餐，有没有营养，我自有分寸，用不着你来费心！"

"好吧，"他无所谓地耸耸肩："等你想吃的时候再告诉我好了。"

她双拳紧握，在心里默默劝着自己，冷静，冷静。他却一把抱住她，在她耳边轻声说："别闹了，好不好？我们好不容易才能团聚，我不想因为这些琐碎问题跟你吵，更不想失去你。"

她长叹一口气，哀哀地说："我也不舍得失去你……"

我也不舍得失去你，这句话应该怎样来理解呢？是已经打算失去却又不舍，还是绝对不能失去呢？连她自己也不能解释。曾几何时，他们的感情成了她口中的鸡肋，食之无味却又弃之不舍。

每每与唐奇峰发生争执，她的脑中总有另一个男人的影子突然跳将出来，他叫她"小傻瓜。"

他说："小傻瓜，别担心，有我在。"

他说："小傻瓜，放心放心，我会处理好的。"

他说："小傻瓜，你真是傻得让人心疼。"

她想，一个女人终要在宠溺中得到快乐吧。他待她如他的孩子。而在唐奇峰面前，他却是她的孩子。她希望她爱的男人可以努力上进，将来有能力负担她的人生，可是他每天所想的，不是为她寻一个安定的窝，而是怎样为她做一顿营养早餐。他怎会知道，她独自在广州生活了那么久，早已没有了吃早餐的习惯。她要的是一个家，一个真正属于自己的家。可是，她要的，他给不了。

他们最后一次谈话，是在她公司旁边的咖啡馆里。

她说："你还有什么话和我说，今天可以一次说个痛快。"

他说："我不想骗你，可是我真的不喜欢这声色犬马的花花世界，很不喜欢！"

她冷笑："或许你可以把话说得更明白一点，你不是不喜欢这声色犬马的花花世界，而是不喜欢这花花世界里的我，对不对？"

他用沉默回答了她的问题。

"既然如此，你又为什么来？"她激动地问他。

"也许我真的不该来。"他赌气地说。

她悲伤地看着他，点点头，又点点头："既然这样，你现在可以走了。"

"你早就盼我走了，对不对？"他突然问她。

"你到底想说什么？"

他不耐烦地摆摆手："算了。"

他还是没有勇气问出口。她多盼望他能问她一句，如果他问，她会坦诚地对他说，这座城给了她无尽的诱惑，可是全然抵不过他的一句承诺。可是他说，算了。她有理由相信，他是真的想就此算了。

那天的广州，大雨。他们在咖啡馆门口分手。一场大雨溅起了两人那么那么多的甜蜜往昔。

他看她独自冲入雨中，拐过街角，连一个眷恋的眼神都没有留。

她独自冲入雨中，拐过街角，在一片拆迁房旁停下脚步，双手扶住一面破败的墙壁，突然痛哭失声。

最令人心酸的爱情莫过于此，明明生活在爱情里，却都在回避着爱情，结果只能苍凉收场，多么悲伤。

4

"你说得对，不是一个世界的人，分开才是最好的选择。"苏晓米坐在唐奇峰的对面，若有所思地说。

"你不要胡思乱想，你要好好珍惜和乔东之间的感情。两个人能做夫妻并不是一件容易的事情。"

她叹气："我又何尝不想做一个相夫教子的小女人，可是……"

唐奇峰明白她的处境，轻声安慰她："我会找时间和乔东好好谈谈的。"

她点头，抱以感激的微笑。

与唐奇峰分开后，她独自开车在大街上逛。这座城市的灯光这么炫，可是哪一盏是为她而明？她下意识地打开车里的收音机，突然想在这样寂寞的夜里听一听小唐的声音。

苏晓米曾是小唐的忠实听众，她喜欢小唐在节目中的机智和幽默，在二人尚不熟悉的时候，她曾一度十分迷恋那个甜美的声音。很多次，小唐刚刚做完节目便会接到她的电话。她在电话那边轻轻地说："唐小姐,你的声音真好听。"小唐就笑,连道:"谢谢谢谢。"

后来,她干脆开车到电台门口等她,请她到A城最豪华的餐厅吃饭。小唐不推,也不拒。反正她的工作就是听别人的牢骚,无非是多贡献一会儿自己的耳朵罢了。苏晓米喋喋不休地向她讲起自己和乔东的婚姻,小唐一边低头去切手里的牛排,一边淡淡地劝:"人生不如意十之八九,你又何必如此介意?"她看着面前这个脸上长满青春痘的女孩儿,心头涌出几分失望。本以为终于找到一个可以懂她的人,其实不然,小唐面对她的唠叨,脸上展现最多的却是不耐烦。她突然明白了,这个女孩子在节目中表现出的睿智和豁达不过是她的工作而已。她的工作需要她做一个聆听别人心事,并且善于去为别人排忧解难的小天使,她便把自己打扮成那副模样,以最大的耐心去对待她的听众。而当那些听众认真向她倾诉自己那些烦心事的时候,她很有可能正闭着眼睛在想自己晚上将要吃些什么。

尽管如此,苏晓米还是经常请她吃饭。两个女人坐在高档的西餐厅里,周围的人或西装革履,或光彩照人,把自己伪装得像橱窗里的高档玩偶。小唐探头,轻声问一句:"你经常来这种地方吗?"

"你不喜欢吗?"苏晓米反问。

"我觉得很不自在。"

"那我们换个地方。"她拉着小唐往外面走。两人开车到小食街,寻一间宽敞的火锅店,走进去。

小唐说:"你是我见过的最特别的女人。"

她笑:"勉强别人和勉强自己一样,得不到应有的快乐。"

"你从来不为别人勉强自己吗?"小唐问她。

"从不。"说至此,她突然怔了怔,低声说:"除了乔东。"

小唐呷一口面前的啤酒,静静地看着她,脸上带着温和地笑意:"乔东便是你的死穴。"

她说："是啊是啊，他就是我的火，只要他道一声需要，我便会无所畏惧的狂扑过去。"

小唐摇头："你完了。"

她沉默，在心里忧伤地念："其实我早就完了，从初次见到乔东的那一刻就完了。"

我们在年轻的时候都希望可以轰轰烈烈地谈一场旷日持久的恋情，然而真正恋上了，才发现，有些感情注定会成为我们生活里的一场劫难。乔东便是苏晓米的劫。

小唐自是早已看出了这些，可是她还无法给面前这个女人提供什么意见。她不想在工作之外还在充当知心大姐的角色。其实，说到底，她还是没有把苏晓米当成朋友，尽管她经常接受那个女人的邀请。

苏晓米埋单的姿态十分潇洒，双指夹着一张白金卡，头也不抬："小姐，埋单。"偶遇哪家小店不能刷卡，她便从钱包里抽出几张"大团圆"，找回的零钱从来不接，当做小费赏给侍应生。小唐每次都佯装无意地打量那些系着红色领结的侍应生，在他们崇敬的眼神中，她看到了苏晓米的阔绰。可是她从来都不动声色，淡淡遮掩着自己的穷酸。

每次分手，苏晓米总会豪爽地道一句："小唐，如果有什么困难尽管找我。"

小唐笑着应："好。"可是她一次也没有找过她，反倒是苏晓米经常在深夜里给她打来电话。就是这样，两人竟也渐渐成了要好的朋友。

小唐经常讲一些上节目时地笑话给她听。比如，曾经有一位听众给她打来电话询问情感问题，语气和声音都似一位懵懂的初恋少女，待到最后，才在其讲述的细枝末节处发现，此人原来已经经历过五次失败的婚姻。那些一夜情，不伦恋，更是在节目中层出不穷。

苏晓米听着小唐对她讲起的这些，心里蒙上了一层一层的灰。直到现在，她才知道，原来小唐是把这些隐私当做笑话来听的。也许她也是这许多笑话里的一则，可是她已无从介意，她需要有一双耳朵能收容自己的愁苦，而小唐恰恰给她提供了这双耳朵。

这夜，她开车独逛，把车里的电台调到小唐的节目，可是听到的却不是那个熟悉的声音。

5

小唐的手机一直处于关机状态，家里的大门也闭之不开，这是从来没有过的情况。这种刻意的隐藏让人心头泛起隐隐的不安。

苏晓米一连找了她两天，全然不见任何踪影。情急之下只好托人找到电台的工作人员，才略晓事情的一二。

小唐生病了，已经一周没有来上节目。这是苏晓米从小唐的同事口中听到的讯息。她在心里暗暗思量，一定出了什么事情，不然，以小唐要强的性格不会一连几天都不去工作。可是，究竟能出什么事情呢？在这座城，小唐虽算不上富贵有余，却也衣食无忧，稳定的工作和固定的收入让她不至于为柴米而愁。她在异乡的父母亦是身体健康，生活安定，从来不会讨她烦忧。那么，唯一可以让她不顾一切放下工作的理由便是她的男友。

苏晓米曾听小唐提起过，她的男友在一所公立中学当体育老师，可是具体是哪一所学校，苏晓米实在记不起来了。不过没有关系，在A城，她苏晓米想要找一个人并不是一件困难的事情。很快，她便得知那个体育老师的学校地址。那所学校的校长竟然是她父亲的大学好友。那天，她从校长办公室出来，扶着走廊的栏杆向下望去，恰巧看到小唐的男友在一群女学生面前做前空翻。女生们纷纷拍手尖叫，他似找到了炫耀的爆点，做完前空翻又紧接着来了两个侧手翻，身上的紧身裤把男人独有的线条绷了出来。苏晓米迎着阳光，摇摇头，转身下了楼。

她实在不能理解，小唐怎么会喜欢这样的男人。她最讨厌男人的张狂和自负，何况，那个男人还喜欢穿紧身裤，这简直让她无法忍受。

"可不可以聊两句？"等那个男人终于做完这一系列动作，停下来的时候，苏晓米绕过那群女生，走过去说："关于小唐。"

"我和她已经分手了，"他一边接过身旁一位女学生递过来的毛巾，一边冷淡地说："她的事情已经和我没有任何关系。"

苏晓米还想再说些什么，却被站在他旁边的女学生打断："这位大婶，我们现在正在上课，请您自重，好吗？"

"自重？"苏晓米冷笑，轻蔑地看着面前的紧身裤男人，然后伸手指指那个摇头晃脑的女学生，问他："难道这个乳臭未干的小丫头就是你放弃小唐的理由？"

"喂，这位大婶，请您说话客气一点！"女学生愤愤地说。

"不想找抽就给我闭嘴！"苏晓米突然一声怒吼，让在场的所有人都怔了一怔。

紧身裤男人赶紧拉开女学生，在她耳边说了些什么，她才转身离开。

"说吧，到底怎么回事？"苏晓米抱着双臂，乜斜着他，问道。

"我已经说过了，我们分手了。"男人不耐烦地答。

"到底为什么分手？"

"这个也要向你汇报吗？"

"你以为我愿意管你的闲事？我只是关心小唐！她不见了，你知不知道？"

"她去哪儿了？"他紧张地看向她，问道。

"你还好意思问我，"她愤怒地伸手指向他："你是怎么做人家男朋友的，小唐是为了你才留在A城，那么久了，她陪你吃，陪你玩儿，陪你睡，为你洗衣做饭，天热怕你中暑，天冷怕你挨冻，你就算是块石头也该被捂热了吧，可是瞧瞧你刚刚说的那些混账话，'她的事情已经和我没有任何关系'，你当初搂着她海誓山盟的时候怎么不说没有关系呢？她当初为你留下来的时候，你怎么不说没有关系呢？"她一口气说出这些，仿佛道出的是埋在自己心中的仇怨。

"现在说这些又有什么用，"他懊恼地说："小唐在这座城市里没有亲人，她能去哪儿呢？"

"我问过她的朋友了，没有人知道她的下落。"苏晓米故做镇定地说。

"我去找她。"他穿着紧身裤跑上楼，请了假，然后骑着摩托车在A城开始了漫无目的的寻找。

可是，茫茫人海，她会在何处呢？

第八章　心灵的逃亡

1

小唐失踪了。

连日来，苏晓米的心情十分复杂，精神也十分恍惚。每一天，她开着车在街上闲逛，听着收音机里那些陌生的声音，总会想到小唐，一股莫名的伤感慢慢将她侵袭，逃不掉。

其实，倒并不是因为她和小唐的关系有多么好，她是担心小唐，可是她在她失踪的背后看到更多的却是将来的自己。那样悲伤，那样落魄的自己。没人告诉她究竟发生了什么，可是凭借一个女人的直觉，她也能猜出一二。想起小唐曾那样笃定地认为自己会和那个男人白头到老，苏晓米总是不免一阵心酸。

残酷的现实总是一次又一次摧毁那些美好的愿望，让人痴癫，让人绝望。

那个紧身裤男人曾来找过一次苏晓米，他的样子看起来十分憔悴，胡须未刮，嘴唇干裂，站在她的面前，沮丧得如一个失宠的孩子。他说："我找不到她了，她究竟会去哪里？"

苏晓米看到他落魄的样子，心软了，再说不出一句指责的话。她想，如果有一天她离开，乔东会不会也像这个男人一样疯狂地去寻找。她不能给自己一个肯定的答案，因为她不确定乔东是否真的在意过她。

是十分阴郁的一天，苏晓米突然对乔东说："我想出去走一走。"

"要去哪里？"他问她。

"我也不知道，"她说："走到哪里就算哪里了。"

"出去转转也好。"他抱歉地说："可惜我的工作太忙，不然，我可以陪你一起出去走走。明年吧，也许明年……"

"不用，"她打断他的话，笑着摆摆手："工作重要。"

这是这么多年来，她第一次拒绝他的陪伴。她想，她终要学会独自承担一些事情，这样，即使有一天他突然离开，她也不至于活不下去。

她独自收拾行装，独自制定行程路线，独自出发。乔东自始至终都没有察觉到她眼中透出的无力。她转头对他说："不用送我，我自己可以的。"他真的没有送她。当她把沉重的行李放到车子后备箱的时候，回头看了一眼那扇没有被推动的门，心头发出裂帛般的声响。他真的以为她自己可以吗？她走的时候，他甚至没有多看她一眼。她上了车，发动引擎，在心里沉沉地念着："不要哭，不要哭，你可以的，你可以撑过去的。"可是，车子出了小区，拐过街角，她突然停了下来，眼泪模糊了视线，她再也忍不住，一头栽到方向盘上，呜呜地哭了出来。

她还是没有办法放下他。

唐奇峰说："你这又是何必？骗他去旅游，最后却弄得自己连个栖身之地都没有。"

苏晓米陷在唐奇峰家里的五指沙发里，不耐烦地答："如果你嫌我碍事，我会另找地方的。"

他伸手去戳她的大脑门儿："你啊，要走赶紧走。"

她一脸委屈地看向他："连你也这么不待见我，我去跳黄浦江好了。"

他笑："我买机票送你去，只要你有勇气跳。"

她抓过背后的靠垫，扔到他身上，百感交集地说："我这辈子真是交友不慎，交友不慎啊。"

他把靠垫扔回给她，拿出手机拨电话。

"你打给谁？"她紧张地问他。

他不语，只是沉默地按着手机键。她一把夺过电话，近乎疯狂地对他怒吼："你要打给乔东对不对？我已经说了，我想自己出来冷静一段时间，怎么连你也不能理解我呢？我上辈子到底做错了什么，你们一个一个都要这么折磨我？"

"是你自己在折磨你自己！"他也提高分贝，毫不示弱地吼着："爱人是你自己选的，爱情是你自己选的，生活也是你自己选的，既然选了，你就该好好走下去。你这样无缘无故地跑出来，又算什么？"

"我走好了。"她把手机扔回给他，拎起旁边的行李箱往门外走。

他用力拉过她，把她推倒在沙发上，厉声说："闹什么闹？"

"你到底想让我怎么样？"她哭着说："我知道自己很讨厌，我贪婪自私尖酸刻薄，可是你们又比我高尚多少？你们凭什么把自己打扮成高尚的使者来对我指手画脚？"

"谁都没有把自己标榜成高尚的人，是你自己的心魔在作祟"，他说："是你自己在为当初所做的一切耿耿于怀！"

"可是我有什么错？我只是想和自己所爱的人在一起，追逐爱情有什么错？"

"错的是你追逐爱情的手段！你当初是用什么方法得到的乔东，你以为你能瞒得过谁？"

她怔住，惊慌地低下头，轻声说："我不知道你在说些什么。"

他没有继续咄咄逼人，反倒首先把语气软了下来，把手里的电话递与她的面前，低声说："你自己看看。"

她接过手机，在通话栏中见到的第一个名字竟然是"送外卖"。

她就是这样冲动，常常依着自己的直觉来判定事情的样子，即使错了也不辩不改，像个倔强的孩子。他含笑地望着她，那眼神带点无奈的疼惜，仿佛轻易便将她看透。

她平静地把手机再次丢回去，自己坐在沙发上朝窗外望去，心里却早已激荡起无限波澜。五年前的一幕幕忽地拥入眼前，那是一段无法挽回的历史，虽然并不光彩，可是她并不后悔。她唯一担心的是，如果乔东知道这些又会怎样，到那时，也许他们连最后一点情分都没有了。

2

五年前，苏晓米对乔东一见钟情，之后便展开了热烈的追求，可是任她如何示好，他通通以冷漠处之。她找人谐查了他的身世，包括他的家庭情况，生活背景，得知他的母亲已经去世，父亲也已另娶他人，他在C城已经举目无亲，除了林斯诺。

是的，她从五年前就已经知道了林斯诺的存在。关于林斯诺的一切，她亦了如指掌。她一边继续着对乔东的好，一边不动声色地算计着林斯诺。她甚至亲自去过C城，在外国语学院的食堂里静候那个女人的出现。当身边人把斯诺指给她时，她感到一股强烈的压迫感。

她不得不承认，斯诺是个十分漂亮的女子，而那种漂亮是让女人见了都为之心动的模样。苏晓米让身边的朋友唤她过来，然后自己退到右后方的位置。斯诺走过来，与唤她那人道一声"Hi"，然后弯身坐了下来。苏晓米在不远处静静观察，斯诺的皮肤十分白皙，脸上一直挂着温润地笑意，低头间长长的睫毛会自然垂下来，那是一种很安静，很谨慎的美丽，清新自然且不做作，像一枝待放的花朵，让人忍不住疼爱。苏晓米在来之前已经想象过斯诺的模样，也已经为下一步的行动做了十足的打算。直到见到斯诺，她才知道，之前的预想全都是错误的。她眼前的斯诺，并不是她预想中的迷倒众生的妖冶女子，她的美，透着淡然和羞涩，而这样的美却更有杀伤力。

离开的时候，苏晓米故意经过斯诺的身边，轻轻撞了她一下，然后抱歉地说："对不起，对不起。"

斯诺转头浅笑，轻道一声："没关系的。"那个时候，她做梦也没想到，那个女人道出的那句对不起是在为其以后的行为埋单。

苏晓米从食堂出来，迎着炽热的阳光看去，一种强烈的悲伤撞击了她的心。这是一场没有硝烟的战争，她知道自己败了，她败给的不是那个女人的夺目风采，而是她的平静和淡然。她只看了她一眼，那一眼却成为极为绚丽的一瞬。从小到大，她从没觉得自己会输于谁，可是在林斯诺面前，她真切地感觉到一股强大的挫败感。她不敢直视那个女人的眼睛，更不敢在她的面前轻举妄动，有那么一瞬，她竟然在那个女人的身上寻到了乔东的影子。她终于明白什么叫做"天生一对"，他们有与生俱来的相似气质，他们的性格，秉性，包括彼此的经历都能达到难得的契合。苏晓米以前是不相信宿命的，直到见到斯诺，她信了。斯诺的一颦一笑仿佛都在提醒着她，有些人生来就是注定结为一对的，就像斯诺和乔东。虽然心里已经明了，可是她仍不甘心。她要把乔东抢过来，哪怕付出所有也在所不惜。

离开C城的时候，她问身边的朋友："林斯诺在学校里有要好的男性朋友吗？"

她的朋友说："斯诺不但长得漂亮，性格也是极好的，从不飞扬跋扈，也从不沾惹任何是非，所以不论男生女生都很喜欢她。"

她沉默点头。是啊，如此亲善的女子，是谁见了都会喜欢的吧。倘若斯诺不是那个男人的心仪女子，她愿意和她成为很好的朋友。可是我们无法躲过命运的安排，更无法做到绕过爱情而免于悲伤。在盘根错节的生活中，我们甚至无法辨清未来的方向。面对接踵而来的种种变故，我们像是被困在火海中的无助生命，如果不勇敢闯出，只能静待死神的召唤。也许闯出也难免面对毁灭，可是我们至少努力过，无憾了。苏晓米在见到斯诺的那一刻，她已明白，自己已经身在火海中了，面对这一切，她只有一拼到底。

"林斯诺难道就没有一个关系比较亲密的异性朋友？"她问朋友。

朋友谨慎地看向她，突然很紧张地问："你到底要干什么？"

"没什么，只是随便问问。"

"斯诺是有男朋友的，他们的感情很好，这是众所周知的事情。据说那个男生在外地上大学，而且十分优秀，谁又愿意在此插上一脚呢？"朋友充满羡慕地答。

"是啊，"她低声念着："他确实是个十分优秀的人。"

"你在说什么？"朋友问她。

她摆摆手，勉强从脸上挤出一个笑容："没什么。"

她在回A城的途中给乔东打电话，关心地问："你在做什么？"

"在写一份工作报告。"他说。

"你不过是在那间小公司里实习，又何必那么认真？"她关切地说："不要太拼，要注意身体，大不了等你毕业后，我让我爸帮你……"

"不用，"他打断她的话，礼貌回应："谢谢你的好意，不过我想我并不需要你的帮助。"

"那好吧，不打扰你了。"她幽幽挂断电话。

他是不需要她的，她悲哀地想，他的成功，他的喜悦，甚至他的悲伤，全都不要她的参与。她那么爱他，却无法和他站在一起，哪怕只是远远地看着他，他都不要。她从肩上的斜挎包里拿出一瓶饮料，想要拧开来喝，却没想到洒了一身，暗红暗红的一片，像一朵神伤的花朵蔫在她的胸前暗自哭泣。她转头望向车窗外，竟寻不到一点爱的希望。

面对这样的情形，她唯有凭借一己之力，尝试与命运做一次抗衡，代价是，她将永远难逃良心的谴责。

3

唐奇峰现在所居住的地方是培训中心分与他的一所教师公寓。他当年离开A城，勇敢地追逐于婉馨到广州，几乎放下了自己在这座城市的一切，包括自己当年所居住的那处房子。他自小便是理智的孩子，清楚地知道自己做出的一切将要付出什么样的代价。面对他对于婉馨的那份感情，他的父母无法说出更多，只是嘱他好好照顾自己，并且告诉他，如果他独自在外面撑得累了，父母随时欢迎他回家。临走前，他感激地拥抱了父母。其实，那个时候，他已经抱定了在广州生活的信念，他坚定地认为自己会和于婉馨结婚生子，一生相依相伴，可是最后，他们还是没有扛过岁月和现实的考验。

在经过了一翻情感与城市之间的辗转后，他最终回到了那片熟悉的土地——A城。父母站在他的面前，虽然什么都不问，可是他已看出他们眼中的担忧和疑惑。他坦白而简单地对他们说出自己在广州的一些状况，其中省略了很多不为人知的艰辛和困苦的心灵煎熬。父母对他的一切表示理解，可是，他无法以这样的状态去面对他们。回到A城不久，他便找了培训中心的工作，并且从家中搬了出来。成长至此，他确实没有为父母尽过什么孝道，他唯一可以做的就是让他们不再为他担心，再多的痛苦，他独自承受。

他所住地方离市中心较远，他住公寓的第十二层。每每入夜，城市的夜灯亮起，市中心处处逍遥，处处歌，他却在这处远离繁华的地方独自消磨无聊又空虚的时光。好在现在苏晓米来了，让他寂寥的生活有了一抹色彩。可是这几日，苏晓米的状态十分不好，很少笑，也很少说话，经常独自站在阳台上望着远方发呆。

有时，唐奇峰走过来，从背后拍她一下，笑着问："在想什么？"

她回头，从脸上扯出一个难看地笑容，答非所问地说："这里真的好安静。"

"你喜欢这里，就留下来吧，"他说："我去分享你家的大房子。"

她笑："乔东的性取向很正常，你没希望了。"

他狡辩："我也很正常好不好？"

"那你为什么到现在都不交女朋友？"她反问他。这一问，反倒让他变得哑口无言。

"你还在想于婉馨，对不对？"她接着问。

他不语，沉默地点根烟，望着深邃的夜空，轻轻地点头。

这么多年，他不是没有试过找别的女人，可是他无法投入，每每相近相亲，他的眼中都会晃出于婉馨的影子。他按她的样子打出了条条框框，并且把这些条框安在每一个与他接触的女性头上。他一边在内心深处藏匿着对于婉馨的那份狂热的思念，一边用冷静的目光来衡量身边出现的女人们。不对不对，总是不对。其实，与其说他寻不到一个合适的女人，倒不如说他寻不到一个类似于于婉馨的影子。

"男人是不是永远都无法忘记初恋情人？"苏晓米问他。

"也不全是，因人而异罢了，"看到她脸上堆垒出的悲伤，他安慰她说："其实男人忘不了的并不是那个人，而是那段无法挽回的青春岁月。"

"真的吗？"她带着期待的眼光看他，仿佛要在他的眼中寻到一个可以令自己宽心的答案。

"嗯。"他简单应着。

"那我要怎么办，我不可能复制一段青春给他。"她哀哀地说。

"因为无法复制，所以更加难忘。"他说。

"我应该早点认识他才对。"

"你觉得认识他太晚，可有人却觉得认识他太早，爱情并不是依时间来裁定的。"

她沉默，望着空中那一轮并不完满的月，陷入沉思之中。

生活就是这样的，总会经历一些事，经历一些人，然后慨叹自己与某一人相识太晚，惋惜自己没有来得及参与他的青春，殊不知，有人却觉得认识他太早，叹息自己陪他走过最艰涩的岁月，见证了他的种种拙劣，帮他一起扛过无数个艰难日子，有一天他终于成功，他却不再属于她。

"其实……"她突然张口，想说些什么，却又把脸转向别处，默然地闭上了嘴巴。

"什么？"他问她。

"要不要出去吃夜宵？"她故意岔开话题。其实，她是想告诉他关于五年前发生的一切，关于乔东，关于林斯诺，亦关于她自己。可是她终是没有说出口。

"不去了，冰箱里有吃的，你饿了就热来吃吧。"他说。

"好。"她应着，心里却早已翻江倒海。她要不要告诉唐奇峰五年前发生的事情？如果告诉他，他今后会怎样看她？如果不告诉他，那么他那天说出的话到底是什么意思？难道他已经知道事情的真相？她被这些问题困顿着，纠结着。想到乔东，她更是心神不宁。

她深刻地领悟到，爱一个人不仅仅是得到他而已，而是要经历之后的绵长痛苦的。

4

接到小唐的电话是在一周以后。

那天，苏晓米梦见自己回到了十岁那年的夏天，她的父母陪她去动物园，很多很多鲜活而强悍的生命呈现在她的眼前，她拉着父母的手，一路看过去，竟看到一条时光隧道。她放开父母的手，欣喜的跑进去，待到回头，已经全然不见他们的身影。一时间，很多凶悍的动物从笼子里冲出来，她哭着，喊着，却没有人听到她无助的声音。她一直跑一直跑，跑到暮色垂临，依旧没有人带她回家。醒来的时候，她满头大汗，一股强大的悲伤将她包裹，她抱着被子，将头陷进去，陷进去，想要就此将自己埋掉。偏偏在那个时刻，她接到了小唐的电话。

"你这些天跑到哪里去了，我们都在找你。"她握紧电话，焦急地说。

"你们？还有人关心我的行踪吗？"小唐喃喃地说："我太累了晓米，真的太累了。"

"你现在到底在哪儿？"她问，"我不知道究竟发生了什么，可是逃避不是办法，你终究要出来面对的。"

"不是我不愿意面对，是我根本不知道该怎样面对。"

三个月前，小唐做完节目回家，在途中偶遇大学校友，那是个平庸至俗气的女人，上学的时候没有什么远大的目标，她唯一的希望便是将来可以嫁给一个合适的男人，疼她，宠她，在这座寸土寸金的城为她安一个温暖的窝。现在，她终于找到了那样一个男人，站在小唐面前，她展一派得意的模样，虚情假意地寒暄着："我现在的生活真的很没有意思，无非是打打牌，逛逛街，无聊得很。哪像你，有自己的事业，虽然清苦，可是让人乐在其中嘛。"小唐笑着，应着，双手在口袋里握拳，再握拳，在心里一遍一遍地劝自己，冷静，冷静。

她从来不是仇富的女子，可是她见不得那个女人看她时那副轻蔑的模样。这么多年来，她努力进取，洁身自爱，一步一步稳扎稳打，从没想过走什么捷径来过上富裕的生活。如果没有遇见那个女人，她对自己的现状依然满意，可是女人看女人，怕的就是攀比，那个女人何德何能，又凭什么对她说出那番话？

她在寒风中，缩着脖子给男朋友打电话。她想，就算日子过的再苦再难，有他在身边，她知足了。

电话响了很久，他才将电话接起。她说："你在干什么？"

"在忙。"他不耐烦地答。

"在忙什么？"她问他。

"我不是你的听众，也不是你的孩子，难道一举一动都要向你汇报吗？"他冷漠地说。

"你怎么了？我并没有这个意思。"她突然觉得很委屈，本是想打电话寻一个安慰，没想到却把自己弄得更加难过。

"我今天很累，有什么事明天再说吧。"他匆忙挂断电话。

她再拨，电话那边只剩一片嘟嘟的忙音。她不死心，打车到他的宿舍，却没想到来开门的是一个女人。那个女人穿了他的白衬衣，宽宽大大，半遮半掩着她的臀部，下身一丝不挂，赤条条的两条大腿靠在门边，像是明目张胆的挑衅。她怔在那里，半天，吐出三个字："你是谁？"

女人乜斜着她，反问道："你是谁？"

她看着那个女人，突然变得很愤怒，冲上前，推开她，用力将半掩的门踢开，大声叫嚷着，"余临光，你给我出来！"

余临光从卧室里走出来，看到她，惊讶地问道："你怎么会来？不是说了有什么事情明天再谈嘛。"

"那么今天你要干什么？"她已经完全控制不住自己的情绪，歇斯底里地叫喊着："今天你要和这小妖精干什么苟且之事？"

他走上前，拉她出去，在楼道里冲她大喊："这么晚了，你闹什么闹？"

"你做了那么不要脸的事，还怕我闹？"她哭着说："我真地看错你了余临光，你怎么可以这样对我？我到底做错了什么？"

"你不要无理取闹好不好，我什么都没有做！"他遮遮掩掩地辩解着："是你误会了。"

"我都亲眼看见了，你还不承认？你到底把我当成什么了，无知的蠢娘儿们吗？"

"你现在的情绪太激动，我现在送你回家，有什么话等你明天冷静下来再说。"他边说边将她往楼外拉。

"别碰我，"她甩掉他的手，愤怒地说："别拿你碰过别的女人的手来碰我！我嫌你脏！"

"这么晚了，你这样闹会吵到大家的，"他强硬地说："你别显得那么没有教养好不好？"

"我没有教养？"她冷笑："看看你自己做的丑事，你才是有人生没人养的东西！"

"够了！"他捏紧她的肩膀，将她逼至墙角，眼里含了两道愤怒的光，"不要再挑战我的耐性！"

"你混蛋！"

他举起手，一个坚实的拳头落到墙上，吓得她紧紧闭上了双眼。这一记拳头，将她彻底打醒，这么多年，原来她一直在守着一个童话过活。她自以为找到了生命中的王子，自以为他们相亲相爱，自以为他们会如童话故事的结尾一样，王子和公主从此过上幸福快乐的生活。原来这一切不过是她一厢情愿的构想罢了。她视他为王子，他却视她为奴仆，用情之不同，可谓天壤。

她下意识地抚住脸，点点头，又点点头，转身跑下楼去。他刚要去追，却被从屋里走出的女人叫住。她清楚地听到那个女人的声音，他顿在那里，真的没有再往前踏出一步。她的头轰轰作响，几乎站不住，只能单手扶住墙，一点一点地往下奔。那天的楼道真黑啊，眼前的一切都被夜色蒙上了一层深沉的灰，她看不见前方的所有。有那么一瞬间，她真的希望自己就此摔下去，摔的头破血流，待到醒过来，发现一切都只是一场梦。可是她还是安全地出了楼道，刺眼的光猛地照过来，竟将她照出了一脸泪水。

她已经忘了那天是如何回到住处的。夜晚，她独自躺在床上辗转反侧，数羊数到几百只，可是始终无法成眠。空气中似乎弥漫了一片沉沉的灰，压得她喘不上气。她起身，将房间的窗子彻底打开，然后独立在夜风中回望曾经。那么多美至灿烂的画面，在这样的夜中，一面一面地荒了，荒了，到最后，她的心也随之荒了。她突然意识到自己就要失去他了，她甚至看到了横生在他们之间的那些繁杂的枝节，把他们隔得越来越远，越来越远……

天亮了，她却一头栽倒在床上，忧郁地闭上了眼睛。

5

小唐病了，这是她有生以来生过的最重的一场病。她不能工作，甚至不能出门见人，她打电话请了假，独自在家消磨心中愁苦。她不能以这样的状态来面对那些给她打进电话，向她倾诉失意的人们。偶尔，她会打开收音机听一听自己曾经主持的那档节目，有很多听众在节目中发短信询问她的情况，她把耳朵凑在收音机旁，眼泪簌簌落了一脸。

她一直觉得自己是被埋在忧愁中的人，很多人喜欢把自己的愁讲给她，把自己的闷讲给她，把自己的烦恼和困难讲给她，她像一个宽容的大耳朵，荣幸地接收着这些。却没想到，有一天，那些向她诉说忧愁的人会真正把她当成一个生活中必不可少的亲人。

这夜，她给苏晓米打来电话，她说："晓米，我太累了，我真的撑不下去了。"

这是她第一次主动打电话给苏晓米，以前都是苏晓米向她倾倒忧愁，她在一边安静地听。她认为所有的事情都是可以独自消化的，她甚至曾经在心中暗自嘲笑过苏晓米的境地。可是现在，当不幸摊在她自己的身上，她才明白，爱情是一种可以饕餮尽智慧的东西，仅凭自己的力量，根本无法完成完美的转身。

"告诉我，你现在在哪里，我去看你。"苏晓米担忧地说。

"我回家了。"她说："是半个月前回来的。"

自那天她在他的家中大吵，她愤然离去，他们再没有见过面。每一天，她窝在床头，呆呆望着电话，期待等到他的只言片语，哪怕只是给个分手的讯息都好，可是，没有。她选择决绝离开，他选择沉默接受。他用彻底的冷淡告诉她，这就是他们最后的结局。他不打算解释，亦不打算挽回。她蜷缩在床头，告诉自己，也许这样才是最好的，如果他亲口告诉她，他爱上了别人，那么她将如何面对自己多年付出的情感？

连续很多天了，她不出门，亦不吃不喝，每日在思念和痛苦中度过。在这种病态的自虐中，她终于病得爬不起来，像一个溺水的孩子，她伸手，拼命去拍身边的水花，却愈渐沉落。她哭着给远方的父母打了一通电话，她说："我病了，带我回家吧。"她的父亲在接到女儿电话的第一时间订了机票，带着一颗沉痛的心飞来A城，把女儿接回了家。

回到家乡后，她变得沉默寡言。开始的时候，她还会上网收听自己曾经主持的节目，期待在那些关切声中寻到一个熟悉的声音。可是后来，她干脆连电脑都不愿意靠近了。她想，大家终会遗忘她的，也许只消一点时间而已。可是，她要何时才能遗忘他呢？

有旧同学听说她回来了，纷纷来到她的家里看她，她躺在床上，无数次睁着痛楚的双眼，说不出一句话。母亲送他们出门，她听到同学们在外面和母亲小声嘀咕：

"她是不是在A城受了什么刺激？"

"去医院看过吗？到底是什么病？"

"她这样下去怎么能行，要抓紧时间治疗才是。"

"我都认不出她了，那么活泼开朗的小唐，怎么会变成如今这副模样？"

她听见母亲在门外低声抽泣，那么悲伤，那么无奈。她想起身把那些多余的大嘴巴赶走，然后把母亲搀扶进来，道一句："我没事，真的没事。"可是她爬不起来，整个人像陷在沼泽中的生物，只能任自己沉下去，沉下去，她一点办法都没有。

她病了整整半个月，这半个月仿佛在地狱走了一遭，最终，她还是努力返回到人间。她清楚地记得那一天，她把母亲送到嘴边的饭菜打落，无力地恳求："让我就这样死了算了，我活得好累，我真的撑不下去了。"她的母亲老泪纵横，哭着摇头："如果你走了，我要怎么办？

你怎么忍心让我白发人送黑发人？你怎么忍心？"父亲握紧拳头，沉闷地撞击着墙壁，一下，又一下。到底是一个怎样的男人，把他们的女儿伤到如此境地？

"我不会放过那个小子的，你放心，我绝对会为你讨个公道回来。"父亲心疼地看着她，笃定地说。

她拼尽全力握住父亲的手，哀哀地恳求："如果您爱我，就别做让我伤心的事，我不想看到他有事，真的不想。"

父亲叹气，骂她傻瓜，而后愤然离去。

母亲将一个小录音机放与她的手中，她无力去接，默然地转过头。母亲允自把录音机打开，里面忽得冒出一串声音，全是大家期待她回来的召唤。她听着那些声音，突然痛哭失声。这是半个月以来，她第一次那么痛快地哭出来，她的心头仿佛有一团火烧了起来，烧掉了所有的前尘往事。她拥住母亲，抱歉地说："对不起，对不起，我真是糊涂了，才说出那番混账话，我还没有好好孝敬过您，我怎么可以就这样撒手离开？"

母亲流着泪，以手去抚她的头，很久很久，才张口问她："饿不饿，我去煮面条给你吃？"

于是，她开始吃东西，开始试着出门见人，试着约旧同学出来小聚，她的脸上开始有了笑容，像从来没有受过伤害那样，笑得像个无邪的孩子。可是，暗夜无边，在无数个没有星光的夜里，她还是会不可抑制地想起他。这段时间以来，她不敢联系自己在A城的同事和朋友，甚至不敢轻易去触碰那些记忆。可是，这夜，寂寞而阴寒，她突然想起一个女人，那个女人曾经无数次到电台门口等她，然后带她吃遍A城所有的美食，陪她在异乡走过那么多个冰冷的夜。

那个女人便是苏晓米。她是带着无限感激之情拨通了苏晓米的电话。

苏晓米在电话中说："你跑到哪里去了，我们都在找你。"

她问她："还有谁在找我？"

"你的男朋友，他快把整个A城翻过来了，可是他找不到你，他沮丧极了。"

她握着听筒，好久好久，然后沉默挂断。

她试着给他拨了一通电话，接电话的依然是一个女人。她听到他从另一个方向走过来，轻问接电话的女人："谁来的电话？"

女人慵懒地答："不知道。"

这一次，她平静地挂断。待到他再拿起，电话那边只剩一片嘟嘟的忙音。这一断，让他永远失去了解释的机会，她也再没有机会知道他与那个女人之间究竟发生了什么。或许，她根本已经不再需要他的解释，她要的，只是一个了断而已。只是，她没有想到，他们的了断竟是由一个女人的声音终止。

一切已成定局，不要再去纠缠了，她劝自己。她却不知，在A城，那个让他思之恨之的男人同样接受着命运的煎熬。

第九章　走不出的阴霾

1

"女人是不是很傻？"苏晓米窝在沙发上问唐奇峰："明知道那个人在伤她，骗她，可是她自己仍不知悔改地爱着，这样的女人是不是很傻？"

唐奇峰一边擦拭手里的小提琴，一边不在意地问："你说的是小唐，还是你自己？"

她皱眉："请你正面回答问题。"

他笑："你不该来问我，你应该去问你自己的心，如果你爱他，为他犯一次傻又有什么关系呢？"

"你说的容易，当年在广州，你为什么不为了于婉馨继续让自己傻下去？究到底，还是你们男人太过自私，只一味地想让女人付出，自己却不能委屈分毫！"

"别总拿我和于婉馨说事儿好不好？我早就说过，我和她之间的事情和你们所经历的感情不一样！"

"有什么不一样？还不是你自己在为自己找借口。"

他无奈地摆摆手："得了，我跟你说不清楚。"

她伸脚用力去踢他所坐的沙发，忿忿地说："你们男人没一个好东西！"

他起身，把小提琴放回盒子里，然后低声应着："是啊是啊，全世界就你们家乔东是好东西。"

"他也不是什么好东西，不然就不会睡在我身边而心里却还想着那个已经跟了别的男人的林斯诺！"

"你知道斯诺？"他突然停下手里的动作，转头看向她，惊讶地问道。

"我……"她顿了顿，接着说："你以为你帮乔东瞒着，我就什么都不知道？"

那一年，她从C城回来之前，已经调查过林斯诺在学校的一切情况。她知道有一个叫路桥宾的男生喜欢斯诺，并且一直在私底下默默关心着她。她找过那个男生，直截了当地说明自己的来意，她说："我帮你追上林斯诺，而你，从今以后要好好待她。"

路桥宾不解地问她："你为什么帮我，又凭什么帮我？"

她笑："我苏晓米想办到的事情，没有什么做不到。至于为何要帮你，你大可不必知道。"

"我是喜欢斯诺，可是我不会做伤害她的事情。"路桥宾倔强地说。

"你以为我会伤害她？"她极力辩解："她的男朋友已经在A城有了别的女人，而你又那么爱她，我现在帮你追上她，是在救她，怎么可以说是害她？"

"你又是怎么知道她的男朋友在外面有了别的女人？"他依旧刨根问底。

"好吧，"她耸耸肩，讪讪地说："我也不怕告诉你，我就是那个女人，我不想她太难过，所以请你帮帮我，帮我好好安慰她。"

"你不觉得自己这样做很可耻吗？"路桥宾激动地说："你凭什么在他们的爱情里横插上一脚？你知道这样做会对她造成多大的伤害吗？你这个女人的心肠怎么可以这么恶毒？"

她怔了怔，不留情面地说："别在这里教训我，你又比我强了多少，如果你想做圣人，你就不该在明知她有男朋友的情况下还去喜欢她！"

"我是喜欢她，可是我并不想伤害她！只要她觉得幸福，我愿意退到她的身后，默默成全她的幸福。而你呢？你是在踩着别人的伤痛来搭筑自己的幸福，你怎么可以这么自私？"

她彻底僵在那里。她自私吗？她恶毒吗？不，她安慰自己："我只是想和自己爱的人在一起，我没有错，没有错……"

回到A城后，她更加努力地去接近乔东，虽然他对她的态度一如既往的冷，却全然不能浇灭她心头燃起的爱情火焰。她不能让林斯诺放弃乔东，唯有依靠自己的努力把他的心争取过来。几个月后，乔东大学毕业，她终于等到了帮助他的机会。她利用父亲的关系替他找了一份工程师助理的工作，在A城比较不错的一家公司。他冷漠的拒绝了她的好意。与此同时，他所在的建筑公司却突然提出与他解除劳动合同的要求。这一突如其来的打击让他彻底乱了方寸，他不知道事情怎么会落到这等模样，原本，公司是打算等他毕业后与他续签合同的，现在他终于毕业了，等来的却是这样的结局。

他曾尝试去招聘会找工作，可是在人山人海的现场，他寻不到一个适合自己的位置，只得讪讪而归。现实的压力和对未来的迷茫一点一点磨蚀了他的一身傲骨，苏晓米再来的时候，他慢慢转变了自己对她的态度。他自私地想，人的一生不过几十载，能够与自己相伴的女人非此即彼，又为何一次次拒绝苏晓米的好意？那个时候，他需要的不只是一个能与之共同生活的女人，而是一个能助他一臂之力的贵人。在他最潦倒无助的时候，苏晓米出现了，而她，自然而然地成了他的贵人。在这座弱肉强食的城市，他那么努力，那么上进，却还是落得被人无缘无故解雇的下场。苏晓米帮他找的那份工作在市中心最大的那间建筑公司，环境，待遇，职位，都比之前好了几倍。使他不能释怀的是，他那么拼都拼不到的一切，她一句话便能轻而易举地搞定，这不是现实的差距又是什么？

他不再挣扎了，决定屈服于命运的安排。可是他的心里一直留有一个位置，给他曾经爱过的那个女人。

多少次，苏晓米从背后揽住从噩梦中惊醒的他，多想就此问上一句："你还在想她吗？"可是她无法问出口，她怕得到他的答案，同时也不想让他知道，她对他的一切，其实早已了如指掌。

"这么说，你已经见过斯诺？什么时候的事？"唐奇峰问她。

"你为什么这么紧张？"她反问他。

"斯诺是个好女人，你不要去伤害她。"他苦口婆心地劝解着："她自始至终都没有做错什么，是乔东负了她，她也是受害者。"

"她没有错，难道我就有错吗？"她愤怒地说："为什么你们都在为她讲话？为什么我就活该受到这种冷落，为什么？"

"这一切都是你自己的选择！既然你已经知道了斯诺的存在，那么你一定知道了她和乔东的关系，在那种情况下，你还要在他们中间插上一脚，一切都是你咎由自取！"他的情绪突然变得十分激动，整张脸因愤怒而阴郁起来。

她惊讶地看着他，觉得他好像突然变成了另一个人，全然不是她所认识的唐奇峰。她后悔自己对他讲得太多。她的心在一点点地肿胀发大，在生他的气，也在生自己的气。

"对不起。"他悻悻地道歉："我不该对你发脾气的。"

她不语，起身进了房间。

他独站窗前，脑中晃出于婉馨的影子，整个人陷入巨大的悲伤之中。那么久了，他可以试着去谅解她独在广州的孤独和无助，也可以试着去接受她在广州的所作所为，可是他无法释怀的是那个横亘在他们之间的障碍，如果他没有猜错的话，在他不在她身边的那段日子里，她的身边已经出现了别的男人。这才是最让他无法忍受的。

他恨那些破坏别人感情的第三者，他也恨这样懦弱的自己。如果可以再来一次，他宁愿从来没有爱过，也好过分开之后的孤独苍凉。

2

张明辉的母亲不断打电话来询问他与斯诺的婚期。斯诺坐在他的身边，不断地冲他打手势。他耐心安慰着电话那边的母亲："不急，不急，我们都还年轻，再玩儿个一两年也是正常。"

"这到底是你的意思，还是她的意思？"他的母亲带着几分嘲讽的意味说："当初是谁那么迫切的想嫁入我们张家，如今却又对结婚的事情百般推脱，她到底是什么意思？"

电话开着扩音，斯诺清清楚楚地听到了那个女人的话。她尴尬地冲张明辉耸耸肩，展一个无所谓地笑容。张明辉迅速抓起电话，跑到阳台上和母亲进行激烈的辩论。她独自坐在客厅里，漫不经心地翻动着手里的时尚杂志，心里却钻进了一阵阵的凉。

她曾经在培训中心教过的一个孩子给她打来电话，那是个有深度弱视的小男孩儿，虽然她只教了那个孩子一周的时间，可是他却给她留下了深刻的印象。他经常缠着她，即使放了学也不愿意离开，非要她再三哄劝才肯跟爸爸妈妈回家。由于视力不好，他经常在她的面前跌倒，可是他每次都会勇敢地爬起来，像个英勇的小战士。

小男孩儿的妈妈告诉斯诺："要等他大一些再去做手术，他现在还小，怕他经受不起那样的疼痛。"

斯诺疼惜地问："如果不做手术会怎样呢？"

"如果不做手术，他会渐渐失去视力的。"

"难道就没有别的办法吗？"

他的母亲默默地摇了摇头。斯诺突然明白，那个可怜母亲的悲伤远远胜于那个天真无邪的孩子。这么想来，她便更加理解张明辉的母亲对自己的那份抵触。她的确不是做那个女人儿媳妇的最佳人选，论家境，论出身，论学识，她样样都配不上张明辉。他的母亲对她百般刁难也是情理之中，谁不希望自己的孩子能够找到身世清白又异常出色的另一半？

唯一让她感到安慰的便是张明辉对她的那份炽热的情感，无论面对怎样的艰难险阻，他始终没有放弃过她。她有理由相信，他便是那个能与她共度余生的男人了。原本，他们打算从A城回去就举行婚礼，可是在这里突然发生的一切彻底打破了他们的计划。面对她的推脱，他选择无条件的接受。可是他的母亲不能接受这样的反复，她始终不认为斯诺是个稳妥的可以与儿子踏入婚姻殿堂的女子。

张明辉还握着电话在阳台上和母亲交流着。斯诺在客厅里轻轻摩挲着手机壳，温柔地对电话那边说："小宝是不是想我了呀？"

"是呀，"那个弱视小男孩儿对着电话听筒大喊："林老师，你回来，好不好？"

她的鼻头一酸，心底仿佛有个声音突然被扣醒，她辨不清那个声音到底想表达什么，只听到自己沉重的呼吸声。

小男孩儿再次带着哭腔恳求她："林老师，我听你的话，你别不理我。"

她哽咽着说："小宝乖，你要听妈妈的话。你是老师见过的最乖的孩子了。"

过了一会儿，小男孩儿的妈妈接起了电话。她说："小宝明天就要去做手术了，他非要在手术之前给你打一通电话。"

"怎么那么快？"斯诺诧异地问道："不是说还要等一段时间吗？"

"医生说他的情况很不乐观，他现在已经看不清东西了，要尽快进行手术，不能再拖下去了。"

她"哦"了一声，没再说话。

她乐观地想，也许小宝过了明天就能重获光明了。可是，她自己的光明在哪里？她曾经无情舍掉的那个孩子，像一则沉重的诅咒，日日缠绕着她。多少次，她梦见那个尚未成形的小生命，血淋淋地摊在她的面前，她伸出手，却什么都触不到。她一个人在暗夜里哭醒，张明辉跑过来，把她紧拥在怀中，问她到底梦到了什么，她只哭不语。她无法把残忍的现实摆在他的面前，除了独自悲伤，她什么都做不了。

她曾无数次在想，如果她当初没有打掉那个孩子，也许她今天的一切都会改写。她会摒弃俗世中的一切纷扰，认真做一个好母亲，只是，如果是那样，她还会拥有张明辉的爱情吗？

自从他们上回争吵后，他愤然离开，她已经隐约感到他们之间潜伏的危机。虽然现在早已烟消云散，可是她无法忘记他当时说出的话，他对她的过去，其实是在意的。多少次，她想坐下来，和他好好谈一谈她的过去，可是他说不在乎，她也只好闭嘴。久而久之，她连开口的勇气都没有了。

3

苏晓米离开后，乔东曾给她打过两通电话，她推说自己正在忙，匆匆挂断。他也曾发过短信给她，问她正在哪里。可是她从来不回。他在心里暗自思量，她一定是去到一个不错的地方，玩儿得忘乎所以，连短信都来不及回。他却不知，其实她哪里也没有去，她一直留在A城。她甚至每天都会开车去他的公司看一看，站在摩天楼下，她迎着阳光望去，眼眶里溢满了泪水。他的办公室在二十四层，她看不到那个窗口，如同看不到他们的未来。

张明辉也曾见过一次乔东，在一场商业聚会上。乔东走过来，大方地向他打招呼，他用微笑回应了乔东地问候。他们始终都没有过多的言语，像两个争夺荣宠的孩子，仿佛谁先开口，谁就变成了这场爱情争夺战中的傻瓜。

谁说只有女人之间的战争让人畏惧？男人嫉妒起来更胜千般。有风度的男人不会出口伤人，更不会轻易动武，他们站在一起，靠的是智慧与能力的较量。而衡量胜利的唯一标准便是，他们共同爱着的那个女人最终会留在谁的身边。

乔东自信地认为斯诺从来没有忘记过他。张明辉笃定自己才是斯诺的未来。而斯诺的真正的心意，恐怕只有她自己最为明了了。

她曾因爱一个男人而把自己的全部交付，到头来，她却输掉了所有。后来，她遇到了一个全心全意爱她的男人，而那个男人却对她的过去耿耿于怀。到底，是她的运气不好，还是根本不存在完满的爱情？

每次心情不好的时候，她会打电话约唐奇峰出来小坐。在A城，她没有过多的人际交往，甚至与唐奇峰也只是泛泛之交，可是那个男人知晓她所有拙劣的过往，她的情，她的伤，他通通收入眼中。虽然交情不深，可是她相信他是可以懂她的人，因为懂得，所以才会放心交往。

唐奇峰坐在她的面前，要一杯扎啤，闲闲地品着。他玩笑似地问她："我们这样约会，会不会让张明辉打翻醋瓶？"

她笑："我们两个根本没有可能，他又怎么会吃这种无名醋？"

"为什么没有可能？"他问她："难道我一点魅力都没有吗？"

她凑近，仔细端详他，十分认真地说："你的耳朵长得比较有魅力。"

他几乎笑喷："我已经惨到靠耳朵来撑门面的地步了。"

她嘴角上扬，灿烂地笑了起来："其实你的手也算有魅力啦。"

他撇嘴："手能有什么魅力？"

"你没听说过吗，女人天生对男人的手有一种特殊的情结。"

"因为它们会打手枪？"

她用手里的炸薯条丢他："胡扯！"

"那你说是为什么？"

"女人喜欢男人有一双漂亮的手，要大，要宽，要温暖，因为那双手会牵领我们到最美好的地方去。"

"这才是胡扯，"他反驳："那些断臂无手的要怎么办？难道一辈子都不能拥有女人？"

"你就是喜欢较真。"她无奈地摇摇头，表示不愿意就这个问题和他继续讨论下去。

"你们女人就是喜欢琢磨这些无聊的东西。"他不死心地攻击她。

她笑，不示弱地说："你这是典型的失意男人的言论。"

他顿住，不再接她的话。她却接着说："这就是我们不可能走在一起的原因，我们都是失意的人，两个失意的人是没有办法长相厮守的。因为我们都经历过，也失去过，再做不到从前那般无畏了，面对爱情，我们会更加缩手缩脚，生怕过去的错误再次重演，这样的感情，不如不要。"

他想了想，点头说："现在，我们需要的已经不再是爱情初来时的激情和狂喜，而是一个可以拉我们走出阴霾的人。"

"有时候我真不知道到底存不存在从一而终的爱情。"斯诺感慨地说。

"也许我们父辈人的感情会更加纯粹一些吧。"他说。

她冷笑。想到林耀扬，她的心里依旧扬动了不可抑制的恨。倘若没有他当年的背叛，她的母亲就不至于陷入那种疯狂的境地。倘若没有他的绝情，她现在也不至于对爱情如此绝望。虽然乔东辜负了她，可是林耀扬作为一个父亲的离席才是她一切悲剧的开始，也是让她始终都无法释怀的事情。

方青苓去世的时候，斯诺曾跪在母亲的坟前，带着微薄的希望等待父亲的出现，可是他始终都没有来。她发誓这一辈子都不要原谅他。

其实，方青苓下葬的那天，林耀扬是去过的。

4

林耀扬永远不会忘记那一天，他从老邻居口中得知方青苓的死讯，整个人瘫倒在椅子上，好久好久，依旧回不过神。胡玲轻拍他的肩膀，善解人意地说："去看看她吧，送她最后一程。"

方青苓下葬的那天，他一直跟随着送葬的队伍，直到把她妥善安葬。他远远望着女儿挽着一对老人在方青苓的墓前哭作一团。他不敢靠近，因为他曾答应过那两位老人要好好对待他们的女儿，可是他不但没有做到，反而把她带到了异常悲惨的境地。他没有脸再去面对她的家人。

有一段时间，他经常被噩梦惊醒，他梦到方青苓伸着血淋淋的双手来向他讨债，他在梦中一直跑，一直跑，却躲不过那双沾满鲜血的手。

胡玲起身，紧紧拥住他发抖的身体，轻声安慰："没事了，没事了。"

自那以后，他每日都被噩梦侵袭，无论胡玲如何安慰，全都无济于事。面对她的时候，他甚至再也无法勃起。胡玲自是明白，方青李的突然离去给他种下了无法驱赶的心魔，她救不了他，唯有离开。

是十分阴寒的一天，胡玲突然对他说："我们分开一段时间吧，我想离开这里。"

他点头，不说好，也不说不好，以沉默回应了她的离开。她有理由相信，这就是他给她的结局了。自此，她再没有回来过，她真的在他的世界里消失了。

每一个无法成眠的夜，他守着孤灯独坐，脑子里流淌的全是尘世的流光片羽。他努力回想着，自己究竟是哪一步走错了，然后错得越来越离谱，直至勾成如今这副凄凉的晚景。想起他与方青李的相识，仿佛还在眼前，可是如今却已阴阳相隔。他承认，他早就对她厌倦了。一个如花似玉的女孩儿初为人妻，为人母，现实的惨淡让她失了当年的所有风采。他们的精神交流越来越少，柴米油盐反倒占了主导。胡玲的出现为他开辟了一番新的天地，她的活泼，她的见识，她的洒脱，全都令他着迷。她像是上天派来拯救他的天使，带他逃过这琐碎而无味的生活。她像他的海，开阔了他的视野，方青李却似一条最不起眼的小河沟，不但不能开阔他的视野，反倒会牵绊他的脚步。他却从没想过，任水性多么好的人，也难免有一天会溺水的。胡玲成全了他，却也毁灭了他。他最终落得一无所有的下场，连自己的女儿都不愿意认他。

在他刚和方青李离婚的那段时间，他曾打过电话给斯诺，他特意挑方青李买菜的时间打过去。一是不愿意再和方青李有什么情感瓜葛，二是想单独和女儿说几句知心话。可是电话被接起，他刚道一声"喂"，对方便啪的一声挂断。他再拨，电话那端索性只剩一片嘟嘟的忙音。他终于明白，她已经不愿再认他这个父亲，他选择离开她们母女，她选择把他从自己的世界里驱除出去。自那之后，他再没有打过电话给她，想她的时候，他会到她的学校去看一看，只是远远的一瞥，他已心满意足。他尊重女儿的选择，理智地不再纠缠，不再扰乱她们母女俩的平静。他却不知，斯诺曾在心底无数次呼唤他的归来，哪怕只是一句简单地问候也好，可是他不但舍弃了作为一个丈夫的位置，也逃避了作为一个父亲的责任。她无法原谅他。

人生总是在一个又一个误会中搭建起来幸福，或者不幸。有一段时间，方青苹的状态已经很不好了，别说上街买菜，就连出门都成了困难。斯诺一人承担起了家庭的重担，洗衣，买菜，做饭，她通通沉默担起。有时候电话突然想起了，她在厨房喊一声："妈，接一下电话。"方青苹接起了，却又很快挂断。

她扬着湿漉漉的双手走进房间，轻声问："谁来的电话？"

"打错了。"方青苹简单地答。

于是，那段时间，她们家里经常收到"打错了"的电话。

方青苹故意不让斯诺接到林耀扬的电话，她恨林耀扬，她不要他虚情假意的关心，她要女儿一起恨他。她在女儿的心里埋下了仇恨的种子，而最终，它真的在斯诺心里生了根，发了芽。她恨林耀扬，她恨那些和林耀扬一样背弃感情的人们。

她做梦也没有想到，她无比憎恨的父亲其实一时一刻都没有忘记过她。

每当想起斯诺，林耀扬的心里总是五味杂陈，越怕想念，越是想念。直到有一天，他在A城遇见了她……

5

林耀扬和方青苹在一起不久便出了一场事故，迫不得已从球场上退了下来。后来，一次偶然的机会让他认识了身为调音师的胡德亮。胡德亮十分喜欢这个机灵又帅气的年轻人，很快便收他为徒，愿意把自己的一套好手艺全都教与他。也就是在那个时候，他结识了胡德亮的女儿——胡玲。

与胡玲分手后，他无心工作，生活一度陷入十分窘困的境地。在暗无天日的愧疚与等待中，他希望自己可以有所改变，可是，不行。他忘不掉过去，如同他无法寻到更加光明的未来。在颓废了一段时间后，他痛定思痛地想，反正已经走到这一步，即使他强撑着不放下又如何呢？他打起精神，拾起了调音师的行当。

　　有一次，一个教钢琴的老师请他来调琴，他在那个钢琴老师的家里竟然偶遇方青荦的母亲。一晃二十载，曾经那个趾高气昂的女人已经在岁月中沦落成一个苍老的妇人，唯有她的眼光依旧凌厉。

　　是她首先认出了他。

　　她眯着眼睛看他，低声问："你是⋯⋯林耀扬？"

　　他怔了怔，回问她："您是⋯⋯？"还未把话说完，他已经认出了面前的老妇人。

　　"好久不见了。"他说。

　　她摇摇头，又摇摇头，试探地再问一遍："真的是你？"

　　"是我。"

　　她却突然失控似的举起了手里的手杖，恶狠狠地朝他的脑袋拍去。如果不是那位钢琴老师拉着，他很可能下半生会在病床上度过了。

　　他清楚地记得那一天，她被那位钢琴老师拦下，被迫停下手里的动作时，已经泪流满面。她愤怒地说："我今天要把你这个畜生打死，打死你，我再去偿命！"

　　那个女人如此恨他，甚至不惜押上自己的生命也要把他置于死地。他蜷缩在地上，双手抱头，狼狈得像条丧家犬。他在心里沉沉的念："打死我吧，打死我反倒一了百了，我已经走到今天这副田地，活着也没有什么意思⋯⋯"

　　之后的几个月，那个女人不知从哪里弄来他的地址，每日到他家门口吵闹。他几次搬家，始终无法逃脱那个女人的"魔爪"。他实在无法在C城呆下去了，只得搬至A城，希望在新的地方能够开始新的生活。

有几年的时间，他的生活过得无波无澜。他在全新的城市过着低调的生活，除了工作，他几乎不与任何人交往。他像一个隐姓埋名的罪犯，连自己都不敢探究那些陈旧的过往。如果不是遇见斯诺，他这一生都会在这种单调的，没有生机的生活里混沌下去。

其实那天和以往并没有什么不同，他到一家培训中心去调试钢琴，路过一间英语教室，他鬼使神差地向里面望去，竟然见到了斯诺。那一刻，他整个人僵在那里，灵魂深处发出一阵裂帛般的声响。怎么会，怎么会在这里遇见她？他几乎抑制不住自己的情绪，欲要上前推开那扇门。他的手举起来，却突然悬在半空中，他还是没有勇气触摸那扇门。明明女儿就在他的眼前，仅有一门之隔，却似隔着天涯。

她会认他吗？她会原谅他吗？她会忘记他曾经带给她的伤痛吗？这些问题像瘟疫一样，瞬间蔓延了他的大脑。最终，他颓然地转过身，朝另一个方向走去。作为一个父亲，他已经缺席了那么多年，现如今，他又有什么脸去认女儿？

之后的一周，他每天都以调琴为由在培训中心出入。其实，那么小的培训中心，哪有那么多的钢琴让他调？可是他慷慨地说："这些琴都是要给小孩子用的，音不准怎么能行？我以后可以义务来这里调琴，一切都是为了孩子嘛。"主任以为遇到了大善人，面对这样的善举，任谁也说不出什么闲话。可是一周后，斯诺突然从培训中心辞了职，他万念俱灰，以为她识破了自己的身份，所以才会决然离开。他找到主任，若有似无地打听着斯诺的消息。主任说："小林是个十分受学生欢迎的老师，可惜她只是来A城度假，只能在这里做一段时间的兼职。"说至此，主任惋惜地摇了摇头，低声说："可惜啊，可惜……"

他略有心安。可是她会去哪里呢？这次的错过，要等哪年哪月才可重聚？他再次陷入巨大的悲痛之中。而斯诺做梦也不会想到她的父亲与她同在A城，而且曾那样的接近过。

第十章　岁月之泪

1

　　苏晓米已经在唐奇峰家里住了半个月之久。孤独惯了的唐奇峰越来越不适应这样的相处。原本，他觉得家里多了一个人会多一分生气，可是苏晓米郁闷的样子像一副被定格的画像，永远没有情绪舒展的一天。

　　有一天早上，他去厕所时忘了锁门，她突然推门进来，把他上下打量一翻，展一个无所谓的神情，然后转身出去。他悲愤地冲门外大喊："你那个鬼表情是什么意思？"

　　"低头看看你自己就知道了。"她赖在沙发上，慵懒地答。

　　"你这个女人，真是……"他气得说不出一句完整的话，一脚踢上了厕所的门。

　　她却在门外大喊："喂，别占着茅坑不拉屎，人家还等着呢。"

　　他叹气。他拿她真是一点办法也没有。也曾试着跟她谈起她和乔东地问题，可是她不是沉默便是顾左右而言其他。他明白了，她在逃避。也许她早已打定主意将自己溺死在这场名存实亡的婚姻里，可是想想，又觉得不甘，所以才会一次又一次请求他的帮助。可是，乔东不但是她的丈夫，也是他的朋友，他怎么可以答应她那样无理的请求？

　　"别再耗下去了，我不会帮你的。"唐奇峰冷静地告诉她。

　　她双手握拳，整颗心一点一点地缩紧，再缩紧，脸上却尽力展一副平静的模样："没关系，我可以等。"

　　"让乔东身败名裂对你有什么好处？"他不解地问她："别忘了，你现在还是他的妻子！"

"正因为是他的妻子，所以我才要争取回我应得的东西！"她激动地说："我已经忍了那么久，不想再忍下去了！"

"你就那么恨他吗？"

"你错了，我爱他。"

"因为爱他，所以毁他？"

"毁了他，才能赢得他。"

他凝视着她，突然摇头，笑了。

"你笑什么？"她不耐烦地问他："你觉得我很可笑吗？"

他摆摆手："我在笑我自己。"

"笑你自己？"

"笑我自己当年没有你这番勇气。"

"你还是无法忘记于婉馨？"她问他。

他低头点一根烟，放在嘴里静静地吸着，一个又一个烟圈从口中吐出。他轻轻地吟："欲写情书，我可不认字，烦个人儿，使不的！无奈何画几个圈儿为标记。此封书唯有情知此意：单圈是我，双圈是你。诉不尽的苦，一溜圈儿圈下去。"

她笑："你怎么把自己弄得跟个怨妇似的？"

他叹气："我和于婉馨再没有挽回的余地，你不要和乔东也闹到不可收拾的地步。"

"来不及了，"她说："一切都来不及了。"

五年前，她已经把自己推向了一条不归路。

她那样爱乔东，爱得患得患失，爱得敏感脆弱，他一个轻微的皱眉，便能牵动她的千军万马。当年，追求她的人那么多，她却独独选中了他。她比任何人都清楚，茫茫人海中，能够碰到一个可以让自己倾心相爱的人有多么难。乔东的出现激发出潜藏在她心底最深沉的牵挂。她的父母在她很小的时候便分手，然后各自忙碌。没有一份完整的爱伴她成长，渐渐的，连她自己也失去了爱一个人的能力。直到遇见了乔东。她笃定的认为，他就是那个值得让她放下身段，放下虚华来委身相随的人。

面对他一次又一次的拒绝，她心痛地想，这一生能遇见他已经是命运对她的恩典，她不能期待再得到更多。可是这么想着，她的心里还是泛出了许许多多的不甘。有一段时间，她完全不能控制自己的情绪。她的左脑对她说："放弃吧，他那么爱他的女朋友，你已经完全没有机会。"她的右脑却马上反驳："如果你现在不争取，将来肯定会后悔的。"

最终，她的右脑打败了左脑，情感淹没了理智。

她从未对任何人讲起过，在那些求爱不成的日子里，她对乔东究竟做了些什么。

2

五年前，一向工作成绩良好的乔东为何突然被那家小建筑公司解雇？在他四处求业无门的时候，她为何那么轻易便为他谋得一份那样好的工作？在他对自己的情感摇摆不定的时候，又为何突然选择放弃斯诺，与她订婚？那些已经被岁月忽略的往事，一件件，一桩桩，全都装在她的心里。因为，只有她最为清楚，当初为了获得这样的结局，她究竟花费了多少工夫。

那一年，她先是去了C城，见了斯诺，见了与斯诺交往较为密切的男人。她劝那个男人大胆追求斯诺，并编造出自己是乔东的新女友的谎话。没想到，她的行为没有得到那个男人的响应，反遭到他的不耻。她带着满腔失落与愤怒回到A城，之后便自导自演了一出"女侠救书生"的闹剧。

她打着苏明启的名号找到乔东当年的老板，在经过一翻磋商后，她得到了自己想要的结果。乔东被公司莫名其妙地解雇，而她，作为交换条件，答应为那间公司谈妥一项工程。为了不惊动苏明启，她硬着头皮去找了米荔枝。那个女人一直觉得自己欠了她的，只要女儿提出，她便会无条件，甚至无原则地答应下来。

她自以为做得天衣无缝，却没想到，苏明启对这一切早已知晓。他是什么人？他是A城享誉盛名的实业家，他任何的风吹草动都会成为众人的焦点。苏晓米的行为早已在第一时间传入他的耳朵，他不问，并不代表不在意，他只是不知道该以怎样的态度和女儿交流。他怕自己说得重了，女儿从此对他更加抵触。反之，如果不痛不痒地教育几句，倒不如不说。有的时候，他真的自责于自己对女儿的忽略。与米荔枝分开那么多年，他把自己的一腔悲痛全都化为做事业的动力，他不停地忙，不断不断的加班、开会、出差。偶尔，看着面前的晓米，他会顿感时光匆匆，仿佛还未来得及参与女儿的成长，她就已经长大。

他不能还她一个完美的童年，唯有纵容她以自己的方式快乐下去。他却不知，其实她从来没有得到过真正的快乐，就算是嫁与乔东，她也不曾快乐过。她一直像一个偷食了别人糖果的孩子，恐慌远远盖过了糖果本来的甜。

她把当年犯下的错误讲给唐奇峰，他痛心地摇头："你真的很糊涂……"

当年，唐奇峰的父亲唐宗良对他讲起过晓米做下的糊涂事。唐宗良在一间建筑公司做工程师，有一天，晓米突然带了一个年轻人出现在他的面前，那个人便是乔东。乔东最初的职位是唐宗良的助理。在公司里待得久了，唐宗良偶尔会听到公司里的同事传出一些闲话，大多是关于乔东如何借助富家女上位。他回到家中，把这些讲给儿子唐奇峰。唐奇峰起初不信，可是后来，一切的一切都证实了父亲当年的猜测。即便是这样，他也一直对苏晓米存有一份信任，他认为她当年可能只是想帮一帮乔东，却没有料到，原来所有的事情都是她一手策划。

"我也不想这样的，"她懊恼地说："倘若没有林斯诺，他会爱上我的，可是他的心已经被那个女人占满，我只有这么做……"

"你当年对斯诺做过什么？"他质问她："以我对乔东的了解，即使他欠你一份人情，也不会那样决绝而狠心地抛下自己心爱的女人。"

她冷笑："你果然比我还要了解他。"

"晓米……"他难以置信地看着她，几乎说不出话来。

"我只是撒了个谎而已，是他自己对那个女人不信任，才会选择放弃她。"她冷冷地说。

他不明白她这句话的意思。

她接着说："我冒充林斯诺的同学给乔东写过一封信，告诉他，那个女人已经在学校另有相好的人。""你怎么可以这样做？"他的身体因为太过震惊而微微颤抖。

"事实上，是有人喜欢林斯诺，我只是稍稍夸大了一点事实而已。"她无所谓地说。

"夸大了一点事实？你知道你做了一件多么混蛋的事情吗？"他突然起身冲她怒吼："当年的斯诺已经怀有身孕，你的一个谎言不仅断送了一个女人的爱情，还扼杀了一个无辜的生命？你知不知道？"

"孩子？"她怔在那里，好久，嘴里含含糊糊地念着："林斯诺有了孩子，她有了乔东的孩子……"

"没有了，现在什么都没有了，"他痛惜地说："你抢了她的爱人，她忍痛打掉了他们的孩子，现在你满意了？"

"不，不，不……"她哀哀地摇头，转身跑出门去。

她跌跌撞撞地下楼，他紧随其后。

"你要去哪里？别再闹了行不行？"他不耐烦地说："你非要别人为你烦恼才会开心吗？"

她转头看向他，突然蹲下身去。他伸手去扶，待到她抬起头来，已经泪流满面。她带着哭腔问他："乔东知不知道这件事？他到底知不知道林斯诺曾经有过他的孩子？"

"知道。"他坦率地答。

一声惊雷突然在她的大脑中炸开，她的脸色瞬间苍白下来，她想起身逃走，却一步也动不了。这么多年，她一直以得失来判定着输赢的结果。乔东最初并不爱她，可是他最终留在了她的身边，她以为，这便是赢了。直到这一刻，她才真正明白，她自始至终赢得的只是一个躯壳。她有办法让他甩掉相爱多年的女友，却没有办法占据他的心。她有能力把一切虚华的东西带给他，却无法给他一个他一直盼望的孩子。她越来越相信因果报应，她破坏了一段美丽情缘，致使一个女人丢了自己的孩子，然后老天罚她一辈子都不能拥有自己的孩子。多么令人心碎的报应？

如果乔东知道这些，他们还有机会在一起吗？

唐奇峰长久地凝视着苏晓米，带了一丝悲悯的意味，他说："你已经错了一次，千万不要再错一次。"

她低头，将脸埋在两个手掌中，从心底里窜出一声沉沉的叹息。是啊，她已经错了一次，并且受到那么尖刻的报应。她悲伤地想，她现在什么都没有了，即使错了第二次，又何妨？

那天晚上，唐奇峰被同事叫去喝酒，她随后便出了门。她开车回了家，站在楼下仰头望着那个熟悉的窗口，灯光亮了，灭了，又亮了……她的心里竟翻涌出无以名状的悲伤。

她坐回车里，用手机给乔东打电话，她说："我想你了，真的很想你。"

"在外面玩儿得开心点，如果累了，就回家。"他冷静地说。

"你想过我吗？"她问他。

"你今天怎么了，喝酒了吗？"

"我问你有没有想过我？"她痛苦地冲电话咆哮。

"别闹了……"

还未等他把话说完，她已经首先挂断电话。

他不曾想过，她哀哀地想，哪怕只是说个谎来哄哄她，他都不肯。他到底有没有爱过她？到底，是她的爱太过沉重，还是他的爱太过轻薄？他们的爱从来不是同比例的付出，她越想越觉得委屈，仿佛将一个错误一蹴而就的经营成一桩悲凉往事。不能细细琢磨，不能轻易触碰，那伤，那情，这么疼啊，这么疼……

那样阴寒的夜，她独自开着车在街上晃，街上的一派繁华映衬着她心底的无限落寞。她找了一间酒吧，钻进去，想把自己灌到酩酊大醉，却怎样喝都是清醒。有陌生人过来搭讪，她静静地跟那人去酒店开了房间。她闭着眼睛，任由对方亲吻，没有激情，更没有爱，她只是想借着酒精来放纵自己的身体。那人将脸紧贴她的身体，一路吻下去，她偏过头，默默地流下了眼泪……

3

苏明启将一本娱乐周刊甩在苏晓米的脸上，冲她怒吼："看看你做的好事！"她默默拿起手边的刊物，看着上面醒目的照片，发出颤栗的冷笑："搞什么啊，把我拍得那么丑。"

苏明启伸手指了指她，深叹一口气，嘴唇哆嗦着说："你现在连起码的羞耻心都没有了吗？"

她怔了怔，反问他："羞耻心值几个钱？"

他跌坐在椅子上，半天，挤出一句话："你是我的女儿吗？你到底是不是我苏明启的女儿？"

他从来没有对她说过这么重的话，即使是小时候，她打碎了家里的古董花瓶，他都没有对她皱一皱眉。现在，他竟然为了一张照片而质疑她做他女儿的资格。她转过身，仓皇地抹去脸上眼泪，在背对他的位置，刻薄地说："你以为我愿意做你的女儿吗？你以为我喜欢一个破碎的家？"

他痛心地看着她，低声问："这就是你作践自己的理由吗？"

她转头看向他，她的脸上还残留着狼藉的泪痕，她说："我已经是成年人了，我知道自己在做什么，如果你嫌弃自己有这样的女儿，我可以和你脱离关系，从此以后老死不相往来！"

他的双手用力拍向桌子："啪"的一声，把她吓得往后退了一步。她从未见他发过那么大的脾气，他看着她，气得全身都在颤抖。

"你长大了，也长出息了是不是？你有没有想过，你这样做，会让我和你的母亲多么伤心？"

"你们当年分开时候，有没有想过我会多么伤心？"她反问他。

"你现在结婚了，应该明白，一段苟延残喘的婚姻勉强维持下去，只会让彼此都痛苦。你以为我想离开你的母亲吗？我一心要给，她却一心要逃，我有什么办法？如果我恨她，我完全可以跟她一耗到底，可是我不能。我唯一能为她做的便是成全她的自由。在这件事上我一直没有后悔过，我唯一后悔的便是没有把你教好。"他抓起手边的娱乐杂志，摊在她的面前，悲伤地说："我不应该让这种事情在你的身上发生。"

她哭着摇头。她多想告诉他，其实什么都没有发生。

那一天，她是跟一个陌生男人去酒店开了房，也做好了将自己交付出去的打算，可是后来，一切都变了。当那个男人一点点褪去自己的衣裳，她望着那个陌生的，赤裸的身体，胃里突然开始翻江倒海地难受。她推开他，下了床，朝卫生间奔去。在经过了一翻撕心裂肺的呕吐后，她平静地拣起地上的衣服，一件件套回自己的身上。

"怎么了？"男人问她。

"对不起，"她说："我不行。"

"为什么？我们刚刚还好好的。"男人委屈地看着她，仿佛有人在他"雄壮的建筑物"上浇了一盆冷水。

"我嫌你恶心。"她十分平静地说出这句话，以致让他不敢相信自己的耳朵。

"你说什么？"他不甘心地问。

"我嫌你恶心。"

他怔了怔，突然有股无明火从心头窜起。他紧紧按住她的手，把她逼到墙角，恶狠狠地问："那你为什么跟我过来开房，你在耍我是不是？"

"我现在恶心你了，行不行？"她挑衅地说。

他把脸探过去，试着强吻她，她拼尽全力从他的纠缠中挣扎出来。她跑到酒店的窗前，决绝地冲他大喊："如果你敢靠近一步，我就从这里跳下去！"

他笑："别跟我玩儿这一套，你以为自己是什么贞洁烈女？"

"我不是什么贞洁烈女，不过你可以试一试我说的话。"

他点头，摆摆手："算了，上你这种女人也实在没什么意思。"说完，骂骂咧咧地走出了酒店的房间。

那一夜，她独自蜷缩在酒店的卫生间里，浴缸里的莲蓬头一直挂在她的头顶，冰凉的水冲刷着她的身体，使她一阵阵颤抖。即便是这样，依旧抵不过心里的寒。她恨乔东，恨他如此漠视她的爱情。她更恨自己，恨自己连背叛他的勇气都没有。

她以为，那天的一切不过是一场被酒精驱使的闹剧而已，却不知，她的"无心"却成全了别人的"有意"。她和陌生男子开房的照片很快便刊登在一期娱乐周刊上，封面上硕大的标题十分抢眼：某某实业家的独生女与陌生男子酒店私会。副标题：父亲商场风光，女儿情场风流。

这么多年来，苏明启早已习惯了这种胡编乱造的八卦新闻，也一直淡然处之。可是这次，竟然牵扯上了自己的女儿，他再不能平静对待。

"我从来不在乎他们怎么写我，我在乎的是你！"他认真地对女儿说："你不想要你的婚姻了吗？你这样做，要乔东怎么看你？"

"他不会在意的。"她幽幽地说。

"你这话是什么意思？"苏明启不解地看着她。

"没什么意思。"她坚强地说："有什么事情我自己担着就是了。"

他不知道还能对她说些什么。他实在识不懂女人的心，从米荔枝到苏晓米，她们全都以自己的方式反抗着他的爱。是他不懂得该怎样去爱一个女人，还是她们根本没把他的爱放在眼里？在商场上，他几乎战无不胜，他自信没有自己攻不下的城堡，他胜了一辈子，却独独输给了两个女人。一个是他的前妻米荔枝，一个是他的女儿苏晓米，每次面对她们的时候，他真的一点办法都没有。

那天，与苏晓米谈过之后他便病了。他不能进食，疯狂地头痛，在医院里住了一周，医生检查不出任何病症。

米荔枝过来看他，坐在他的病床前，凝视着他熟睡中的脸，一股恻然的心酸忽地在心头涌起。分开这么多年，她第一次这么近距离地看他，他变了，变得老了，也清冷了。曾经那个脸上堆满笑容的男人，现如今，竟换了一张如此冷峻的面孔，连睡着的时候眉毛也是紧锁的。

她用双手握住他的手指，怜惜地贴向自己的面颊，摩挲，再摩挲。

他醒过来，呆呆地看着她，好久，从嘴里挤出两个字："来了？"

她点头，眸中还闪烁着泪光："你这是怎么了？"

"什么事都没有，只是想偷个懒。"他安慰她。

"你从来都不会偷懒的。"她幽幽地说。

"就是因为忙的太久了，所以才想停下来……"他顿了顿，接着说："想停下来好好想一想，这么多年来究竟忽略了多少重要的东西。"

"晓米的事情我听说了。"她轻叹一口气，耐心地说："她长大了，有自己的想法了，也有能力为自己的事情负责了。何况，八卦杂志上的东西根本不足为信。你这样动气，又是何必？"

"我也不知道自己是怎么了，也许真的是老了吧，"他沉沉地说："我真的见不得你们母女有一点点的不好，如果你们不幸，比拿刀子挖我的心还要疼。"

她握紧他的手，幽幽垂下眼睑。往昔那些美好时光在那一瞬间齐齐涌上心头。他们曾那样相爱过，一起创业，一起克服横在面前的艰难险阻，一起面对生活中的各种考验。他们之间有一份多于庸常夫妻的患难之情，而这样的感情，原本应该更加长久，可是她却亲手毁了这份难能可贵的幸福。

那些遗漏的美好时光，还可以挽回吗？还有机会挽回吗？

4

苏明启出院的那天，米荔枝亲自到医院来接。

他用带着几分游移的眼神打量她，低声问："公司里最近不忙吗？"

"忙啊。"她简明地答道。

"那为什么……"

"我也想偷个懒嘛。"她抢过他的话，笑着说。

他怔了怔，心里存了满满的疑惑，却终是没有问出口。

她开车很稳，他坐在副驾驶的位置上，侧过脸来看她，由衷地说："谢谢你。"

"谢我什么啊？"

"谢谢你接我出院。"

她笑："什么时候变得这样客套了？"

"让米总在百忙之中抽空过来做我的司机，我难道不该道声谢谢吗？"

"胡说什么呢，以前我也经常做你的司机的，怎么没见你这样客套？"

"情况不同了嘛，"他说："以前你是我老婆，我当然不会跟你见外，可是现在……"说至此，他突然顿住了。

"现在怎样？"她不依不饶地问他。

"现在我们是朋友了。"他蓦地有些心慌，仿佛被戳到内心深处最柔软的一角。气氛一下子陷入静默之中，只有收音机里的音乐还在隐隐约约地飘荡在狭小的空间内。

"唐宗良还说要来看你呢。"她最先打破了沉默。

"看什么呀，我这不是好了嘛，没有必要小题大做。"

"奇峰已经回A城了，"她沉了沉，犹豫地说："有件事，不知你知道不知道？"

"什么事？"

"晓米已经在奇峰那里住了有一段时间了。"

"什么？"他以手撑头，虚弱地说："这简直是胡闹！"

"你先别急嘛，"米荔枝劝他："我也是无意间听宗良提起的，听说，晓米只是在那里小住，她和奇峰之间并没有什么。"

"小住？难道她自己没有家吗？凭什么到别人家里小住？"他动气地说。

"女儿长大了，我们实在无力去管些什么了。"她静静地说。仿佛是在劝他，也是在安慰自己。

"是我一直对她太过疏忽了，她现在才会这么任性。"他自责地说。

"我也有责任，如果不是我当初那样决绝地离开，如今就不会……"

他摆了摆手，示意她不要再说下去。他说："过去的就让它过去吧，不要再纠缠于那些无法挽回的事情。"

她听出了他话里的潜台词。他不愿意回忆，也不想挽回什么，他看重的是现在，而非曾经。她的眉头轻皱，心里有片刻的失落，却又很快恢复常态。

"找个时间约宗良他们夫妻俩出来坐坐吧，我们已经很久没有一起聚过了。"她说。

他微微点了点头，然后把头扭向窗外，看着路边那些熟悉的风景，他突然感到一阵疲惫。

想起以前，每隔一段时间他们四人便会出来小聚。苏明启与米荔枝，唐宗良与沈衣黎，他们是两对令人称羡的神仙眷侣。那时候，他们尚没有孩子，每逢周末，他们便会驱车出去。苏明启与唐宗良坐在一起，谈工作，谈形势，谈政治。米荔枝与沈衣黎则在一旁大谈美容心得。两个幸福的家庭，凑在一起，把对理想生活的向往移到现实中来，享受着扎扎实实的快乐。

米荔枝与沈衣黎商定，将来彼此有了孩子，一定让他们结成伴侣，过上十足的快乐生活。

苏明启与唐宗良在一旁暗笑："如果你们生的不是一男一女怎么办？"

她们同时撇嘴："我们的肚子，我们自己做主。"

后来，她们真的生了一男一女。两家人依旧经常走动，米荔枝去童装店给女儿买衣服，总会顺便为唐奇峰选一套高档的童装。而沈衣黎每每去买玩具，也总是不忘给晓米买一个漂亮的芭比娃娃。后来两个孩子慢慢长大，他们的母亲又为他们报了相同的艺术班。而身为父亲的苏明启和唐宗良在此期间正在为各自的家庭拼力工作。一切都在朝美好而幸福的方向发展，偏偏在这个时候，米荔枝向苏明启提出了离婚的要求。

在那之后的很长一段时间，苏明启陷入严重的失眠之中，即使数一万只羊也唤不来丝毫困意。更多的时候，他疲惫地睁着双眼，用力倾听着黑夜中的点点响动。可是，夜那么长，能与他同寂寞的，却那么少。

他就是从那个时候落下了头疼的毛病。

自那之后，他再也没有出席过他们固有的四人聚会。唐宗良和沈衣黎的美满婚姻时时提醒着他的失意，他摸着女儿的头，在心里悲伤地念：零落成泥碾作尘，只有香如故。只有香如故……

而这些，米荔枝从来不曾知晓。那个时候的她，一心寻找着真正属于自己的舞台，抛却爱情，抛却孩子，只想为自己的理想效忠。结果，她凭借过人的胆识和出色的能力确实在商场崭露头角，可是她却失掉了世间最庸常的快乐。多少个凄凉的夜，她伴着音箱里流转出的音乐，紧拥住自己，在诺大的房间里，旋转，旋转……那些曲子，像毒品一样麻醉着她的痛苦。每当那个时刻，她会格外地想念自己的丈夫和女儿。可是当晨光再次铺陈在她的身上，她便会振作精神，又一次投入到工作中去了。

沈衣黎问她："这样的牺牲，值吗？"

她无奈地笑："人是很奇怪的东西，在拥有的时候会不满，会埋怨，即使牺牲掉也毫不惋惜，待到有一天，你所抛弃的一切对你不再有任何眷恋，你才会知晓自己有多么在意。"

沈衣黎默默点头，暗自庆幸自己没有经过这番折腾便已经知晓"拥有时便珍惜"的道理。她与唐宗良的生活没有经历过大波大澜，却足够温馨。也曾因某件小事吵到天翻地覆，可是从来没有上升到离婚的高度。在生下唐奇峰之后，她便辞去了工作，安心窝在家里相夫教子。在那些女强人眼里，自是瞧不上这种被固化了的生活，可是她却乐在其中。

"不烦吗？"米荔枝问她。

她幽默地答："身边有两个男人相伴，又怎么会烦？"

她早已把自己献给了那个小家，丈夫与儿子的成功便是她最大的喜悦。这样的女人才是聪明的，把心血投资到家人身上，让他们去拼，让他们去挣，自己只管享受他们端来的果实就好。而甘心情愿为她服务的男人，到头来还要感激她为这个家牺牲的一切。其实，她究竟牺牲了什么呢？不过是那些被岁月带走的年华而已。而那些年华，又有几人不是蹉跎而过？只可惜，米荔枝聪明了一世，却终没有参透这样一个简单的道理。

苏明启第一次觉得，从医院到家里的那条路竟是这样长，仿佛走了一个世纪还没有到。米荔枝开车的速度犹如蚂蚁挪步，慢得让人心焦。她以前开车不是这个样子的，她做任何事情都习惯雷厉风行，开车更是不曾例外，唯有这一次，她希望把速度降得慢一些，再慢一些，最好永远都不要走完这条路。可是，再漫长的路途也终有尽头，他们到底还是走到了"尽头"。

苏明启从车上下来，礼貌性地道了谢，然后低声问她："要不要进来坐坐？"

她望着那幢熟悉的房子，踌躇了一会，摆了摆手，说："还是算了吧。"

"那好吧，你那么忙，我不耽误你了。"说完，他转身进了门。

她看着他离去的背影，怔忡了一会儿，突然自嘲地笑了。原本，她的犹豫只是想让他多挽留她一下，可是他却利落地把她打发了。她茫然地看着前方，突然意识到，从此，这条路只剩她孤单一人了。

她发动引擎，让车子以最快的速度朝前方奔去。

                                    5

在米荔枝的劝说下，苏晓米从唐奇峰的住处搬了出来。

那天，乔东下班回来，看到赖在客厅沙发上看电视的苏晓米，先是愣了一愣，而后简单地问："回来了？"

她沉闷地"嗯"了一声，不再说话。

她不知道乔东有没有看过那期娱乐周刊，她想他没有看过，因为他一向对这种八卦杂志没有兴趣。其实，这么想，也只是为自己求一个心安罢了。

夜渐渐深了，她洗好澡，躺到床上，等待他的爱抚。分开这么久了，即使他对她不曾思念，但至少对她的身体会有所想念吧，她想。可是他躺在她的身边，没有丝毫"越轨"的动作，只是沉闷地把自己陷在被子里，沉沉地睡去。她看着他熟睡中的脸，觉得他像被自己宠坏的孩子，他接受着她的溺爱，却又毫不犹豫地践踏着她的自尊。这个男人虽然睡在她的身边，却似与她隔着千山万水。她幽幽地叹息，一遍遍地问自己，为何要与这个男人结婚？如果没有嫁给他，她是不是不会走进如此悲伤的境地？

她不能为自己寻一个妥帖的答案，可是她心里清楚，如果再来一次，她仍会义无返顾地嫁给他。

其实，乔东整个晚上都没有睡着，他闭着双眼，脑中闪现的全是杂志上的苏晓米的脸。他一直没有看娱乐周刊的习惯，是他的助理拿给他看的，他自是知道，那个细眉薄唇的小妞将这样一份印有他老婆绯闻的杂志拿给他，到底意味着什么。

她说："乔总，尊夫人真是异常风流啊。"

他冷冷地回应："八卦杂志而已，只是个给老百姓解闷儿的东西，谁又会真地相信？"

"但愿她真的值得您这样信任。"她冷嘲热讽地说。其实，心里已经溢了满满的酸。她一直嫉妒苏晓米，嫉妒她能与乔东这样美好地相守在一起。

想当年，她在学校里也是十足的风云人物，裙下之臣不计其数，却无一能入了她的眼，直到遇见了乔东……她清楚地记得那一天，她本是陪朋友来面试，职位是总经理助理。那天面试的人很多，天气也异常燥热，即使开着空调，也让人深感不适。她起身，在会客室里踱步，实在觉得闷了，干脆推门出去。在经过一扇玻璃门的时候，她见到有人在里面办公，于是停下来，大声问了一句："有水吗？"里面那人抬起头，看了看她，再次低下了头。她无趣地走开了。几分钟后，有人从背后递给她一杯水，她转身，看着那个递水给他的男人，一颗心竟然不安分地跌撞起来。

她后来才知道，那个人叫乔东，是她朋友应聘的这家公司的总经理。再后来，她的朋友不幸被淘汰，而一向敢说敢做至莽撞的她竟然阴错阳差地成了他的助理。以至于以后她竟自鸣得意地总结出一条面试经验，那就是，如果你想成功，一定不要"拉着"你的朋友去，以避免成为朋友的牺牲品。你要带着轻松的心态"陪着"朋友去，如果是那样，老天一定会眷顾你的好心态。

乔东说："这简直是谬论，我选人，只看她的资质和能力，和是不是陪着朋友来扯不上任何关系。"

她笑："反正这是我的经验之谈。"

她的业务能力真的是可以让人挑起大拇指的，只是性格卤莽了些，偶尔也会使个小性子，如小孩子一般。而乔东对这些并不在意，如他所说，他看重的是能力，而她完全具备这样的能力。偶尔，她对他使性子，他会笑着说一句："怎么还跟个孩子似的？"她讨厌他这样说她。她21岁，他29岁，8岁并不是什么了不起的差距，她讨厌他以年龄压倒她的情感。

她喜欢乔东，这在公司里几乎成了人人皆知的秘密。可是乔东从不回应她的热情，他与她所有的接触仅限在工作范围之内。就是这样，她才愈加妒忌苏晓米。

年轻有为的乔东不仅是经济周刊的宠儿，还经常受到娱乐周刊的重视。作为他的助理，她经常收罗各种有关他的杂志，把那些好的新闻和评论挑选出来，递到他面前，至于那些不好的讯息，她全都独自消化。这天，她突然看到一篇有关于苏晓米的报道。照片上的苏晓米，脸色绯红，衣衫不整，右手搭在一个陌生男人的肩膀上，一副十分亲密的样子。她把这些拿给乔东看，他却表现得不以为然。她在心里暗自敲着边鼓，到底是他对妻子太过信任，还是他根本不曾在意她？

他怎么可能不在意？虽然不曾激烈地爱过，可苏晓米毕竟是他的妻子，试问，有哪个男人能容许自己的妻子传出这样的丑闻？在苏晓米骗他去旅行的那段时间，他想了上千种询问她的方式，可是见到她的那一刻，他却一句话都问不出口。

转天清晨，他很早便起床，拿着衣服蹑手蹑脚地走出房门，她却突然把他叫住："等一等。"

他停在那里，转头问她："吵醒你了？"

"我根本就没有睡。"她倦倦地说。

"怎么了？"

"你没有话想对我说吗？"她问他。

他顿了顿，冷淡地回应她："我没有话要说。你要对我说什么吗？"

"算了，"她摆摆手，再次陷入被子里，疲惫地合上双眼。

一二三四……就这样悲伤地默数着那些不成型的数字，竟也昏昏沉沉地睡了过去。不知过了多久，手机铃声惊扰了她好不容易拾起的睡眠。

她闭着眼睛，伸手掀开手机盖，迷迷糊糊地道了一声："喂……"

"是晓米姐吗？"电话那端传来一阵急促的男声。

"我是苏晓米，你是哪位？"

"是我，余临光。"

"余临光？我认识你吗？"她不耐烦地说着，准备就此挂上电话。

"你可以不认识我，可是你应该认识小唐吧？"他焦急地说。

突然听到小唐的名字，她的心隐隐地揪了一下，而后坐起身，认真地对听筒那边说："你是小唐的男朋友？"

"是我。我是从小唐留下的通讯录里找到的你的手机号码。"

"找我有什么事？"她问他。

"小唐有没有跟你联系过？"他沮丧地说："那么多天了，我找不到她，我真的一点办法都没有了。"

"她不想见你，一定是你做了什么事，弄伤了她的心。"她笃定地说。

"我没有，真的没有……"

大约在一个多月以前，余临光在路上偶然遇到了季欢。季欢是他的第一个女朋友，在那些少年不识愁滋味的日子里，他们曾有过一段朦胧的情感。那一年的季欢有一张清淡的脸，头发长长的，喜欢梳成两条长长的马尾，闲闲地搭在胸前。他放学的时候要在学校的后操场练习长跑，她就坐在看台上，双手撑着下巴，静静地等。

季欢一直是班里的优等生，而他，在可预见的未来只能靠体育之长谋一个合适的院校。可是命运似乎总是有着违背人心的变数，他如愿考上了体育学院，她却在那年夏天经受了落榜的打击。

他在大学里，曾给她写过无数封信，可是她一封也没有回复过。尽管如此，他依旧想念她。有一年寒假，他回了家，在路上遇到了让他朝思暮想的季欢，她和一个男人走在一起，脸色苍白，头发蓬乱，厚重的羽绒服竟掩饰不住小腹隆起。看到他的时候，她先是一愣，右手下意识的摸了摸自己的肚子，而后笑着道了一声："你好。"他机械的回复着："你好。"

她向他介绍自己的丈夫，那是一个秃头，有啤酒肚的中年男人。他看着眼前的一切，脑海里突然一片空白。直到那个男人向他道出季欢即将成为母亲的事实，他才恍然明白，她再不是他的季欢了，在他离开的这段时间，她已经成了别人的妻，在不久的将来还会成为一个孩子的母亲。他看着她，眼睛里全是遮掩不住的悲伤。

自那之后，他再也没有回过家乡。毕业后，他把父母接到了A城，在近郊给他们买了房，自己却甘心窝在单位分给的单身宿舍里清贫度日。这么多年，他一直没有忘记过季欢，她的纯，她的痴，她在那年冬天挺着大肚子缩在羽绒服里的样子……一笔一笔勾勒了他的绝望和悲伤，直到有一天，他遇见了小唐，她有着和当年的季欢一样清新的面容。小唐的出现，复苏了他冰冻已久的爱情。

他们平静地相爱，淡淡体味着温暖而踏实的生活，他以为，这一生都会和她相携相守下去。偏偏，他却再次遇到了季欢。这一次是在A城的街头，她穿一件老旧的鹅黄大衣，将头缩在衣领里，头发短短的，全然失了当年的风采。

是她最先认出了他，她隔着人群，声嘶力竭地叫他："余临光，余临光……"

他转过头，几乎认不出她的样子。

后来，她向他讲述了自己这些年的遭遇，他的丈夫做煤炭生意发了点小财，之后便公然包起了二奶，她气不过，与他离了婚。谁知，离婚后，他连孩子都不让她见。她心痛地离开那个小镇子，来到了A城，却在这里与他重逢。

和他重逢的那天，她刚刚丢掉一份餐馆服务员的工作。那个餐馆拖欠了她两个月的工资，她去讲理，却被一群大汉赶了出来，她没有办法，只得离开。余临光见她可怜，把她带回了自己的教师宿舍。为了不让小唐误会，他只得暂时瞒下，却没想到，这一瞒，却瞒出了一段无法挽回的感情。

他把这些讲给苏晓米。她在电话那边沉沉地叹气："你们男人还是不了解女人，你知道吗？女人可以忍受男人的一切，唯不能忍受你们的欺骗和背叛，偏偏，你却用欺骗和背叛伤害了她。"

"我承认我骗了她，可是我自始至终都没有背叛过她！"他焦急地解释。

"女人只相信自己的眼睛，"她问他："如果换做是你，突然见到一个男人出现在小唐的单身宿舍，你会做何感想？"

"我会杀了那个男人！"他恶狠狠地说。

"你瞧，你只会考虑自己的感受，却从没有替小唐考虑过。"

"可是我与季欢真的什么事情都没有，我们虽然住在同一个屋檐下，可是完全没有越雷池一步，我从来没做过对不起小唐的事情，我发誓！"

"就算你没想过，可是你敢肯定那个叫季欢的女人也没有想过？她既然能跟你回家，就一定做好了与你重修旧好的打算。而你却纵容了她的想法，你让小唐如何不伤心？"

说至此，他突然沉默了。他确实没想过那么多，也确实忽略了小唐的感受。不仅如此，他那天还冲动的对待她，说出"分手"的混账话。他简直快懊恼死了。

如果可以再次见到她，他一定跪在她的面前，请求她的原谅。可是，他还有机会见到她吗？这么多天，她的手机一直处于关机状态，家门紧锁，单位无消息，她像一个泡沫，突然蒸发了。

第十一章　离别之曲

1

苏晓米考虑良久，最终决定把小唐的下落告诉余临光。

那天，她到他的学校找他，直截了当地问他："你和那个叫季欢的女人真的断了吗？"

他重重地点头："我保证自己对她没有同情之外的任何东西。可是我不能不管她，她在A城没有亲人，更没有朋友，我不能眼睁睁看她流落街头。"

她不耐烦地摆摆手："我不关心你的同情心怎样泛滥，可是你要答应我一件事，如果找到小唐，你今后一定要好好疼惜她，不要让她再伤心了。"

"这么说，你知道小唐在哪儿？"他喜出望外地看着她。

"她回南方老家了。"苏晓米平静地说。

他高兴得在她面前一连翻了好几个跟头。她看着这个喜欢穿紧身裤的男人，竟发觉他也有可爱的一面。

事实往往都是如此的，我们喜欢一个人，认定一个人，或者干脆将一个人恨之入骨，也许只是因为他的一个侧面而已，当情感把理智淹没，我们看到的东西都会留于表面，主观的臆断会完全代替客观的评价。她最初对余临光的讨厌是如此，她对乔东那份狂热的爱也是如此。

余临光以最快的速度定了机票，然后向学校请了假，跑回家收拾了简单的行李，准备以自己的一片赤诚追回心爱之人。

季欢伸手拦住他，哀哀地问："你非去不可吗？"

"我只是去几天而已，你可以继续住在这里，冰箱里有买好的菜和罐头，还有……"

"不，我不要这些，"她上前抢过他的行李，面对他，眸中闪烁的全是泪光："不要走，不要走……"她苦苦地哀求他。

"你这是怎么了？我只是去几天而已，又不是从此都不再回来了。"

她绝望地看着他，心里忽地升起了一股莫名的绝望，她觉得他这一去，再也不会回来了。

"别这样，"他拨开她的手，认真地说："季欢，我想让你明白，我们之间已经成为过去式了，我现在有了小唐，我不可能再和你在一起了。"

"那你为什么带我回来？"她哭着问他："我到底哪里做的不好？我可以改，我真的可以改。你是不是嫌我结过婚，是不是嫌我不干净了，是不是……"

"季欢，季欢，"他按住她慌乱挥舞的双手，大声叫她的名字："季欢！"

她被他的呵斥声吓到了，突然停下来，怔在那里，好久，才放开他的行李，幽幽地说："对不起……"

他怜惜地看着她，略有迟疑，想说些什么，却终是没有说出口。他知晓她的痛苦，可是他不知该如何劝慰她，在这样的时刻，任何的言语都会成为暧昧的隐喻。他想，等我回来吧，等我回来，一定向她讲明一切。却没想到，那一别，竟然成了诀别。

很多时候，我们固执地认为有些事情可以拖着不去解决，甚至可以不予理睬，一遍一遍用时间来麻醉自己。想着，再等等吧，再等等，等到一个合适的时间，待到一个合适的场合，再来摊牌也为时不晚。可是真正等到了所谓的"合适"，却再也没有机会来面对这些。

余临光如果知道事情会是那样的结局，他一定不会舍她前往。以致于以后想起季欢的每一个时刻，他的脑中都会浮现出那张清新的面容。

她曾那样羞涩地问他："你爱我吗？"他坚定地答："我爱你。"

是的，他爱她。直到多年后她消失在他的世界中，他依然爱她。可是，他无法自欺，他一直爱着的，只是当年的她。

2

乔东最近比较忙，一连几天都没有回家。苏晓米到他的公司里去找，却被他的助理拦在门外："对不起，乔总正在开会，暂不能见客。"

她点头，展一个温善地笑容："没关系，我到他办公室里去等。"

苏晓米生得并不算美，可是身上却有一种与生俱来的优越感，就是这种优越感常常压迫到那个年轻气盛的女孩子。即便是这样，她仍不死心，她想，毕竟自己比苏晓米年轻，而对于男人而言，女孩子的年轻是俘获人心的最大资本。她完全没有必要在那个女人面前现出丝毫自卑。

苏晓米对那个年轻助理的"野心"自是一眼望穿。可是她不急不躁，脸上时时保持着得体地笑容。并不是不再在意那个男人，只是，面前这个娇俏倔强的女孩子还不足以构成她的威胁。她承认，这个女孩子足够年轻，也确实具有诱人的身材和脸蛋，可是她笃定乔东不会恋上这样的女子，即使有过短暂偷欢，也不过是段露水情缘，断然不会长久。如果你要问她为何，她只能说，因为那个女孩儿和斯诺的感觉差得太远。

当年，苏晓米第一眼见到斯诺就感到一股强大的压迫感。斯诺看起来并不是富裕家庭里走出的孩子，可是她的身上就是有一股不同寻常的气质。在她们外语学院，并不乏长相漂亮的女生，可是都不具备她身上那股公主般的气质。这一点，就连从小生长在"皇宫"中的苏晓米都自叹不如。

自从几年前那次在C城的"不期而遇"，苏晓米一直没有忘记过斯诺的样子，她精致的脸庞，她的一头乌亮长发，她低头时垂下的眼睫，全都印在了苏晓米的脑海里。乔东能爱上这样的女子，一点都不出乎她的意料。相反，倘若有一天乔东告诉她，他爱上了那个年轻助理，她一定会认为他疯了。

苏晓米独自在乔东的办公室里踱步，她以前很少到他的办公室里来，即使来公司里看他，也只是悄悄站在大门外，静静地看两眼便离开。这天，她迫切地想见到他，因为她在家中收拾房间的时候，竟然看到了那期印有她醉酒照片的杂志。想必，他已经看过了吧，可是他为什么不问她？是想要她主动"招供"，还是在伺机提出与她离婚？她实在不想费力猜测了，一心只想找他谈个清楚。

年轻助理为她端上咖啡，冷冷地说："请用。"

她坐定，笑着回复："谢谢，我从来不喝速溶咖啡。"

年轻助理怔在那里，在心里默默问候了她的祖宗十八代，最终却只是露出一个无所谓地笑："那您喝不喝茶？菊花茶好不好？不好意思，我们这里只有菊花茶。"

"你们乔总从来不喝茶的。"她说。

"乔总是从不喝茶的，这些都是为客人准备的。"

她笑，已经听出了那个女孩子的潜台词：在这里，你是客人。

她不徐不急地说："我和他一样，从来不喝茶的，麻烦给我一杯水，好吗？"

"好。"年轻助理转身离开，一分钟后端了一杯水进来。

"谢谢。"她说。

"不客气。"面对自己妒忌了许久的假想敌，这个年轻女孩儿实在没有勇气说出更多。

苏晓米不喝速溶咖啡，苏晓米不喝廉价的菊花茶，苏晓米连喝水时的动作都透着优雅。这是一场品味的较量，年轻助理好怕自己就这样败下阵来。

借由给乔东送资料的机会，年轻助理推开会议室的门，趴在乔东耳边轻声说："尊夫人正在办公室等您，要不要先过去看看？"

他顿了顿，摆手说："不用。"

她的心里涌出几分喜悦，却很快被一股失望的情绪淹没。她喜悦于他对苏晓米的冷漠，这样是不是就意味着他根本不像她想象中那样在意他的妻子？可是想至此，却又忽地生出几分苍凉，这样的男人，注定会伤女人的心，不管那个女人是谁。

等到乔东从会议室出来，已经是两个小时以后。他站在苏晓米面前，脸上有遮掩不住的倦容。

"你怎么会来？"他问她。

"你的样子看起来很累。"她心疼地说。

"最近比较忙。"

"那我们以后再谈吧。"她说。

"你要和我谈什么？"

"等你回家再说吧，"她嘱咐他："你要注意身体，要按时吃饭，不忙了就回家。"

他一一应了下来，神情漠然得像个局外人。对此，她早已习惯，谁让他是她宠坏了的孩子？

年轻助理一直透过玻璃窗有意无意地窥视着乔东办公室里所发生的一切。在苏晓米哀怨的眼神里，她竟看到一丝渺茫的希望。把乔东争取过来的希望。她却从来不知，在乔东的内心深处一直藏了一个女人，那个女人不是他的妻子，不是他的情人，甚至现在连朋友都算不上，可是她却给过他最狂热的爱情。她在他的回忆里，在他的梦里，在他设定的未来里，却唯独不在他此刻真实的生活里。他为她伤心，为她懊恼，为她痴狂，却换不回她的原谅。

在那些春光明媚的日子里，他曾一遍一遍地叫她："斯诺，穿蓝裙子的林斯诺……"

3

斯诺最近一直在忙于装修房子的事情。房子是张明辉买下的，在A城最繁华的地段。她像一只不知疲倦的小鸟，每天衔来一些东西，一点一点装点着属于自己的小窝。

有一天，她采购回来，竟然在街上看到一个长相十分像林耀扬的男人。她一直跟在那个男人身后，足足跟了两条街，最后被红灯截住，只得无奈放弃。回到家，她的精神一直十分恍惚。他怎么会出现在A城的街头？她疑惑地想，也许是自己的眼睛花了。怎么可能是他？他应该在C城和那个叫胡玲的女人过着所谓的幸福生活才是。这么想着，心绪始终不得平静。

她一直恨着那个男人，恨他当初狠心抛妻弃女，恨他在方青李弥留之际都不肯前来探望。他的心何其狠？母亲下葬的那天，她曾暗自在心底发誓，这一辈子都不要原谅他。可是，当他突然出现在她的眼前，却又是另一回事。站在A城繁华的街头，她的心忽地变得柔软起来。她无法自欺，那么多年，除了那些无法释怀的恨，她对他依然有着割舍不掉的感情。

张明辉劝她："也许是你认错了人，诺大的A城，出现一个与他相似的人并不稀奇。"

她默默点头，可是心里依旧坚定认为，那个人就是他。她对他何其熟悉？她清秀的眉眼，她坚挺的鼻子，她薄薄的唇，全部是他的翻版。她对自己有多么熟悉，便对他有多么清楚。又怎会将他错认？

她无法把这些讲给张明辉，他一定会认为是她的心理作用所致。她拨了一通电话给乔东，想着，他在A城呆了那么多年，一定有很广的人脉关系，她想让他帮忙寻找那个一直让她又爱又恨又怜的男人。可是电话刚刚响了两声，她便沮丧挂断。她有什么资格请他帮忙？如果在这个时候找他，会不会被认为是一种有心的暗示？她为什么在遇到困难的时候不去找别人，偏偏要找他？

想至此，她彻底放弃了请他帮忙的念头，转而打给了唐奇峰。在A城，她能找的，也仅剩他了。

唐奇峰爽快答应："没问题，包在我身上。"

她感激地道谢。

这些年，她经历了那么多的荒唐事，倘若不是唐奇峰在关键时刻的出手相助，她真不知自己会变成什么样子。他们之间本没有深厚的交情，他当初只是替朋友收拾"残局"，他完全可以给她几句冷言冷语，然后打发了事。可是他没有那样做。在她最痛苦的那段日子里，他像她的亲人一样尽心照顾她，甚至不惜拿出自己的大半积蓄，作为她重新生活的资本。没有人要求他做这些，他也从没想过在她的身上捞到什么好处，他只是见不得她当年那副可怜的模样，想默默地为她做一些事而已。

只是默默地做。

因为林耀扬的突然出现，她开始变得异常不安，有时候出门连拖鞋都会忘了换，待到回去开门，又发现钥匙没有带出来。

A城的冬天，冷得刺骨，她像一只流浪的小猫，蜷缩在门口，等待"好心人"的救赎。

张明辉从外面回来，看到在门口瑟瑟发抖的她，心疼地把她抱进屋里。她在艳红的五指沙发里缩成一团，他走过去，半跪在她的面前，用手轻轻撩起遮挡在她脸上的长发，低声问："告诉我，我该怎样做，怎样做才能让你快乐？"

她伸手拍拍他的头："傻瓜，你已经为我做得够多了。"

"可是，你依旧不快乐。"他看着她的眼睛，那里面全是他看不穿的迷。

"你不是我，怎么知道我不快乐？"她空洞地搪塞他。

"那你告诉我，你快乐吗？"他问他。

174

她转过头去，透过窗子，呆呆望着这座城市繁华却寂寞的夜。

自从来到这里，她的情绪一直没有舒展过。她很少笑，经常发呆，经常重复做一些机械的没有意义的事。有时摸着自己的小腹，摸上好久，脸上会浮出让人参不透的悲伤。她不愿意见人，不愿意说话，更不愿意像以前那样拥抱他。对于她这样的变化，他又怎会不知？开始的时候，他以为她只是不习惯这座陌生的城市，想要带她离开，可是她不肯，于是，他花重金为她买下一所房子。他对她没有任何要求和期望，只要她快乐。即便是这样，她的脸上依旧愁容永驻。

面对这样的她，他真的一点办法都没有，只得可怜巴巴地问她："我该怎样做？告诉我，我该怎样做？"

她将头抵在他的肩头，泪水悄无声息地滑落。

他激动地说："我们离开这里，我们回D城，我们回去就结婚。"

她捧着他的脸，哀哀地摇头："再等等，再等等好不好？"

"你究竟在等什么？"他悲伤地问她。

她不语。

就是这样的沉默，常常让他陷入最无助的愤怒之中。他不知道她的心里究竟在想些什么，他悲哀地发现，和她在一起这么多年，他其实一点也不了解她。

"开口说话好不好，"他捏紧她的肩膀，近乎恳求地说："说句话，好不好？"

她看着他，嘴角微扬，轻轻问他："你，真的想听吗？"

他猛然一惊，慌忙转头，随即旋转身体，在背对她的方向跌坐在木质地板上。她早已看出他的犹豫，对于她的过去，他虽然只字不提，可是眉间的愁遮掩不住他的在意。

她却好似终于逮到了机会，在他的背后，再次挑衅似地问道："告诉我，你真的想听吗？"

他怔住，好久，转身问她："你以为我很在意你会告诉我什么吗？"他轻轻摇头，伸手去抚她的脸："你错了，我从来都不在乎你的过去，我只在乎……"说至此，他将手滑向她心脏的位置，用轻微而颤抖的声音说："我只在乎，我究竟在不在这里……"

他悲伤的面容印在她闪烁的泪光中，一股难言的心酸将她重重包裹。这么久了，她一直在误会他的心意，她觉得他对她的过去，总是在试探，却又总是在回避。她固执地认为那是出自于一个男人本能的嫉妒和狭隘。多少次，她想试着和他谈个清楚，可是他不听，找尽各种借口推脱搪塞，她也只好就此作罢。可是这晚，他却对她说，他在乎的并非是她的过去，而是他是否存在于她的心里。她悚然而惊，原来，一直对那些过去耿耿于怀的，不是他，而是她自己。

原来，她一直不曾放下。

4

唐奇峰给斯诺带来那个男人的消息，他说："在A城的一家琴行，有一个调琴师傅和你要找的那个人重名，前段时间还在我们培训中心调过琴，只是不知，到底是不是你要找的那个人。"

斯诺沉了沉，确定似地问道："你说，那个人叫什么名字？"

"叫林耀扬，林是森林的林，耀眼的耀，表扬的扬。跟你给我的是同一个名字吧？"他有些不确定地回问她。

"原来他真的在A城……"她在电话这边喃喃自语。

"你说什么？是不是找错了？"

"你有那个人的地址吗？"

"我没有，不过你如果需要，我会叫朋友拿给我。"

"谢谢你。"她感激地说。

"举手之劳而已。"他笑笑说："就当是回报你上次请我喝酒吧。"

"我什么时候请你喝过酒？"

"你忘了？上次在培训中心附近的酒吧里，我说要请你喝酒，结果……嘿嘿……"

"喔，"她恍然记起："结果你遇到了一个一直痴望你的女人，我怕打扰你，就结账先走了。"

他尴尬地笑，想要解释，却又不知从何说起。斯诺显然是误会他了，其实那天他遇到的不是别人，而是苏晓米。而苏晓米一直观望的那个人也并非是他，而是斯诺。对于这些，斯诺自是不知。世事多如此，我们站在桥上看风景，殊不知，自己早已成为别人眼中最独特的景象。

斯诺便是苏晓米眼中的风景，一直都是。而傻傻的斯诺，以为那个女人不过是众多在酒吧里寻找刺激的其中一个。却不知，能刺激到那个女人的从来不是别人，而是她。

转天，她依照唐奇峰提供的地址找到了那间琴行。老板热情地向她介绍了一架三角琴，她坐下来，轻抚琴键，那些在阳光下闪光的黑白键仿佛记录了时光的颜色，那么近，那么伤感。她已经很久没有摸过钢琴了，最近的一次，还是在培训中心附近的那家小酒吧里，她当时弹了一首简单的圣诞歌，却一连错了好几个音符。那天，她走下舞台，沮丧地对唐奇峰摇了摇头。她再也不能驾驭那些琴键了，它们像她失落在岁月中的童年，再也拾不起。

钢琴曾承载了她的全部希望和梦想，那个叫胡玲的女人曾给过她莫大的支持与鼓励，她曾经如此崇拜和感激过她。可是她偏偏介入了他们的家庭。

偏偏是她。

很多事情似乎都在违背人的意愿进行着，起码斯诺是这样认为。如果出现在父亲身边的那个女人不是胡玲，或许她并没有那么伤心。爱情是很私人的感受，她一直无心去参与父母的情感。最让她难过的其实并不是父母的分离，而是，导致他们分手的竟然是她认真欣赏和崇敬过的女人。她曾无数次在母亲面前袒露自己对胡玲的喜欢，因为这份喜欢，母亲才更加愿意把那个女人留在身边，却没想到那个女人会带走家里的"顶梁柱"。母亲的世界彻底塌陷了。她突然觉得自己像一个可耻的帮凶，在母亲的身边安了一颗如此危险的定时炸弹。她的家庭被炸碎了，母亲的心也随之一碎了。她还有什么脸再去追逐自己的梦想？

"它的音色很好，您可以试一下。"琴行老板仍在卖力推荐着。

她摊开双手，一首久违的《离别曲》从指尖缓缓流出。这是胡玲教她的最后一支曲子，教完这支曲子，她们真的离别了。

她的双手在琴键上笨拙地行走着，她再也找不回当年的感觉了。曾经，钢琴是一头被她驯服的小兽，由她喜，任她悲，可是现在，她完全不能掌控手指下的局面，她自己反倒成了被驯服者。

叮叮咚咚地弹了几个音阶后，她沮丧地停了下来，难为情地看着琴行老板，幽幽地说："对不起，我忘记怎么弹了。"

琴行老板温善地点头，表示理解。

她起身，离开钢琴，想要询问林耀扬的下落，却终是没有问出口。出了琴行，她一个人在街上漫无目的地走着，微风拂过，吹在脸上，竟送来淡淡的暖。她惊觉，自己来A城已经好几个月了。这几个月来，她一直在用往事的悲伤打发着眼前最真实的时日。想起张明辉当初兴致勃勃地带她来到这里，为的是给她一个甜蜜而幸福的假期，却没想到，她不但没有感到幸福，反而变得更加幽闭起来。他想尽办法哄她开心，她失神地笑着，眼神却愈渐恍惚。她的悲伤冷漠，她的反复无常，把他变成了一个彻头彻尾的傻瓜。他不知怎样做才能让她觉得好过一点。多少次，他扳着她的肩，哀哀地问："怎样才能让你快乐一点，告诉我，到底该怎样做？"她无言以对，唯有泪千行。

他们的婚期一拖再拖，张明辉的母亲一催再催，他却一等再等。他对她的宽容和疼惜，可谓用心良苦。她感激他的付出，可是自从重遇乔东，她的一颗心再难平静。曾经以为已经安心放下，以为可以视若无睹，可是最终，还是不行。她终于明白，纵然决意忘记乔东，她依旧无法抹去过去种种。

那一天，她独自在街上走了很久，很久。往事的碎片像玻璃片一样割划着她的神经。从林耀扬的离开，到乔东的抛弃，命运为何对她如此残忍？

张明辉打来电话，问她正在哪里。

她带着哭腔对他说："你来，带我回家，好不好？"

他来了，在街边扶起瘦弱的她，像来认领一个迷路的孩子。她将头抵在他的胸前，看着明晃晃的阳光从叶缝间泻下，照疼了她的心。回想曾经，自己像个傻瓜一路跌跌撞撞走来，被抛，被弃，生活给予她的困苦够她痛上半生。直到遇到张明辉，他愿意充当她的傻瓜，被她气，被她伤，仍旧毫无怨言地任她差遣。她一直像一个任性的孩子，在外面受了苦，受了气，终要他把她领回家。到底，她还有什么不满意呢？

她抬头，泪眼婆娑地看向他，怏怏地问："这么久了，你有没有怪过我？"

"怪你什么？"他问："怪你让我爱上你吗？"

"关于我的过去……"她顿了顿，接着说："我不仅谈过一场痛彻心扉的恋爱，我还曾经有过一个孩子……"

他的手在方向盘上抖了一抖，刺耳的刹车声呼啸而至，带着凛冽的寒意，轰的一声，停止了。

停止了。

四月的天，原本还是温暖明朗，却突然侵入一片冷意。那么冷。

5

唐奇峰坐在酒吧的高脚凳上，晃着手里的红酒，无奈地对斯诺说："人生最痛苦的事情其实并不是痛苦本身，而是明明已经痛苦难当，却又无法与人言说。"

她大笑，轰隆的音乐下，她几乎听不到他的声音。他凑到她的耳边，再次高声重复："明白吗？最痛苦的是无法与人言说你的痛苦。"他边说边将手指用力戳向自己心脏的位置。

她喝多了，大幅度摆手："No，No，No！"

他不甘示弱，大声叫嚷着："Yes，Yes，Yes！"

"No！"

"Yes！"

两人争得面红而赤，险些翻脸收场。

"那你说，最痛苦的事是什么？"唐奇峰首先妥协。

她从吧台上跳下来，歪歪扭扭地围着他绕了一圈，笑着说："最痛苦的不是无法与人言说你的痛苦，而是……"说至此，她打了个酒嗝，抚了抚自己的脖子，接着说："而是，即使你能说出那种痛苦，也没人会懂。"她挥舞着手臂，笑得眼泪都出来了："你知道吗？没人会懂……"

他愣在那里，好久，轻轻揽过了她的头。她俯在他的肩头，在震耳欲聋的音乐声中，突然号啕大哭。

想起那天，张明辉把她送回家中，一句话也没有说，默然离开。她曾想，如果他能正视她的过去，她也愿意就此放下，心甘情愿将自己交付与他。可是，他能接受她曾经的恋情，却无法接受她曾经孕育过一个与他无关的生命。

她在唐奇峰的肩头哭得肝肠寸断。她说："他还是不懂我，他为何不懂我……"

唐奇峰轻拍她的背，柔柔的劝："冷静，冷静。"

她一向是理智惯了的女人，可是这夜，她真的不知到底该如何冷静。冰冷的现实让她几近绝望，唯有用酒精和泪水把自己埋到虚空。

唐奇峰跑到舞台上，演唱了一首"没那么简单"，歌词中的字句一点一点刺痛了她的心。一对年轻夫妇从对面走来，她全身的血液在那一刻，凝结住，她不能动，只能怔怔的，不知所措地望着对面走过来的人。其中的男人竟也诧异地向她望来，四目相对的那一刻，她听到时光从身体里爆裂出的声音……

他站到她的面前，用灼灿的眼光盯住她的脸，温柔地叫一声："斯诺……"

她张了张嘴，却发不出任何声响。

气氛陷入一种微妙的尴尬之中，而这种尴尬，竟然带了一丝浅浅的暧昧。最终，还是男人身边的女人打破了这种奇异的气氛，她轻推男人的胳膊，淡定地问一句："乔东，这位美女是谁，不打算给我介绍一下吗？"

他恍悟，沉稳地介绍："她叫斯诺，林斯诺。"自从见到斯诺，他的眼光一直没有从她的脸上移开。他的眼神里有惶恐，有愧疚，也有藏不住的，爱。这些全被苏晓米看在眼里，她深吸一口气，突然苍凉地笑了起来，伸出手，道一声："你好。"

斯诺未做任何表示，从她身边漠然走过。

唐奇峰从舞台上走下来，轻轻拉住斯诺："你醉了，我送你回家。"

"不用，"她甩开他的手，冷漠地回应："你去陪你的朋友吧。"

"把你送回去，再陪他们也不迟。"他坚持着。

她不再反抗。现在的她，已经没有力气说出什么。

乔东走过来，拍了拍唐奇峰的肩膀，一旁的苏晓米已经识破了他的用意，却巧妙地闪避了。这么多年，她像个傻瓜一样，一路自欺欺人，凄怨走过。到如今，她还有什么不能独自消磨？

"我去去就来。"唐奇峰已经看出那二人脸上的不安，深沉地说："旁边有一家咖啡馆，你们到那里等我，有什么事等我回来再说。"

　　乔东和苏晓米第一次很有默契地点了头。

　　这天，他们本是来向唐奇峰告别。他们去他的家里找过他，被他的邻居告知，他和一个漂亮女孩儿出去。苏晓米知道他经常光顾的那家酒吧，抱着试一试的态度，两人找到了那里，却没想到会在那里见到斯诺。

　　苏晓米看着乔东失魂落魄的样子，希望灭了，失望一点一点地溢出。自那次"照片门"事件，她和乔东认真谈过一次，她很诚恳地向他解释了那期娱乐周刊登出的八卦文。他微愣，不接腔，用沉默表明了自己的态度。

　　她期待地看着他，费力的挤出一句："如果你介意，我愿意和你分开一段时间。"她还是不能把"离婚"二字轻易地说出口，只能用"分开"来表明自己的悔恨。

　　"没有必要，"他说："我不介意。"

　　他的豁达反倒让她神伤。她多希望他能因此与她大吵，如果是那样，至少证明他的心里有她。可是他没有，他的冷静，完全不像一个爱人该有的态度。

　　"我最近要去韩国出差，你和我一起去吧。"他似乎看出她眼里的失落，温柔的征求她的意见。

　　她的表情顿时多云转晴，欣喜地问："我真的可以一起去？"

　　"当然。"他平静地说："你是我的妻子，陪我出一次差有何不可？当然，前提是你愿意去。"

　　"我愿意，我愿意，"她兴奋地说："我怎么会不愿意。"

　　她当然不会在乎一次小小的韩国之旅，她在乎的是，他对她身份的肯定。多年来，她做的一切都是想赢得他的肯定。他一次又一次冷漠对她，让她在冰冰的现实前屡次跌倒，她一次又一次从失落中爬起。她不怕跌倒，她怕的是，有一天，自己失了爬起来的勇气。如今，他温柔地唤她为妻，她想让全世界的人来分享自己那份狂妄的喜悦。却没想到，她会在此刻与他的"曾经"相遇。她自信可以战胜现实中的所有艰难，清扫生活中的一切阻碍，却没有信心打败他的"曾经"。

他看斯诺的眼神是疼惜的，而落到她的身上，那眼神瞬间转化成愧疚。是的，他对她，最慈悲的眼神便是愧疚。

他们一同出了酒吧，一同凝望着唐奇峰将斯诺搀进自己的车子。乔东的眼眶里闪着让人心碎的泪光。晓米看着他，红了眼圈，眼泪不由自主掉落下来。他还是不能忘记那个女人，这么多年，即使那个女人不在他的身边，他也从不曾将她从心里开除出去。斯诺是他心中的无冕之王，而她，即使占据着妻子的位置，也不过是他身边的点缀而已。

"走吧，"他转头对她说，却在霓虹下看到她泪流满面的样子。"怎么了？"他问她。

她摇头，匆忙地抹一把脸，怏怏地说："我累了，想先回去休息，你回头跟奇峰说一声吧。"

他说："好，那你回去休息吧。"说完，转身朝街角的咖啡馆拐去。她望着他离开的背影，一个人在夜风中呆立了很久，很久。她清楚地意识到，她用心爱着的这个男人在得知她身体不舒服的情况下，毫不犹豫地把她独自丢在了夜晚寂寞的街头。

第十二章　悲戚的答案

1

那一晚，唐奇峰并没有把斯诺送回家中，她在一间琴行门口执意要求他把自己放下。他拗不过她，只好停车。

那间琴行的老板和唐奇峰很熟，有一段时间，他经常光顾那里，一来二去，连调琴的师傅都跟他熟络起来。上次斯诺找人调查一个叫林耀扬的男人，他就是托这里的老板帮忙打听。

"林耀扬在不在？"斯诺走进琴行，歪在一张椅子上，直截了当地问道。

"对不起，"琴行老板笑答："我们这里没有这个人。"

"胡说！"她生气地吼道："他明明在这里，你是不是想把他藏起来了，是不是他让你这么做的，是不是？"

老板为难地看着她，不知如何是好。最后，还是唐奇峰把她拉出琴行。站在喧嚷的街头，他捏紧她的肩膀，低吼："你醉了，别再闹了！"

她甩开他的手，怒视他："林耀扬明明就在里面，你们为什么不让我见他，为什么？"

"你看清楚，这里根本不是你要找的那间琴行！"

她愣在那里，顺着他的手势望去，登时酒醒三分。她扶住他的手，突然一阵呕吐，待到抬起头来，她的脸已经苍白如纸。

"我送你回家。"他说。

她摇头，拿出手机拨给张明辉。在她最痛苦，最潦倒，最需要人奔赴到身边的时候，一直都是张明辉把她领回家中。一直都是。这夜，她大醉，她比以往更渴望有一个熟悉而温暖的怀抱拥她入怀。她挣脱唐奇峰扶住她的手，大声吵嚷着："我要打给张明辉，我要打给张明辉……"

他看着她那副无助的凄楚模样，竟然不可抑制的想起了于婉馨。她过的好不好？在异乡寂寥的夜，有没有一双耳朵可以收容她的愁苦？他把眼光从斯诺脸上移开，下意识地望向天空，他不知，这夜，广州的夜空是否一样阴沉不堪。待他把目光收回，才发现斯诺正在一眼不眨的凝视他。

"你哭了？"她问他。

"没有。"

"可是你的眼眶里有泪。"

他勉强现出微笑，自嘲地说："我也醉了。"

"醉了也好，"她说："活得太过清醒才可怕。"

其实，那夜，大醉的又何止他们两个？

苏晓米与乔东分开后也没有回家，她在夜风中把自己站成了一尊雕像，最终返身回了酒吧。一杯接一杯带着悲凉意味的液体下肚，她的悲伤一层层泛起。酒吧里闪烁的灯光携着时光的烙痕，晃疼了她的心。当她结了账晃晃悠悠地走出酒吧时，前一刻还绚烂的霓虹突然暗淡下来，她抖了抖身子，大踏步向前方走去。她觉得前方是一个巨大的黑洞，探不到出口，亦寻不到光明。就像她的爱情。

走至酒吧的后门处，她亲眼目睹了一场群殴。几个身高马大的壮汉围着一个年轻人踢打不停，嘴里还念念有词："来这个地方蹭酒喝，你也不看看是谁的地盘？"

她趁着酒性冲过去，用手里的皮包甩开那几个正在施暴的男人，近乎撕裂般地吼道："你们凭什么打人？要钱是吗？老娘有的是钱！"她边说边从皮包里掏出一沓百圆大钞，恶狠狠地朝那几人脚下甩去："给你们，都给你们，钱算个什么东西！"

许是她当时的样子太过吓人，那几人竟拾起钱，骂骂咧咧地走开了。待到挨打那人从地上蜷缩爬起，她才看清，那人竟然是小唐的男朋友，余临光。

"怎么是你？"她弯身，伸手去扶。他却抚着嘴角，难为情地躲开了。

"你怎么会在这里？"她疑惑地问道："你不是去找小唐了吗？见到她了吗？她有没有和你一起回来？"

面对她的一连串问题，他沉默不语。

"说话啊，你哑巴了吗？"她焦急地问他："你到底有没有见到小唐？"

"别问了，别问了！"他悲绝地摇头："我什么都不想说，什么都不想说……"

她伫立在那里，在他绝望的脸上竟寻到一丝死亡的味道。她蓦地一惊，周身打了一个寒颤，冲到他的面前，抓过他的衣领，大声问道："小唐是不是出了什么事情，告诉我，她是不是出了什么事情？"

他不语，鼻涕和着眼泪，悠悠落了一脸。一个大男人，蜷缩在午夜的街头，突然哭得泣不成声。

2

一周前，余临光带着愧疚与期待踏上了南去的火车，此去，他要追回他心心念念的爱人。在那个环境清幽的南方小镇，他见到了与他分开一个月之久的小唐。起初，她不肯面对他，见到他的时候拔腿就跑，他不顾路人的眼光，单腿跪下求她。她停下来，再也无法向前迈进一步。

回到家乡的这一个月，她的心情虽然逐渐好转，可是她无法欺骗自己的心，她仍旧不可救药地想念他。她不肯首先妥协，是因为她无法放下那个男人曾背叛过她的事实。她试过忘了他，可是忘记竟比思念更痛苦。当他出现在她面前的那一刻，她的心告诉她，她再也无法逃脱这个男人了。

她的父母极力反对他们重新走到一起。他没有殷实的家境，没有过人的才能，工作一般，表现平平，最令他们无法释怀的是，他曾令小唐那样伤心，他们有何理由将自己唯一的宝贝女儿托付给他？

　　他把自己和季欢的过往向小唐解释清楚，并且发誓自己与她并没有发生过任何不该发生的事情。小唐到底不是不通情理的女子，对他所说的一切，表示会试着理解和接受，并嘱他不要介意父母的冷酷言辞。面对她的宽容与大度，他无限感激，暗自发誓要用自己的后半生好好疼惜她。

　　他为他们设计的未来，平淡却妥帖。他没有过多的梦想与奢望，唯愿与她从此相携相守，即便是这样，他仍旧一脚踏空，凛冽的现实再次把他打入无法挣脱的困境。

　　季欢出事了。

　　就在他离开A城的转天，季欢搬离了他的宿舍，独自踏上了归程的路途。在她曾经生活过的那个小镇子里，她年迈的父母由于她当初的执意离婚，已经和她划清界限，决意不再认她这个女儿。她本以为去到A城，与余临光重遇，会开启生活的新篇章，可是他说，他们之间的爱情早已过去，他现在只是把她当做普通朋友，她失望之极。既然寻不到爱情的慰藉，她只能把生活里唯一的希望寄托在久未见过面的女儿身上。

　　回到家乡，她三番五次地找到前夫，希望可以抚养孩子。那个冷漠的男人笑着问她："看看你现在的这副样子，你用什么去抚养孩子？"

　　她不语。他却凑近她，奚落道："离开我，你什么都不是，连个人都活得不像。"

　　眼泪从她那双黯淡的大眼睛里悄无声息地滑落。她哭着求他："让我见见孩子，只是见一见就好。"

　　无论她怎样哀求，那个男人始终无动于衷。无奈之下，她只能跑到孩子所在的幼儿园门口去等。孩子被老师领出，她走上去接，孩子却步步后退，缩到老师的身后，久久不愿探出头来。

老师对她的身份表示怀疑。她哭着对老师说："我是她的妈妈，我真的是她的妈妈。"

老师转头，轻轻地问："她真是你的妈妈吗？"

孩子怯怯地摇头。

她痛苦难当，悲伤离去。

之后的几天，她每天到前夫家门口去闹，在大家眼中，她变成了一个歇斯底里的疯子。前夫对他置之不理，孩子看她的眼神充满畏惧。前夫新娶进的女人站在二楼凉台上，将一盆脏水狠狠泼下，她从头到脚湿了个透，冷风吹来，一阵阵颤栗。老友旧邻从她身边走过，投来异样目光，竟无一肯管。

她终于清楚，在陌生的土地上，她是被人排斥的异乡人，回到故乡，她仍是不受欢迎的异类，就连自己的亲生骨肉都不愿意与她亲近。于是，在一个寂寥到绝望的夜，她用一把剪刀结束了自己的生命。

余临光的母亲在电话中为他讲述着这些。她说："听老邻居说，季欢走的时候眼睛里含着泪，大概是被剪刀戳的疼了，可是再想挽回，已经太迟。"

余临光沉默地挂断电话。只有他明白，肉体的疼痛与心灵上的创伤比起来有多么微不足道。她含泪看过了凡尘间的所有剧目，悲伤的，丑陋的，遗憾的，难忘的，最终以决绝的方式收拾了摊在自己面前的残局。

待到他匆匆赶回，她已成为一把灰烬。他的悔，他的恨，他当初信誓旦旦对她做出的承诺，从此沦为无法见天日的鬼话。她在留给他的字条中写道："对不起，我无法等到你回来，其实你不说，我已明白，真的明白。"这是她留给他最后的话，不需表白，已经明了。

他捧着字条，哭得像个迷途的孩子。她为何这样傻？为何用自己的生命来为这卑微的感情殉葬？

小唐的电话紧紧跟随，他不肯去接。季欢的离去，已经无法让他再正视自己的情感。

苏晓米一个拳头甩在他的身上，气愤地说，"小唐有什么错，你为什么要这样对她？她凭什么为你过去的情感埋单？凭什么？"

他像个乞丐一样蜷缩在街角，低头不语。

他无法背负着一个女人的死再和另一个女人奔赴自己的幸福生活，他不能。

苏晓米头晕脑胀，弯身蹲在他的身边，沉沉地念："你们男人都是这副德行，你们永远都要女人为你们的自私埋单。你是这样，乔东也是这样。我们究竟做错了什么，就因为我们比别的女人晚出现一步，就该不断忍受你们对过去的念念不忘吗？"

他挣扎起身，踉踉跄跄地从她身边走过。

苏晓米永远不会明白，他们揭不过去的并不是历史种种，而是时光刻灼在青春上的烙印。她的青春，她的爱情，她的一腔热血，全都倾注在乔东的身上。她是一个没有过去的人，乔东便是她最实在的拥有。

"如果你失去过，你会明白的。"这是余临光对她说的最后的话。

她蹲在马路牙子上，娴熟地点一根烟，望着浓重的夜色，悲凉地笑："其实我一直不曾得到过，又何谈失去……"

3

余临光和小唐分手了，以最平和的方式。

余临光在电话中用很琼瑶式的词调说："如果有来生，我们再重聚吧。"

小唐默然地笑："我们连今生的悲挫都不敢面对，何谈来生？"

"对不起。"他幽幽地说。

她沉默挂断。

她从来不是看不开的女子，只因爱，所以恋恋不忘。可是现在，放不下的那个人明明是他，他无法面对季欢的死，虽然那跟他毫无关系，可是他宁愿活在自私的悲伤之中。她帮不了他，她太累了。她听了太多轰轰烈烈的恋爱版本，也真真实实地经历过，生命中最坎坷曲折的爱情已经尝过，没有什么放不下。

几天后，她正式向电台辞了职。她的假期已经休满，实在不能再为自己的迟迟不归找出理由。她始终没有再回A城，而是留在了那个南方小镇。父母为她介绍了一门婚事，对方是她父亲老友的儿子，曾就读于首都师范大学，毕业后没有留在北京，而是毅然回到家乡，当起了中学老师。她对那个男孩儿没有过多的好感，却也并不讨厌。双方见过面后，闲闲地相处着，她像一个待嫁的姑娘，平静地接受着这场平淡无奇的恋爱。

她曾问过那个男孩儿："从北京回到这里，你真的甘心吗？"

他笑："我把所有的风景都已看尽，一颗心是静的，这里才是收容我的最佳去处。"

听到他的话，她突然释然了。她想，和他在一起该是最好的结局了吧。一个女人，任其看过了多少风景，终是要一个踏实的怀抱将她妥善安顿，从此免她惊，免她扰，给她最安定的生活。

她以最快的速度和那个并不算熟悉的大男孩儿定了婚。既然不是因爱结合，那么嫁给谁都是如此，张三李四，代号而已。对于曾经，她只口不提。对她而言，可以华丽地转身好过哭哭啼啼地怀恋。

经年过后，她与苏晓米在那个南方小镇重遇，苏晓米哀哀地问："你当年那样轻易放弃，甘心吗？"

她淡然地笑，表情里竟没有丝毫的哀怨。她说："这些年来，我过得很平静，嫁给我现在的丈夫，过着世俗的生活，没有撕心裂肺的爱情，反而轻松。"

"不觉得委屈吗？"

她摇头："如果我当初嫁给余临光，一定会觉得委屈。"

"为什么？"

"有谁愿意一辈子和另一个女人争宠？何况，那个女人已经长眠地下。"说至此，她长叹一口气，幽幽地说："你知道吗晓米，无声无息的较量才最可怕。无论我怎样做，终是赢不过一个死人。我没有勇气挑战那些未知的痛苦的日子，不如放弃。"

"那你现在过得幸福吗？"苏晓米接着问她。

"什么是幸福？以前，我觉得最狂热的爱情是最完美的幸福，可是现在我不那么想了。现在，对我而言，幸福是静的水，是柔的风，是每一天都可预见的平凡日子。如果你非要我给你一个答案，那么我只能说，我很幸福。"

听完她的话，苏晓米长时间望着街道上来回穿行的陌生人群，眼神中流出让人无法参透的忧伤。想起自己与乔东的曾经，羞愧与悔恨纷至沓来。

年轻时，我们总会不顾一切地奔向自己朝夕渴望的东西，然后有一天，我们会突然发现，那些让我们舍下自尊，甚至舍下良心夺来的东西，不过是苍茫人生中一个悲伤的点缀。那些让我们不忍放下的往事，不过是浮世中一桩最普通的故事。

苏晓米争了那么多年，怨了那么多年，最终，将自己的幸福与不幸一并断送。然而，让她始终无法释怀的，不是现实的惨淡，而是一个若有似无的影子。

林斯诺便是那个影子。

而对于斯诺而言，那个让她恨之，爱之的影子不是别人，而是她的父亲，林耀扬。她试过去恨他，也试过忘了他，可是任她如何努力，有一件事情她仍旧无能为力，那就是，她的身上永远流动着和他相同的血液。

他可以把她弃之不顾，她却不能忍受让他在陌生的城中孤独终老。

斯诺曾多次到林耀扬所在的那间琴行找他。他屡屡推脱，避之不见。他不是狠心，也不是不想念自己的女儿，他只是无法让她见到自己如今这般落魄的模样。

斯诺失望而归。回到那间空阔的大房子里，她寻不到一丝实实在在的拥有。爱她的张明辉已经多日不曾出现，她关心的父亲对她避之不及。她悲凉地环顾四周，好似左右都是空无一物，她抓不到任何东西。

她最后一次去找他，站在他的工作间门口，哭着说："你可以不见我，只要你说一句从此不再认我，我保证永远不来打扰你。"

他的心一疼，走出去，把她揽到怀里，颤抖地说："我怎么会不认你，我只怕你不肯原谅我。"

她泪眼婆娑地抬头看他，赌气地说："谁说我已经原谅你？你当初为了和那个女人在一起毅然抛妻弃女，你幸福了，可曾知道我和妈妈过的是什么样的日子？"

他沮丧地低着头，愧疚地说："当初是我做错了，你不原谅我，也是我罪有应得。"

"怎么了？后悔了吗？"她匆忙抹一把脸上的泪，挑衅般的质问他："你不是该和你那个娇太太在C城过着幸福生活吗？为什么要跑来这里？为什么把自己变得这么可怜？为什么？"

他无助地摆摆手，好似求她不要再继续说下去。她怎会知道，这些年来，他在众多指责声中过得并不快乐。方青苓的死让他无限愧疚，背着这份愧疚，让他如何去过所谓的幸福生活？胡玲受不了他整日的颓废与消沉，最终一走了之，留他一个人在回忆中自怨自艾。

斯诺在昏黄的灯光下，静静打量他。面前的这个男人老了许多，如果不是早已知晓，她断然想象不到他曾经是一个在足球场上驰骋的活力小子。她在心底暗自叹息，一个人老了，连身体都会透出苍凉。

"你还在弹钢琴吗？"他突然问她。

"已经很久不弹了，"她说："自从你走后，妈妈就十分讨厌钢琴声。起初，我还会趁她不注意的时候偷偷弹，可是最后，连我自己都开始讨厌那些声音了。"

他长叹一口气，轻轻握了握她的手，惋惜地说："你有一双这样漂亮的手，不弹钢琴可惜了。"

她冷冷地笑："该可惜的事情太多了，又何止这一桩？"

"我不知该怎样做，怎样做才能让你不恨我？"他懊恼地问她。

"离开那个女人，离开她！"她恨恨地说："我不能接受你们在一起，不能接受！"

他从她的身边走过，跌坐在旁边的椅子上，怏怏地说："我们早已经不在一起了……"

胡玲离开后，与他没有任何联系。他逢年过节会给她的父亲挂一通电话，从胡德亮的口中，他得知胡玲现在人在英国，并且交往了一个不错的男友。胡德亮还曾给他寄来她在英国的照片，照片上的女子印着精致的五官，即使淡淡抿嘴微笑都透着无限风情。她旁边的男人高大帅气，看她的眼神透着无限爱意。他有理由相信，那个人就是她"最近的幸福"了。他轻轻抚摸着照片上的她的脸，回想过去种种恩爱情节，俱往矣。他们终是没有关系了，他想，从此，她追求属于她的幸福，而他，也该拥有自己的生活，孤独的生活。

胡德亮劝他："过去的，就让它过去吧，如果有机会，你也再找个人吧。"

他无奈地笑："您要我找个人做什么？"

"和你一起过日子啊，"老人苦口婆心地劝："难道你打算这样孤独终老吗？"

"这是我的报应。"他凄凉地说。

胡德亮在电话中沉重地叹气。他能为他做的，也只是这样一遍一遍地劝慰他，虽然不知他是否真的听得进去。

以前，胡德亮一直反对女儿介入林耀扬的婚姻，他曾不止一次地劝胡玲离开，她不听。到现在，一切都成了无法挽回的残局，她才明白，男女之情的最初都具备一种虚幻的力量，它让你迷惘，让你坠入，可是最终，它却要落实到最真实的生活中。她和林耀扬的爱情自始至终都不被祝福，她没有信心再去坚持一个世人眼中的错误，唯有离开。

在林耀扬眼中，胡玲一直是一个独立自主的女人。她理直气壮地闯入他的生活，又理直气壮地离开。而他，面对她的决然，一点办法都没有。

斯诺伸手去抚摸他鬓间的白发，心疼地说："你为何这样傻？那个女人根本不可能爱上你，她只是看不惯别人的幸福罢了，你不过是她寂寞生活里的一个玩偶。现在，你该明白了吧，该清醒了吧？你被她骗了，她让你成为了这世上最大最大的傻瓜！"

他沮丧地摇头："不是的，不是这样的。"

"你到现在还要维护她？"她气愤地瞪着他，眼神里有一团火焰在跳动。

"我不是要维护她，我只是不想抹杀一些事实而已。"

"什么事实？"

"事实上，她真的带给过我很多快乐。"

斯诺微闭双眼，忍不住一声长叹："那我妈妈算什么？你跟她在一起从来没有体会过快乐吗？"

"斯诺……"他哀哀地叫她，坦率地说："我是爱过你妈妈的，可是……"

"可是你无法忍受她带给你的平淡生活！"她抢过他的话，刻薄地说："胡玲让你觉得新鲜，让你感到刺激，可是最终又怎么样呢？她还不是一样离你而去。你为何到现在还是这么执迷不悟？那个女人究竟有什么好？"

"你以前一直很喜欢她的。"他讷讷地说。

"她抢走了我的父亲，你叫我现在如何喜欢她？"她反问。

他低着头，半天，挤出一句话："千错万错，都是我一个人的错。是我伤害了你们，我真该死。"

"可是你现在依旧活得很好，而妈妈却死了，"她悲伤地说："妈妈走的时候连一个字都没有留，她是对这个悲怆的世界太绝望了，绝望到不想给任何人留下只言片语。是你把这种现世的悲凉带给了她，是你！"

"我没想到事情会变成这样。"他以手捶头，哀戚地说。

"如果再给你一次机会，你还会和那个女人走吗？"她充满期待地看着他，渴望从他口中为母亲寻得一丝宽慰。他却低头不语，以沉默回应了她地问题。她终于清楚，在他心中，那个女人一直没有离开。一行清泪从她那双忧伤的大眼睛里缓缓流下，是在为他的绝情而难过，也在为母亲当初的苦盼不值。

她转身离去，他的呼喊声长时间停留在夜风中，那么近，那么近，她却不愿再回过头去看他一眼。

他独望女儿离开的背影，一种喜恨交织的情绪扯着心脏，说不出是怎样的心情。喜的是，那么多年过去，女儿并没有把他这个不负责任的父亲忘掉。恨的是，即使面对如此真诚宽善的女儿，他还是无法说出把胡玲忘掉的话。他恨自己对那个女人的痴心，更恨自己的无能。

他爱胡玲，即使她以决绝的姿态离他而去，他仍旧无法忘记她曾经带给他的那些激情与快乐。即使那些快乐最终摧毁了他的生活，他仍不念悔。他经常独坐在钢琴前，让自己的十根手指在琴键上流连，想象她当年那副娇俏可人的样子。想起她的时候，他的胸腔里还会涌动出幸福的冲动，也许正因为曾经有过一段轰轰烈烈的情感，他才会那样不舍得忘记。不管别人怎样看他，他永远将她珍藏在心灵最深的底部，无可替代。

　　林耀扬与胡玲在他婚后的第二年相识。当时，她不过是一个16岁的小丫头，站在他的面前，还有隐隐的孩子气。可是高傲如她，如他般莽撞的男人，她自是不会放在眼里。

　　胡德亮经常教训自己的女儿："不要把眼睛放在头顶上，耀扬是个不错的孩子，你不要总是冷眼对待人家。"

　　她撇嘴："一个踢足球的而已，懂什么艺术，知什么高雅，难道要我像崇敬贝多芬一样去崇敬他？"

　　胡德亮无奈地摇头，知道是自己宠坏了这个心高气傲的女儿。

　　胡玲一直是学校里倍受瞩目的女同学，多少男生想成为她的男友，哪怕只是在她身边站一站都觉得莫大荣幸。可是她的心在云端，那些凡夫俗子怎能入了她的眼？

　　有一次，她被外班的男同学堵在胡同里，男生威胁她："如果你不同意做我的女朋友，我就毁了你。"

　　她冷笑："瞧瞧你那副德行，欺负女孩儿就是你的胆量！"

　　那个男生气急，走过去，一把扯开了她的上衣。林耀扬恰巧经过，用拳头吓跑了那个混球。

　　她却丝毫没有惧意，挺着腰板儿对林耀扬说："别看那小子长了一副凶神恶煞的模样，其实不过是草包一个！"

　　他却捏紧她的肩膀，盯牢她，严肃地说："你知不知道刚才的情况有多危险？"

　　她无所谓地耸耸肩，不置可否。从此，她对他竟莫名地多了几分情愫。

　　她开始找机会与他接近。他和胡德亮一起工作，她就双手抱肩站在旁边静静地看。他停下来休息，她马上便把饮料奉上。她越来越喜欢听他说话，坐在他的面前，双手撑着下巴，像个懵懂的少女。她参加钢琴比赛拿了大奖，把全部奖金拿出来为他买了一套西装。胡德亮拍着他的肩膀，嫉妒地说："我把这个女儿养到那么大，她可是从来没有为我买过什么东西，你小子究竟是哪辈子修来的福气？"

"爸……"胡玲撒娇似的打断胡德亮的话："我下回拿到奖金再买给您就是了，您又何必如此取笑我们？"

我们。林耀扬清清楚楚地听到，胡玲把自己和他定位为"我们"，这究竟意味着什么呢？是她已经把他看成了自己人？还是在表达一种朦胧的愿望？每每想至此，他的心里总是既兴奋又忐忑。

胡玲考上大学的那一年，向他清楚地表达了自己的心意。她希望和他在一起，哪怕从此粗茶淡饭，她愿意。几分钟的兴奋与激动过后，他平静地拒绝了她的一片痴心。他说："对不起，我已经有妻有女。以你的条件，完全可以找到比我更好的男人，我根本配不上你。"

她愕然，他的冷漠完全出乎她的意料。她以为，他们相处的这一年多已经达成某种默契，虽然都不说，可是已经知晓对方在彼此心目中的位置，她没想到真正说出口，他却以如此的言辞拒绝她。以前，从来都是她拒绝别人，没有人可以拒绝她的爱，唯有这一次，他的话真真实实地刺伤了她。

她哭着说："我早就知道你有妻有女，可是我不在乎，我不在乎，你听清楚了吗？"

他心疼地看着她，柔柔地劝："傻丫头，和我这样的人在一起是没有未来的。"

"我不想听这些，"她哀哀地摇头："我只想知道，你爱我吗？"

他不语。

她接着问："那你爱你现在的妻子吗？"

他张了张嘴，却终是没有说出话来。

她在他的沉默中，为自己寻到一个悲戚的答案。之后，她便开始刻意地回避他。大二那年夏天，她得到了一个出国深造的机会，这一走，便是十几年。在异国的她，曾经也有过几段罗曼史，可是全都无疾而终。在远方，仿佛一直有一个声音催她不要把自己交付出去，直到她回到C城，再次见到了林耀扬，她方才明白命运留与她的究竟是一段怎样的召唤。

林耀扬在得知她多年后仍是单身一人时，心里竟泛出几分细密的惆怅。他托她教他的女儿弹钢琴，她爽快地答应了。其实，他们心里都清楚，所谓的教课，无非是为两人提供更多相见的机会罢了。

她没想过自己会和他的妻子成为朋友。那是一个善良贤惠的女人，不讲吃穿，不善攀比，把生活里的全部重心都压于自己的丈夫和女儿身上。在她的内心深处，其实对那个女人藏了很多很多的同情，可是在爱情面前，所有的情感都显得无足轻重。她当年那样决绝地离开家乡奔赴异国是为了什么？多年过后，她放弃国外优厚的待遇毅然返回家乡又是为了什么？她无法放下林耀扬，即使面对那样宽善的女人，她依旧无法阻止自己想要霸占他的想法。

他终于被她的痴心打动，决定丢下一切，来到她的身边。他们曾深深地相爱过。那个时候，即使是面对全世界的白眼，他们也不在乎。他们只要在一起，就算迎来再大的困难，也能十指紧扣，勇敢击退。

那年的胡玲已经33岁，在生活经历了一翻起伏后终于得到了她向往的男人。可是，得到了，却又是另一回事。那个男人忘不了他的家庭，忘不了他曾经作为一个丈夫和父亲的责任。她觉得自己可以帮他战胜那些心魔，可是方青孪的突然离世让她看到了这段感情的尽头。有一段时间，他的精神十分萎靡，不出门，不工作，以一种近乎堕落的姿态激怒了一直对他不断迁就的她。她做了那么多的努力，为的是缩短他们之间的距离，可是最终，她却沮丧地发现，不愿走近的那个人是他。她不能忍受这样不求上进的他，宁愿就此离开。而他，面对她的决绝，无力挽留，唯有沉默。

经年过后，他还是会想起她。在看到那些弹钢琴的女孩子的时候，在路过冷饮商店的时候，在暗夜里孤独无眠的时候，她的身影会一遍一遍在他的脑子里闪出，闪出……

可是她却早已选择在新的地方重新开始。那样决绝的，不留恋的，重新开始。他也曾想过去挽回她，可是随着时间的流逝，连他自己都无法接受这样平庸而懦弱的自己。渐渐的，他连给她打一通电话的勇气都没有了。他们终究成了两个世界里的人。

第十三章　永恒的瞬间

1

苏晓米没有陪乔东去韩国。在他出差的前一晚，她想找他认真谈一次。面对她的猜测，她的疑虑，她的指责，他依旧一言不发。像那些摆在橱窗里的玩偶，永远以最静默的姿态面对众人的指指点点。

她绝望了，沮丧地提出离婚。他怔了怔，平静地说："这件事等我从韩国回来再说。"

她无法再和他谈下去，独自出了门。

坐在轰隆的酒吧间里，她悲伤地问唐奇峰："他为什么不直接'判我死刑'？他为什么要这样对我？他这样，明明是在折磨我啊，折磨我！"

"别喝了！"唐奇峰夺下她手里的酒瓶，耐心地劝："也许他只是想给你一段时间重新考虑，也许他并不想跟你分开。"

她绝望地摇头："我太了解他了，如果说他也曾对我产生过一丝感情，那绝非是爱情。他不爱我，他从一开始就不曾爱过我！"

"别胡思乱想。他不爱你为何要跟你结婚？"

她冷笑："不爱就不可以结婚吗？那么相爱又怎样？你和于婉馨曾经那么相爱，最终不也是落得这样的结局吗？所以说，爱与不爱，与婚姻根本没有太过直接的关系。"

突然听到于婉馨的名字，他的心头猛然一怔，仿佛有什么东西在心底打破，碎片扎满了整颗心脏。他已经很久没有她的消息，也曾试过打电话给她，可是她的手机常年不在服务区，家里的座机又永远没有人接听。他有一些丧气，觉得她是故意躲避自己，故意以这种方式结束他们之间的关系。

事实上，于婉馨确实在广州展开了一段新的恋情。在唐奇峰离开广州之后，她的老板对她展开了疯狂的追求。她淡淡地拒，缓缓地推，终是在一个明朗的午后，做出了十分荒唐的决定。

她一直无法忘记那一天，老板的老婆找来公司，揪过她的头发狠狠地打，她莫名其妙地忍受着这种屈辱，不喊，也不叫，任由那个身材肥硕的女人卖力地捶打。最终，还是老板跑上来拉走了那个女人。面对公司同仁的异样目光，她视若无睹，简单地拢起凌乱的长发，挺直身板儿，转身走回了自己的办公室。

日子仍旧波澜不惊地过着，只是，大家看她的眼神多了几分内容。她无暇去管，嘴巴和眼睛长在别人身上，她又何必去过多在意。在这座繁忙的城市，她早已识尽人情冷暖，在公司，人与人之间的相处往往只是利益在先，谁又会去在乎谁的感受？她唯一没有料到的是，老板竟然和他的妻子离了婚。她本没有破坏别人家庭的意思，却在无形中成为让一个男人背弃婚姻的始作俑者。面对众人在她背后的指指点点，她更是无从解释。没有人相信她是无辜的，到最后，连她自己都不再相信自己的清白。

她原以为自己已经在这座城市修炼了一身钢筋铁骨，任谁捶打，终是无功。可是当大家看她的眼神越来越凛冽的时候，她意识到自己还是不行。她可以不要名，不要利，却独独不能丢了脸面。那天，老板的老婆走后，她看似若无其事，可是一连好几天，她都精神恍惚，她一直记得那个女人掴她耳光时说过的话："小妖精，勾引人家老公，你到底要不要脸？"

你到底要不要脸？要不要脸？她把这句话在心里重复了成千上万遍，最终，她沮丧地发现，自己已经被众人定位为一个"不要脸"的人。

她辞了职，每天窝在公寓里黯然度日。她的老板一次又一次上门求爱，她依旧委婉地拒。不说好，也不说不好，以一种近乎暧昧的态度回应着他的一片诚心。在广州，她已经丢掉了一切，他的出现无疑成了她在茫茫大海中的一根浮木，虽然把手伸过去也许会被上面的毛刺扎伤，可是不伸过去，就是死。何况，他以如此真诚的姿态出现，为的就是渡她冲过困境。她还有什么理由拒绝呢？

他站在她的面前，温柔地说："你到底想要什么？我都可以给你。"

她说："我在等。"

"你在等什么？"他问她。

是啊，她到底在等什么？还有爱情吗，还有激情吗？还有撕扯不开的思念吗？她说不清，她只是愈加相信轮回流转，相信命运中的奇迹，所有的聚散离合，终会在某一天再一次地华丽重演。她在等待那一天，等待与心头珍藏的那个人重聚的那一天。只是，真的会重聚吗？

他说："我不勉强你，我也可以等。"

她望着他，竟有一丝感动渗进鼻尖，那么酸，那么酸。她多么希望说出这翻话的那个人是唐奇峰，可是他却丢下她，一个人离开了这座令他厌烦的城市。她在心里一遍一遍的念着："走吧，走吧，我自己也可以生活得很好。"可是，当冰冷的现实摊在她的面前，她还是败给了岁月，败给了自己。

那个男人拿出了全部的耐心来纵容她的心不在焉。为了她，他拿出一半的资产分给他那贪得无厌的老婆。他当年与那个女人结婚，完全是出于一种家庭的压力。当时，为了讨父母欢心，他毅然押上了自己的婚姻。他从不觉得那个女人是可以与他相伴一生的女人，她从不过问他的生意，也从不关心他的生活，她只要他的钱。在他的公司面临危机的时候，她依旧可以欢天喜地地在商场里刷白金卡。当他在公司里累了一天，拖着疲惫的身躯回到家的时候，她却可以一直在麻将桌上"浴血奋战"。他已经不想和她争吵了，再多的纷争，无非是迈向同一个结局。

那个女人在麻将桌上对那些闲来无事的太太们说:"他是不会跟我离婚的,他的事业如日中天,怎么舍得在这个时候分一半财产给我?"

众太太纷纷点头。

他也曾想过与那个女人凑合度日,倘若大张旗鼓地换一个女人,无非又是一次伤筋动骨。他没有信心再和另一个女人跌入一场无味的婚姻,直到遇见了于婉馨……

每次见到于婉馨,他都能听到内心深处剧烈跳动的声音。他自嘲,活到现在,方才获悉爱情的声音。

为了和她在一起,他不惜放弃自己一半的财产,用情如此,已经不是"游戏"二字可以比拟。面对这样深情的他,她知道,自己已经逃不出。她成了一只真正的金丝雀,被他安放在豪华的笼子里,不惊,不扰,却从来不曾向他透露自己的真实情感。

他曾无数次提出娶她为妻的想法,她却无数次地推脱延后,她说:"再等等,再等等。"

他不知她究竟在等些什么,可是她要等,他就给她时间等。哪怕是他无法知晓的无限期,只要她在身边,他愿意一再妥协。

2

对于于婉馨在广州的生活,唐奇峰并非是一无所知的。他在广州的朋友偶尔会送来一些关于她的消息。他装作漫不经心地听,心里却早已惊起了闪电。

这就是她要的结局了吧,他想,她把他驱逐出她的世界,然后便可义无反顾地开始新的恋情。她对他,竟然如此决绝。可,即便是如此,他依旧不能恨她。他只恨自己太过无能,无能到没有能力带回她。

苏晓米喝醉了,勾起他的脖子,强颜欢笑:"别想那些让我们伤心的人了,自古多情总被无情伤,从今天起,我们都要做无情的人,嗯,做无情的人！"她边说边卖力比划着。他一把夺过她手里的酒瓶，咕咚咚把剩下的酒全倒进自己的喉咙里。

她把头抵在他的肩膀上，悲伤地说："该结束了，一切都该结束。"

他弄不清她说出的是否是醉话，可是她的一声"结束"却在他的心里撞出了慌张的声响。他想到了自己和于婉馨那段曾经令人称羡的爱情，真的要结束了吗？真的可以结束吗？

夜，那么凉。他把她搀到酒吧外，随手招来一辆出租车。"我送你回家。"他说。

她哀哀地摆手："我已经没有家了，你送我回苏明启那里吧。"

"都这么晚了，你会吓到苏叔叔的。"唐奇峰劝她。

"我不管，我就要去，"她边说边捶打着座位上的背垫："快送我去！"

他拗不过她，只能无奈地冲司机扬了扬手："开车。"

苏明启从唐奇峰的手里接过醉醺醺的晓米，微微皱眉，无奈地摇摇头，又摇摇头："怎么喝成这个样子？"

唐奇峰匆忙解释："都怪我，我不应该让她喝这么多的。"

苏明启轻轻摆手："我这个女儿啊，太倔强，也太任性，一定是她缠着你，不然你不会陪她喝到这么晚。真是麻烦你了。"

"我从小就把晓米当妹妹看，根本谈不上麻不麻烦。"

苏明启微笑颔首，唐奇峰默默告辞。

转天，苏晓米在一种近乎朦胧的状态下醒来。睁开眼的那一瞬间，她的头开始撕裂地疼。苏明启让佣人给她煮了一碗解酒汤，她喝了两口，蹙眉，随即把汤碗推至一边。

"很难受吧？"苏明启关切地问。

她沉了沉，突然抬头，轻叫一声："爸……"

"怎么了？"

"我想离婚。"

"什么？"

"我想离婚。"她态度坚决地重复了一遍。

他顿了顿，端起手边的牛奶，送到嘴边，却又轻轻地放下。"为什么？"他不可理解地问。

"我们根本不适合在一起。"她淡淡解释。

"胡说！"他突然一声怒吼，使她握着面包片的手着实抖了一抖。

"现在才来说不合适，你早干什么去了？"他的情绪显得十分激动。

他很少对她发这么大的脾气，她愣在那里，只得委屈地看着他，弱弱地问："您怎么了？"

他长叹一口气，苦口婆心地说："晓米，你长大了，你不再是任性的小姑娘了，你应该知道什么事情可以做，什么事情不能做。婚姻是什么？婚姻是将两个人拧成一股绳，要维系，要宽容，如果谁都不肯使出力气，那么要婚姻有什么用？"

她低头听着父亲讲出的这番话，在心里悠悠地念："不肯使出力气的那个人不是我啊，不是我。"

整整一天，苏明启的精神十分恍惚。如今的晓米让她联想到了当年的米荔枝，也是这样决绝，也是这样不留余地。他一直无法忘记那段无望的日子，他站在她的面前一遍一遍地求，她却一次又一次漠然转身。他是恨过她的，在晓米突然从噩梦中惊醒，嘴里呼喊着"妈妈妈妈"的时候，在他独自在公司里忙到头晕目眩的时候，在他回到家面对空旷的大房子的时候，他总是在想，如果她不离开，如今的一切都会不同。他原以为自己已经找到了所谓的幸福，可是她却在半途中抛下了他，中断了他的幸福，让他如何不恨？

他不希望女儿再以同样的方式去伤害另一个无辜的男人，更不希望她走上米荔枝的老路。虽然在外人眼里，米荔枝是无坚不摧的女强人，但是只有他最为清楚，任她再拼，再闯，她依旧是一个女人。很多时候，她甚至更需要一个宽厚的臂膀为她遮风挡雨。悲的是，他那么想为她提供那个肩膀，她却推之不要。他只能认为，也许她需要的是另一个肩膀，所以他当初才会痛心放手。可是若干年铺垫过去，她却依旧是独身一人。他有理由相信，她当年的决绝也许只是一时的任性之举。他不确定这么多年她是否也曾后悔过，他只知道不能让女儿重新踏上这条艰辛之路。

傍晚，回到家，他和苏晓米认真地谈了，他立场鲜明地表明了自己的态度："我不同意你们离婚。"

"爸！"苏晓米近乎恳求地看向他。

"除非你能说出一个可以征服我的理由。"

她低头不语。

"乔东有别的女人了？"

她不语。

"他对你不好？"

她依旧沉默不语。

"你倒是说话啊！"他气急："你以为婚姻是儿戏吗，由得你说离就离？"

"您让我说什么啊？"她沮丧地抬起头，眼睛里噙满泪花。这么多年，纵然乔东对她有一万个不好，她也不会对别人吐出一个。她对他，处处谦让，处处维护，唯恐一个不小心让别人失了对他的好印象。外人看来，是她一直在占据着这场婚姻的主导地位，其实，她不过是一个在他身边小心翼翼服侍的奴仆罢了。为了爱他，她早已经没了自我，连享受一个妻子应该享受的欢乐都成了奢望，又何谈其他？

"关于这件事，乔东是什么态度？"苏明启接着问他。

"他没有态度。"

"没有态度是什么态度？"

"您别再问我了，好不好？"她痛苦地看着他，坚决地说："我已经做好了决定，不管他同不同意，我都要离。"

"这么说，你离定了？"

"离定了！"

"你有没有考虑过乔东的感受？你以为这是小孩子玩儿过家家吗？可以说走就走？"他气愤地问她，其实也是道出了自己多年来藏在心底的感受。

"您为什么只会怪我？"她委屈地说："我到底做错了什么？"

他刚想开口，又被她打断："当初妈妈走的时候您为什么不对她说出这番话？是你当初的懦弱导致了我一生爱的缺失，现在，你又凭什么来对我指手画脚？你又……"

还未等她把话说完，一个花瓶被他随手操起，摔落在地。她怔在那里，足有一分钟，然后转身跑了出去。

3

跑出门的苏晓米正好与迎面走来的米荔枝撞了个满怀。

"怎么了？"米荔枝扶稳情绪激动的晓米，担心地问："出什么事了？"

"不用你管。"她甩开米荔枝的胳膊，随手招了一辆计程车，扬长而去。

米荔枝推开虚掩的大门，走进去，望着脸色煞白的苏明启，小心翼翼地问："你和晓米吵架了？"突然听到她的声音，他猛然一怔，然后抬起头来冷漠的回应："你怎么会来？"

"我……"她顿了顿，心平气和地说："我只是突然想来看看。"

"哦。"他指了指手边的沙发，低声说："坐吧。"

她没有对他讲实话。她来找他，其实是想拿一样东西给他看，可是看到面前这翻景象，她也只好就此作罢。

"你和晓米吵架了？"她再一次试探性地问。

他长叹一口气，把晓米想要离婚的想法仔仔细细对她讲了。

她将双手抱于胸前，像在思考什么事情。好久，她宽慰似的对他说："你先别急，回头我找她谈谈吧，事情总有解决的办法。"

"晓米已经不是小孩子了，她这样胡闹，还有多少好时光由得她这样消磨？唉……"他双手抱头，懊恼地说："都怨我，是我惯坏了她，是我一直对她太过纵容了，才会导致她现在如此自私任性。"

"作为一个父亲，你已经做得够好了。"她安慰他："反倒是我，一直对她疏于照顾。如果非要有一个人承担这种种错误，那个人也应该是我。"

他颤巍巍地摆手："都过去了，现在说这些还有什么用？"

"也许我们真的错怪晓米了，也许她过的并不如意。"她说。

他摇头："我太了解这个女儿了，她当初执意要嫁给乔东的时候，其实我并不同意。只因尊重她的选择，我还是让了步。他们结婚后，乔东这孩子确实很努力，也很上进，我还一直在庆幸自己当初没有棒打鸳鸯，她却突然提出要离婚，你让我如何不气？"

"有的时候，我们只看到了事情的其中一面，而不为人知的另一面却藏了别人无法知道的悲伤。晓米是任性了些，乔东也确实是个不错的孩子，可是婚姻不是只依一个人性格的好坏而判定。它需要两个人长久地达到一种共识，一种无论发生什么事情都笃定将对方纳入自己生命中的共识，而这种共识，其实与个人的性格是没有太大关系的。如果你爱他，你会为他改变。相反的，倘若不爱，再温顺的性格都会成为伤人的利器。"

"你当初离开，是因为我们之间没有那种共识吗？"他突然问她。

这句话已经藏在他心里很多年了，他一直不知自己究竟哪里做的不对，才让她当年如此决绝地舍弃他们共同拥有的幸福。

"对不起。"她哀哀地道歉："当初，确实是我伤害了你，伤害了晓米，如果再重新来过一次，我……"说至此，她突然意识到自己情绪的失控，只得双手掩脸，一遍一遍重复着："对不起，对不起……"

她一直欠他一句对不起。这么多年，始终让他无法释怀的，也只是这一句悲凉的"对不起"。他可以放她离开，也可以给她自由，他要的只是一个理由。可是她当年却那样不容分说地离开了，没有解释，没有缘由，她想走，便走了，完全没有考虑过爱她的人的感受。

他不曾知晓的是，她早已后悔自己当年的行为。她不回，只因他的身边一直不曾间断过年轻貌美的女子，她如何用自己的失意去抗衡众多的柔情蜜意？他那样好，有多少女人都想占据他身边的那个位置。她却从来不知，纵然那些女人多如过江之鲫，可是他心里惦念的只有她一个。

这天，她在收拾东西的时候偶然发现他们谈恋爱时的照片。许是时间已经太久，照片已经微微泛黄。那时候的苏明启还只是这座城中一个名不见经传的小人物，可是从他的脸上已经可以寻出从容的气度。她从不后悔嫁给他，即使是当初决绝分手的时候，她也不曾后悔过。她在大学学的是金融投资，她一直认为苏明启是最具潜力的一支股。结果，他真的不负所望，成为一个真正的成功人士。

她长久地望着那张老旧而破损的照片，时光把她召回到那些青春烂漫的日子。她轻轻抚着照片上他的脸，从灵魂深处竟然渗出一股强烈的震撼。那是她曾经真真实实拥有过的男人，可是她却在某一天把他弄丢了。

她开车来到他的家，却在门口遇见了哭着跑出来的女儿。面对那样冷漠而神伤的他，她再也讲不出什么。她是想来挽回一些什么的，却为自己曾经的错误埋了最沉重的一单。

4

　　米荔枝曾多次打电话给苏晓米，她撑着不接。米荔枝没有办法，只得让唐奇峰帮忙约她出来。

　　苏晓米坐在母亲面前，一副无所谓的样子，轻飘飘地说："如果你是来劝我的，那你大可不必开口。"

　　"我不是来劝你的，"米荔枝温柔地说："我只是想和你聊聊。"

　　"聊什么？"

　　"关于你和乔东。"

　　"我不想谈这些。"

　　"你是有苦衷的，是不是？"她直截了当地问："可以把原因告诉我吗？"

　　晓米心头一颤，鼻头突然泛出淡淡的酸。她仰起脸，冷漠地说："你当初离开我们的时候又何曾给过什么理由？"

　　"所以那么多年来，我一直过得不幸福。你想重复我的老路吗？"米荔枝激动地说。

　　"我也不想的。"她双手紧紧抱头，懊恼地说："谁不愿意和自己的爱人白头偕老？我跟你不同，我不是什么女强人，更没有什么非分之想。我是想和他踏踏实实过日子的。可是……"她拼命地摇头："我究竟做错了什么，老天要这样惩罚我？谁能明白我的苦？"

　　米荔枝走过去，抱紧她，轻轻拍打着她的背，理解地说："我明白，我明白……"

　　她依偎在母亲的怀抱里，享受着她早已失落的温暖。"你们都不用再来劝我了，"她说："我已经决定了，等乔东从韩国回来，我们就离婚。"

　　"既然这样，我也不再说什么了。我只希望你不要为今天的决定而后悔。"米荔枝柔柔地劝："你已经快30岁了，一个女人没有几个30岁可以挥霍，还拼的起吗？还离的起吗？希望你慎重考虑清楚。"

"你已经说过了，我都快30岁了，可以为自己的行为负责了。我不后悔。"她坚决地说。

一声沉重的叹息从米荔枝的心头走过。她仿佛已经看到了多年以后的晓米为今天的决定而后悔的样子。可是她作为她的母亲，却什么也做不了，什么也做不了……枉她当了那么多年的女强人，面对自己的女儿，她却真真正正地败下阵来。

再次站在苏明启的面前，她颓丧得像个孩子："对不起，我劝不了我们的女儿。"

他沉沉地叹气："不怪你，我已经想到了这样的结局。"

"我是不是很失败？"她问他。

他用十分温柔的目光看向她，把她的一双手握在自己的掌心里，暖人心窝地说："我从没有这样想过。"

"你不怪我吗？"

他摇摇头："谁都会有任性的时候。"

"可是你不觉得我这次任性的时间长了些吗？"

"好在我等过来了。"

她破涕为笑："你等来了什么？"

"等来了你的回头。"

"其实你不需要这样做的。"她感动地说。

"可是你还是需要我，不是吗？"

她把头靠在他的肩膀上，泪水默默滑落。他们在女儿失败的婚姻中各自寻到了自己当年的影子。她曾那样自私地关注自己的心情，而他对她所做的一切无法做到理解，最终导致了分手的局面。直到现在，若干岁月踩踏过去，若干情感铺陈过去，他们才懂得如何才能更好地经营这份难能可贵的情感。值得庆幸的是，他们都在此刻回头，于万千情愁中遇见了对方期待的目光，没有早一点，也没有晚一点。否则，他们将永远错失这个永恒的瞬间。

5

乔东从韩国出差回来，首先迎接他的却是一张没有人情味的"离婚协议书"。

"你真要这么做吗？"他平静地看着苏晓米，沉沉地问。

她点头："我已经决定了，如果你不同意，我可以请律师跟你谈。"

"为什么？"

"因为我们的婚姻从一开始就是个错误，因为你的心里一直在想着别人！"她激动地说。

见他不语，她接着说："乔东，我跟了你那么多年，我只想要你一句实话，你是不是根本没有爱过我，你的心里是不是一直在想着那个林斯诺？"

"晓米……"

"我不要你的解释，我只想要一句实话！"

"晓米，我不想骗你，我和斯诺一起走过了一段十分难忘的岁月，虽然已经过去那么多年，可是我一直不能忘记她。"

她看着他，突然一阵冷笑，而后，用手指点了点手边的离婚协议书，绝望地说："我们找个时间把手续办了吧。"

"晓米……"他叫住她，却又不知接下来该开口说些什么。

她却被这一声"晓米"唤出了很多的委屈和不甘。眼泪不争气地落下来，她颤抖地说："乔东，这么多年，你到底把我当成了什么？我为你奔，为你忙，到头来，你的心里却没有腾出一个位置给我？到底是你太无情，还是我太愚蠢？”

“是我错了，从一开始就错了。”他无奈地说。

“你承认了，你后悔了，是不是？”

“晓米，我们都心平气和一些好不好？”

“不好！”她突然变得很愤怒：“我忍了那么多年，不想再像个傻瓜一样被你耍得团团转了。”

“苏晓米！”他打断她，不留情面地说：“当初，是你耍手段把我留在了你的身边，真正傻的那个人不是你，是我！”

听到他的话，她猛然怔住。原来他早已知道她当年做过的荒唐事，原来他一直在看着她的滑稽表演，却始终一言不发。

她颤巍巍地问他：“既然你早已知道，你为什么不说？”

“你要我说什么？”他激动地说：“我娶回家的老婆竟然是个骗子，你还能让我说些什么？”

她看着他，眼眶里满是泪水。她哭着说：“乔东，你太没有良心了。”

“抛弃青梅竹马的女朋友，娶了富贵的你，我连脸都不要了，还要良心做什么？”

她跌坐在沙发上，好久，喉咙里吐不出一个字。

真的没有挽回的余地了，她想，这场谈话已经把他们的关系推到了悬崖边，没了退路，唯有纵身一跳。

第十四章　给你一双新的眼睛

1

拿到离婚证的那一刻，乔东首先想到的不是解脱，不是自由，而是斯诺。他在繁华的街头打电话给她，他无法用语言表达自己那时那刻的心情，只能举着手机，一遍一遍高声叫着："斯诺，斯诺，斯诺……"

她握着电话听筒，突然泪流满面。

她哭，不是因为她对他还有眷恋，相反的，当他的声音出现在她耳畔的那一瞬间，她却再也找不回往日的点点心动。

若干年后，她依旧认为他是她生命中十分重要的一个男人。他曾给过她爱情初来时的狂喜，也曾把她带入悲凉的万丈深渊。她曾那样热烈地爱过他，在那些青春无畏的日子里，为了爱他，她甚至可以付出生命的代价。她也曾真真实实地恨过他，当他把她抛弃在冰冷的十字街头，转身去拥抱别的女人的时候，她发誓一辈子都不要原谅他。可是突然有一天，她发现，那爱，那恨，竟然随岁月一起溺死在尘埃里，甚至再激不起半点涟漪。

他在电话中不断不断地恳求她："斯诺，说句话好不好，求你，求求你，说句话好不好？"

她却哭得更凶了。怎么会这样？怎么会这样？原本让她觉得刻骨铭心的感情却在这一刻消失得无影无踪。是时间的力量吗？是岁月的魔力吗？

她在电话这边沉默了很久，很久，终于稳定情绪，开口说："乔东，我们真的已经过去了。"

"我不相信，我不相信你已经把我们的曾经放下。"他激动地说："你是不是在考虑我的家庭？我已经和苏晓米离婚了。是真的，是真的……"

"乔东！"她打断他的话，很严肃，很有力地吐出几个字："对不起，我已经不爱你了。"

这么多年，她终于有勇气对他讲出这几个字。说出来，才觉得整个人顿时轻松了下来。那么久了，在她的身上背负了太多沉重的包袱，父亲的舍弃，母亲的诅咒，还有他的抛弃……太多太多了。直到现在，她才明白，不是别人给她套上了魔咒，而是她自己一直不愿走出。那一刻，她竟开始疯狂地想念张明辉，想念那一双温暖而有力的大手把她揽在怀里的样子。

她说："乔东，这么久了，其实我们都不知道什么才叫真正的爱情。以前，我们爱的太自私，也太卑微了。是该放手的时候了。还你自由，也还我自由。"

他暗自叹息，半天，从喉咙里挤出一句话："斯诺，请你记住，有个男人曾真真实实地爱过你。"

这是他对她说过的最后的话，没有挽留，也没有埋怨，只有爱过，只有爱过……因为爱过，所以舍得放手。她感激他的放手，让她在经年过后想起往事的时候依旧可以寻到他真诚而善良的样子。至于那些伤害，就让它们随岁月淡去吧，不回忆……

乔东的助理得知他离婚的消息，跑去问他："如果再重新选择一次，你会选择……"

"我会选择留在C城，"他打断她的话，冷漠地说："我宁愿永远都没有来过这座城市。"

她明白了，即使他离了婚，她依旧不能成为他的选择。他宁愿不要权贵，也不愿再接受一份不合时宜的情感。她抱紧怀里的文件夹，转身，默默离开了他的办公室。她早该清楚的，这么多年，他是她的老板，也只能是她的老板。她不该对他有任何非分之想，现在落得这样难堪的境地，也是她咎由自取。

不久后，她向他辞了职。他没做任何挽留，只是淡淡地问："你真的想好了？"

她说："想好了。"

他低头在辞职书上签了字，嘴里缓缓地吐出两个字："再见。"

她说："再见。"

他们彼此心里都清楚，所谓的再见，是再也不见。也许不见是最好的，她想，他的心里从来没有为她安插过一个位置，她却长时间地迷恋着他，现在他公然拒绝了她，她又何必抓着一份虚妄的感情不放？她要离开他，忘掉他，从此还自己一片自由的天空。

2

6月14日，斯诺的生日，她为自己做了一个生日蛋糕。由于烤的时间太长，当她从烤箱里把蛋糕取出来的时候，已经糊得不成样子。她把那些边边角角一点一点地切掉，把中间相对完好的那部分一点一点填进嘴里，那么涩，那么苦。她一边吃，一边大声为自己唱着生日歌，她为自己的歌声感动，到最后，竟流了很多很多的眼泪。

有快递公司给她送来一束红玫瑰，上面没有写地址，也没有写姓名，她签收后，随后把花扔到一边。有谁会记得她的生日呢？甲乙丙丁，倘若不爱，都是符号，没有意义，没有意义。

门铃再次响起的时候，她显然有些不耐烦，准备开门去骂，却在门外见到了消失一个月之久的张明辉。

"生日快乐。"他看着她，展一个深情的拥抱。

她恍恍惚惚地被他抱起，旋转，旋转，等到终于在地上站稳，泪水已经模糊了她的视线。他用手轻轻去擦她脸上的眼泪，温柔地问："怎么啦？"

"你去哪儿了？"她问他。

"我回D城了。"

"为什么不告诉我，为什么要不辞而别？"

他笑："你在想我，是不是？"

她一下一下地捶打他，嘴里命令着："严肃点儿！"

"好好好。"他举手投降："我去D城是为了处理公司的业务，从现在开始，我宣布，我要陪你在A城生活了，想呆多久，就呆多久。"

"那公司要怎么办？"

"我已经正式在那边辞了职，转到A城发展。"他无所谓地说。

"那你母亲那边呢？"

"这段时间我已经慢慢做通了她的工作，放心，她已经同意我们在一起了。"

她感动地看着他，幽幽地说："你做了这么多，为什么都不告诉我？"

他抱紧她，深情地说："只要你肯嫁给我，我做什么都是值得的。"

她难过得笑了。本以为他在介意她的过去，他却偷偷跑回D城为他们的未来做最艰难的决定。他知晓她曾经受过的伤害，再不忍心让她受一点点的委屈，所以，所有的困难，他决定独自扛起。

"你愿意嫁给我吗？"他问她。

"我愿意。"她深情而羞涩地回答。

他们的婚礼定于一个月以后，婚礼简单却热闹。参加婚礼的全是他们的至亲好友，最让人意想不到的是，张明辉竟然邀请了林耀扬。他明白斯诺的心意，他不要她因一时的赌气而遗憾终生。斯诺感激他的安排。二人站在台上，感叹时光匆匆。原来，那些我们无法忘记的，无法释怀的，甚至无法容忍的，终会在岁月静好中沉淀下来。

斯诺曾经在培训中心教过的一个小朋友还特意过来送上祝福。几个月前，那个小男孩接受了眼角膜移植手术，他的母亲告诉斯诺："手术很成功，他可以重新看到这个世界了。"

斯诺弯身在小男孩儿的眼睛上落下一个轻柔的吻，温柔地说："宝宝，从今以后，你会用这双发现美的眼睛看到这个世界里最美丽的颜色。"

小男孩儿调皮地说："站在我眼前的林老师就是全世界最美的了。"

众人一阵欢笑。

唐奇峰过来道喜，风趣地说："全世界最美的已经让别人娶走了，看来，我只能等世界第二美了。"

斯诺大笑："别急，回头遇见不错的女孩儿，我一定首先介绍给你。"

话还未定，一个穿红裙子的女孩儿从对面走来。斯诺大叫一声："婉馨……"

唐奇峰本能地抬起头，他们的眼神在人群中相遇，那一刻，时间就此静止了，静止了……

3

于婉馨是一个月前回到A城的，现在是张明辉在A城的助理。在广州那段无望的日子成为她人生中最沉痛的历史。

其实，那个男人对她很好，经常带她出游，给她买昂贵的奢侈品，让她不费吹灰之力便能过上上好的生活。可是这样的好，依旧换不来她的欢心。她不要他的拥抱，抗拒他的亲吻，这样的拒绝使他心灰意冷。他曾无数次扳过她的脸颊，悲伤地问："和我在一起，真的有那么痛苦吗？"

她不解释，只低着头，一遍一遍重复着："对不起，对不起……"

他生气，他发怒，他跪下来乞求她，她却依旧无动于衷。她的灵魂早已被那一场又一场的想念掏空，再没有多余的情感留给他。

这样的纠缠持续了半年，他终于败下阵来。既然给不了她所要的幸福，他唯有放手。他曾经为他们勾勒出的所有美好未来全都成为臆想中，绚烂的一瞬，再没有实现的可能。

送她离开广州的时候，他深情的对她说："我等你，等你回头。"

她上前，感激地抱了他，在他耳边轻声说："不要等我，不要等。"

登上飞往A城的飞机，她比以往任何一个时刻都明白，人之一生的爱怨嗔痴都是一场盛大的闹剧。她无力与命运抗衡，可是她至少可以成为自己的导演。她不要将将就就地将自己交付，更不要在遗憾中度过余生。

那个男人对她的痴情，她一直心存感激，如果没有往事种种，她是愿意留在他身边的。如果现实太过凄凉，她也是有可能再回去找他的。可是她却再次遇见了唐奇峰，与他的目光交汇的那一刻，她才知道，她是不可能再回去了。她要的，就是此刻真真实实出现在眼前的，让她痴念许久的他。

他走过去，她亦走过去，没有过多的言语，拥抱首先代替了一切。

斯诺微笑看着眼前的一切，她之前并不知晓原来于婉馨就是唐奇峰故事中的女主角。不过，那又如何呢？此刻真实的拥有已经掩埋了过去一切的悲伤愁苦。

与张明辉喝交杯酒的时候，她突然回头望了一眼那个刚刚恢复视力的小男孩儿。从此，他将用那双眼睛读出这个世界的一切未知，美好的，肮脏的，感动的，平淡的……不管他愿不愿意，终有一天，他还会用那双眼睛掠过世间最让人嗔癫痴狂的，爱情。

完

图书在版编目（ＣＩＰ）数据

倦 / 雅蒙著. -- 北京 ：新星出版社，2012.11

ISBN 978-7-5133-0841-0

Ⅰ．①倦… Ⅱ．①雅… Ⅲ．①长篇小说－中国－当代

Ⅳ．①I247.5

中国版本图书馆CIP数据核字(2012)第201505号

倦

雅蒙 著

责任编辑：汪　欣
责任印制：韦　舰
装帧设计：回归线

出版发行：新星出版社
出 版 人：谢　刚
社　　址：北京市西城区车公庄大街丙3号楼　100044
网　　址：www.newstarpress.com
电　　话：010-88310888
传　　真：010-65270449
法律顾问：北京市大成律师事务所

读者服务：010-88310800　service@newstarpress.com
邮购地址：北京市西城区车公庄大街丙3号楼　100044

印　　刷：北京兴湘印务有限公司
开　　本：880mm×1230mm　1/32
印　　张：7
字　　数：175千字
版　　次：2012年11月第一版　2012年11月第一次印刷
书　　号：ISBN 978-7-5133-0841-0
定　　价：25.00元